THE POETRY OF THE EARLY T'ANG by Stephen Owen
Copyright ©1977 by Yale University.
Simplified Chinese translation copyright © 2014 by
SDX Joint Publishing Company.
ALL RIGHTS RESERVED.

Stephen Owen

宇文所安作品系列

The Poetry of
the Early T'ang

初唐诗

〔美〕宇文所安 著

贾晋华 译

生活·讀書·新知 三联书店

Simplified Chinese Copyright © 2014 by SDX Joint Publishing Company.
All Rights Reserved.

本作品中文简体版权由生活·读书·新知三联书店所有。
未经许可，不得翻印。

图书在版编目（CIP）数据

初唐诗／(美)宇文所安著；贾晋华译.—北京：
生活·读书·新知三联书店，2014.3（2022.5重印）
（宇文所安作品系列）
ISBN 978-7-108-04803-5

Ⅰ.①初… Ⅱ.①宇…②贾… Ⅲ.①唐诗-诗歌研究
Ⅳ.① 1207.22

中国版本图书馆 CIP 数据核字（2013）第 274113 号

责任编辑	冯金红
装帧设计	蔡立国
责任印制	董 欢
出版发行	生活·讀書·新知 三联书店
	(北京市东城区美术馆东街 22 号 100010)
网　址	www.sdxjpc.com
图　字	01-2016-8463
经　销	新华书店
印　刷	三河市天润建兴印务有限公司
版　次	2014 年 3 月北京第 1 版
	2022 年 5 月北京第 3 次印刷
开　本	880 毫米×1230 毫米　1/32　印张 11.75
字　数	246 千字
印　数	10,001-13,000 册
定　价	68.00 元

（印装查询：01064002715；邮购查询：01084010542）

目 录

《初唐诗》、《盛唐诗》三联版序言　宇文所安　1

序　傅璇琮　1

致中国读者　1

初唐年表　1

导言　1

第一部分　宫廷诗及其对立面　1

第一章　宫廷诗的时代　3
第二章　对立诗论和隋代　12
第三章　隋代的遗产：魏徵和李百药　22
第四章　太宗朝的诗人　34
第五章　王绩　49

第六章　上官仪　59

第二部分　脱离宫廷诗：七世纪六十及七十年代　63

第七章　初唐四杰　65

第八章　卢照邻：宫廷诗的衰退　68

第九章　京城诗　84

第十章　王勃：新的典雅　98

第十一章　骆宾王：诗歌与修辞　111

第三部分　陈子昂　121

引子　123

第十二章　陈子昂的诗歌生涯　126

第十三章　《感遇》　148

第四部分　武后及中宗朝的宫廷诗：680—710　181

引子　183

第十四章　文学机构　186

第十五章　在708年怎样写宫廷诗：形式、诗体及题材　189

第十六章　宫廷生活中的诗歌　207

第十七章　高氏林亭的一次私人宴会　220

第十八章　宫廷咏物诗　225

第十九章　其他应景题材　236

第二十章　武后朝的新歌行　*244*

第二十一章　杜审言　*259*

第二十二章　沈佺期　*270*

第二十三章　宋之问　*290*

第五部分　张说及过渡到盛唐　*303*

引子　*305*

第二十四章　张说　*309*

第二十五章　进入盛唐　*330*

附录一　宫廷诗的"语法"　*339*

附录二　声调格式　*343*

附录三　关于文献目录、作品系年及资料选择　*346*

译后记　*349*

《初唐诗》、《盛唐诗》三联版序言

宇文所安

英文版的《初唐诗》和《盛唐诗》大约是在四分之一个世纪以前出版的。那时的中国古典文学学术界和现在十分不同。那时，我们拥有基本的原材料，虽然王绩的五卷本诗文集直到1987年，也就是《初唐诗》出版十年之后才面世；那时，很多诗文集的笺注本都还没有问世，我们也还没有傅璇琮等学者就作者生平和诗歌编年作出的重要研究成果。现在的电子文献把检索字词变得非常容易，给研究工作带来了极大的方便，而在二十五年前，这一切都是不可想像的。那时，我们缺乏现有的种种研究工具，只能依赖清代和民国时期的学术成就。最重要的是，在过去的二十五年中，中国学术获得了长足发展，唐代研究领域精彩纷呈，令人欣慰和鼓舞。

《初唐诗》、《盛唐诗》有它们的局限、错误和缺点。如果能够重写，它们一定会很不一样。无论是我个人，还是我所利用和借鉴的学术研究，都已经发生了很大变化。不过，即使在多年之后，我相信书中的一些基本论点和对文学史采取的视角仍然不无其有效之处。

文学史不是"名家"的历史。文学史必须包括名家，但是文学史最重要的作用，在于理解变化中的文学实践，把当时的文学实践作为理解名家的语境。我们不应对一个长达百年的时期进行大刀阔斧的概括，而应该检视较短的时期，作家群体，不同的区域。这样一来，传统的学术研究，比如说交游考、年谱，就会和文学史写作以及理论研究结合起来，从而获得崭新的意义。文学史试图把具体细节和对整体的理解与把握联系在一起，而整体的复杂性总是使简单的概括显出不足。

在对诗歌的研究里，学术工作的惟一目的就是帮助我们更好地理解具体的诗篇。好的文学史总是回到诗作本身，让我们清楚地看到诗人笔下那些令人讶异的、优美的、大胆的创造。

最后，我要向这两本书的译者贾晋华教授表示衷心感谢：如果三联书店认为这两本著作在二十多年后的今天还值得在中国再版，那么，功劳有一半属于贾教授。

2004 年 8 月

序

傅璇琮

自从欧洲的第一批耶稣会士抱着传教的虔诚,越过重洋,在明朝末年来到中国,开始接触中国的社会和文化,西方学者对中国传统文化的认识和研究,经历了漫长而曲折的过程。如果按照《国际政策的文化基础之研究》作者诺思罗普(F. S. C. Northrop)所说,世界各国人民的根本分歧不在于政治而在于文化,这种分歧深深植根于各自传统的不同概念之中,那末,四百多年来西方学者对中国文化固有精神和价值的探索,实际上可以说是两种或两种以上文化的互相认识和补充。这也构成了近代世界史上文化交流的丰富繁复的图像。尤其是作为东方大国的中国,它的悠久的历史文化被世界所认识,以及这种认识的日益深化,本身就是文化史上令人神往的课题。从这个背景上说,宇文所安先生的成名作《初唐诗》被介绍到中国来,它的意义就不仅仅是中国学术界增加一本优秀的汉译名著,而且还在于它是文化交流的链索中一个十分引人注目的环节。

在探索西方学者对中国文化的认识过程中,我们不应该忘记马克斯·韦伯(Max Weber, 1864—1920)。他的思想和著作日益受到中国读书界的注意,特别是近几年显得十分突出。是他扬弃了在他之前的欧洲学者的共同学风,即服从于自己的时代背景和相应的要求，按照西方人的思想模式来理解中国的社会和文化的发展；正是从韦伯开始，主张应当密切联系社会历史的实际状况来研究观念的形成和演变轨迹。这就为尔后的研究开辟了一个新的格局，那就是要对中国的文化真正有所了解，就应当探求中国传统文化产生、发展的历史背景，努力依循中国人的思想方式来进行课题的研究。这种情况，特别在第二次世界大战后的美国学者那里，表现得更其明显。

关于美国学者对中国文学的研究，就我所看到的材料，美国密执安州立大学人文系及语言学系教授李珍华博士的《美国学者与唐诗研究》（载《唐代文学研究年鉴》第一辑，1983）是最清楚、概括的一篇。这篇文章讲的虽然是美国的唐诗研究，实际上足以反映美国于本世纪50年代以来汉学研究的巨大进展。我们只要比较一下上一世纪同一时期法国学者对中国那些平庸的言情小说《平山冷燕》、《玉娇李》的推崇，和本世纪近三十余年来美国学者（包括美籍华人学者）对唐诗、宋词及明清小说的认真探讨，相距真不可以道里计。日本对于中国文学的研究，往往以绵密的材料考证见长，而美国在这方面却常以见识的通达和体制的阔大取胜。

正是从李珍华先生的文章中，我知道了宇文先生在唐诗研究中取得的成就。李珍华先生把宇文先生列为美国的中国文学研究的第三代学人。而称为"特别值得一提"，并推许出版于1977年的《初唐诗》为"一本杰作"，说"把整个初唐诗作一系统性处理，欧氏可以说是第一人"。[1]李珍华先生对欧洲文化与美国文

---

[1] "欧氏"指斯蒂芬·欧文，宇文所安的另一中文译名。——译者注

学均有深邃的认识，而又对唐诗，特别是初、盛唐诗有较深的把握，因此我想他的话是可信的。由于我参与《唐代文学研究年鉴》的编辑，较早读到其中的文稿，因此李先生特别提及的宇文先生著作给我的印象很深，并盼望能早日见到全书的中文译本。现在依靠贾晋华女士的努力，这个愿望得以实现，甚感欣慰，我想我们国内的唐诗研究者也会从这一译著中获得启发。贾晋华女士前数年从厦门大学周祖譔先生研治唐代文学，她的硕士学位论文论皎然《诗式》及大历时期江南诗风的特点，也给我很深的印象，她的从文学演进的内部规律与外界社会文化思潮相互影响的研究，与宇文先生的治学，也确有不谋而合之处。以贾晋华女士对唐诗所具有的修养来从事于本书的翻译，必能准确达原书的胜义，这应当是无可怀疑的。

在过去一个很长时期中，初唐诗的研究在我国整个唐诗研究中是一个极为薄弱的环节。初唐，如果把下限定在睿宗时，那就是足有九十年的光景，占了唐代历史的三分之一。如果对于这一阶段文学研究不足，就不可能充分说明盛唐的高潮。对这九十年时期的文学，过去的论著往往只停留在一个笼统的认识，细节研究非常缺乏，这种情况在最近四五年内才有所变化。作为近体的律诗，到底是经过什么样的轨迹一步步地成熟的？古诗，特别是盛唐、中唐时一些大家所擅长运用的七古，怎样从南北朝的涓涓细流，经过初唐作家的多方尝试和大胆变革，而汇成长江大河，这中间有什么规律和经验可求？由"四杰"而陈子昂，而沈、宋，是怎样一步步递嬗演进的？当时的社会思潮、文化氛围给予诗人和诗风以什么样的影响？初唐时期几个帝王的宫廷政治和文化生活，赋予文学风格以什么样的特色？这些，都需要做细致的分析。而近几年来我国初唐文学研究的进展，也正是在这些方面作出了令人瞩目的探讨。从这一研究的历史背景来看，宇文先生作于1977年的这本《初唐诗》，在中国学者之先对初唐诗歌做了整体的研究，并且从唐诗产生、发育的自身环境来理解初唐诗特有的成就，这不但迥然不同于前此时期西方学者的学风，而且较中国学者早几年进行了初唐诗演进规律的研求。虽然近几年来中国学者的论著在不少方面已作了深入的挖掘，大大加快了初唐文学研究的进程，但宇文先生的贡献还是应该受到中国同行的赞许的。

我们高兴地看到，在《初唐诗》之后，作者又于1981年出版了《盛唐诗》，更进一步论述了初唐与盛唐的关系，并对盛唐诗人作了使人感兴趣的分类（如把张说、张九龄、王维作为"京城诗人"，把孟浩然等作为"非京城诗人"，把王昌龄、高适、岑参作为处于两者之间的诗人，"京城诗人"多用律体，"非京城诗人"多用古体）。宇文先生近年来的研究格局似乎更为放开，由论述诗歌创作进而研讨诗歌理论。他说他更强烈地感觉到诗歌中那些无法为文学史所解释的方面；他仍然相信文学史是基本的，但它需要由对诗歌的其他方面的探讨来补充。为此，他又撰写了关于中国诗论的论文，结集成八篇文章，起名为《中国传统诗歌和诗论：预言的世界》（威斯康辛大学出版社，1985）。紧接着又是一组八篇文章的集子：《追忆：中国古典文学中的往事再现》（哈佛大学出版社，1986）。他自己说这八篇文章是一种反系统的处理，将互不相关的作品放在一起考察，尝试着使单篇的诗作和散文焕发出生命力。这样做，作者也抱着一种希望，这就是打破美国的中国文学狭窄的阅读圈子，寻求更多的读者。

宇文先生的学术著作在其已经完成尚未出版的《中国文学思想读本》中，[1]更有新的进展。他认为，过去大部分论述中国文学理论和批评的英文著作，都倾向于运用现代西方文学理论的术语，而在他的这部近著里，却试图向英语读者表明，作为中国诗歌基础的概念和趣味，与西方是不同或不完全相同的；各种传统的文学思想都具有伟大的力量，但是这些力量是各不相同的。宇文先生的这一认识的确值得赞许，这是对不同民族文化传统充分尊重的态度，只有持这种态度，才能达到真正清晰的理解。这是一个严肃的学者在独立的研究中摆脱西方习以为常的观念所必然产生的结果，是一个富有洞见的认识。

近十年来中国古典文学研究已取得可观的成绩。但人们对研究现状仍不满意，这种不满意是多种多样的。在我所接触的一些研究者中，越来越感到对古典文学的研究结构需要有所反省，这就是说，研究结构存在不合理的情况。有些课题投入的力量多，成果却并不多，许多情况下往往是一窝蜂，赶热门，结果却出现了不少缺门，这就必然影响总体水平的提高。这是一个需要详细论证的问题，不是这篇短序所能承担的。由宇文先生的著作，使我进一步感到，作为古典文学研究结构中的问题之一，就是我们对国外学者研究中国古典文学现状的了解，是多么的不够。我相信，在美国、日本、欧洲以及其他一些地区，研究中国古典文学的有价值的著作，一定还有不少，它们以不同的视角来审视中国的独特的文学现象，定会有不少新的发现，即使有的著作有所误失，也能促使我们从不同的文化背景来研究这些误差的原因，加

---

[1] 此书由哈佛大学出版社于1992年出版。——译者注

深我们的认识。如果我们能有计划地编印一套汉译世界研究中国古典文学的代表作，肯定会受到中国学术界和读书界的欢迎，也将会对我国古典文学研究结构起到积极协调的作用，这是我个人作为研究者之一所深深期望着的。

           1987年3月于北京

致中国读者

宇文所安

从事任何学术工作,首要的是牢记各种局限:研究者本身的局限,及其所研究的学术类型的局限。回顾这部写于许多年前的书,我清醒地意识到自己的各种局限。在过去的十五年中,中国出版了许多关于初唐诗的出色论著,而我在撰写这部书时,却未及从这些论著中获益,这是十分遗憾的。但是另一方面,这些同样的局限也给了我自由,使我得以从崭新的视角观察这一时期;如果我是在今天撰写关于初唐的书,那就肯定要困难得多。各种学术传统对于同样的问题可以给出不同的答案,它们都建立了极大的发展趋势。年轻学者一旦进入这样一种传统,往往难于避开那些公认的问题。然而,有时却有必要提出新问题,或以新的方式阐述旧问题。在学习和感受中国语言方面,中国文学的西方学者无论下多大功夫,也无法与最优秀的中国学者相并肩;我们惟一能够奉献给中国同事的是:我们处于学术传统之外的位置,以及我们从不同角度观察文学的能力。新问题的提出和对旧问题的新回答,这两者具有同等的价值。

前面提到的第二种局限是研究者所从事的学术类型的局限。与各种学术传统一样,各个研究者在他们的著作中也建立了一种发展趋势。我在文学史上研究得越多,就越意识到我正在反复对自己提出相同的问题。从文学史的角度来看，诗歌的某些方面具有中心的意义，而其他方面却黯淡无光。但是这些其他方面往往正是诗歌的"诗歌"。文学史和我个人对它的描述也可能变成一种局限。

在文学论著中，如果我们自己的思维习惯已经变得太轻快自如，那就很有必要脱离它们。文学论著所传达的不仅是一种认识的结构（例如，文学史的一种模式），而且还包括个别学者完成这一结构的途径：发现的兴奋，思考解决问题的方式。在学术著作中，就像在文学作品本身一样，任何优秀的读者都能够辨别出作者从呆板的、学术的程式中获得的快乐。我在撰写这部书和关于盛唐的那部书时，就感到了这种快乐。但是，即使是最出色的认识结构，如果成了惯例和陈套，就会变得呆板乏味。脱离自己辛苦获得的成果是十分可惜的，但又是必要的。

因此，近年来我一直将文学史搁在一旁，试图精细地探讨中国诗歌那些无法为文学史所解释的方面。对于诗歌来说，文学史就像是"门厅"，人们只有通过它才能到达诗歌；但是，它本身并不理解诗歌。我希望有一天将带着新的视野回到文学史。

我撰写这本书的初衷是为盛唐诗的研究铺设背景，但是我却发现，初唐诗比绝大多数诗歌都更适合于从文学史的角度来研究。孤立地阅读，许多初唐诗歌似乎枯燥乏味，生气索然；但是，当我们在它们自己时代的背景下倾听它们，就会发现它们呈现出了一种独特的活力：从公主宴会上洋洋得意地呈献的包含完美对句的一首诗，到陈子昂的大胆论辩。在阅读作品时补上这个背景，既需要学识，也需要一种想像的行动，一种"它在当时应该是什么样"的强烈感觉。当我们确实在阅读中补充了这样的背景,初唐诗就不再仅仅是盛唐的注脚,而呈现出了自己特殊的美。

我衷心感谢贾晋华女士为翻译这本书所作的努力。我希望这本书至少能够向中国读者表明:中国诗歌的爱好者遍于全世界。

康科特,马萨诸塞,1987年1月11日

初唐年表

618—626	高祖
627—649	太宗
650—684	高宗（655年立武则天为皇后）
684	中宗（即位仅一月就被其母武后废黜）
684—690	睿宗（即位约两月就被武后放逐，武后继续以其年号摄政）
690—705	武后，武则天（690年正式废黜睿宗，改国号为周）
705—710	中宗（第二次即位。武后引退，复周为唐；韦后及其家族不久就掌握政权，710年鸩中宗）
710—712	睿宗（第二次即位。依靠临淄王、即后来的玄宗而复辟，712年让位）
712—756	玄宗（756年后与肃宗共称帝，但实际上已退位）

导　言

中国诗歌史上的初唐时期，从公元618年唐朝建立开始，大致延伸至713年玄宗即位时。初唐诗歌本身并没有呈现出统一的风格：它只是结束了漫长的宫廷诗时代，缓慢地过渡到新的盛唐风格。在七世纪所发生的变化中，宫廷诗的传统处于中心。"宫廷诗"在这里特指南朝后期、隋及初唐宫廷的诗。虽然在此前后，宫廷中也作诗，但只有在五世纪后期及六七世纪，宫廷才真正成为中国诗歌活动的中心。在这一时期里，不但作于各种宫廷场合的诗篇在现存集子中占了很大的比例，就是那些写于宫廷外部的诗篇中，鲜明的"宫廷风格"也占了上风。

到了七世纪前半叶，宫廷风格日益变得矫揉造作、刻板严格；强烈的对立潮流得到了发展，或修正宫廷风格，或寻觅替代的诗风。随着诗人们越出宫廷诗所严格控制的题材和场合，诗歌的主题范围开始扩大。此外，宫廷诗严格的修饰技巧对于创作过程的刻板控制也减轻了。通过这些变化，加上其他一些方式，七世纪后期、八世纪初期的诗人在保留旧风格许多优点的同时，迈向了新的自由。

文学自由应该从反面加以定义：必须先有一个标准和惯例的背景，作为诗人超越的对象。从七世纪后期起，宫廷诗的各种惯例所发挥的正是这样一种功用：形成一组能够为较出色的诗人用来表达其自由的诗歌期待。八世纪中叶的诗歌，即盛唐诗，经常被描绘成"直率"、"自然"，然而这些特性从来不是文学的内在本性。盛唐诗歌之所以呈现出这些特性，是由于有七世纪诗歌作为比较的背景。

这本书研究的就是这些标准化的惯例，以及初唐诗人如何突破它们，如何学会利用它们为自己的目标服务。虽然这里的研究局限于初唐诗，但是这些同样的标准化惯例也形成了八九世纪诗歌的隐蔽背景。八九世纪的诗人甚至比初唐后期的诗人更善于运用这些惯例和传统，尽管他们并不喜欢初唐诗。他们赞美作于宫廷诗时代之前的作品，因为那些作品体现了"古风"。然而在具体的实践上，他们依靠的仍然是发展于七世纪的处理法则。

八世纪对初唐诗的偏见持续了一千多年。直至目前，甚至在中国和日本，有关初唐诗的研究论著寥寥无几。现存的论著主要是关于个别诗人或声调格律发展的研究。较大部头的文学史著作通常只限于确认这一时期的重要诗人，及注意初唐诗风与南朝诗风的关系。没有人试图对这一时期进行广泛的、整体的探讨，或追溯此时期在诗歌方面发生的重要变化。

这一研究不得不略去最有意思的两个诗集，即寒山和王梵志的诗，至少是其中写于初唐的部分。这一删略是很可惜的，但却是必要的，因为这两个集子中的作品离开诗歌传统的主流太远，而且在创作日期及作者归属方面呈现出许多问题，如果考虑这些问题，势必会偏离对这一时期实际的文学史问题的讨论。此外，也没有迹象表明他们的作品曾为当时的京城诗人所了解。另一位诗人王绩的作品，表面上看与寒山、王梵志的作品相似，却包括在这部书里,这是由于他的作品表现了对于宫廷诗传统的自觉排斥。我还将刘希夷和张若虚忽略不计,他们的作品准确地说属于八世纪初期,但他们却经常被误认为初唐诗人。[1]

这里需要说明本书正文及译文的一些凡例。由于量度在诗歌中极少被精确运用,所以我随意地以英制不精确地代替汉制,例如将"一里"译成"一英里"。我保留了中国人计算年龄的体制,即婴儿一出生就是一岁。我还把中国的阴历纪年转换成大致的西历纪年,例如景隆三年十二月,准确地说已经进入710年,却仍然称为709年。

与任何试图包括大量资料的著作一样,我不得不保持最低限度的注释。对于诗中的典故成语,只有在对本书的论述有益,或必须了解诗篇的字面意义时,才加以解释。中国诗歌的文本往往是综合性的。如果有现成的校注本,如陈子昂的诗,我通常加以采用。《文苑英华》所录经常是现存惟一的、最早的原始文本,但其质量众所周知是很粗劣的。在没有其他早期文本的情况下,我用《文苑英华》的文字校正《全唐诗》,除非《全唐诗》纠正了明显的讹误。我所引用的本文,往往综合了数种原始资料。除非出现特殊的问题,我将不讨论各种异文。为了方便那些需要查找各种早期文本及其他未翻译诗篇的读者,我根据平冈武夫等编纂的《唐代的诗篇》,[2]标出了《全唐诗》的编码数字。

---

[1] 参看程纪贤(Cheng Chi-hsien),《唐代作家张若虚的诗歌作品之结构分析》(巴黎:Mouton,1970),页12—13。
[2] 平冈武夫、市原亨吉、今井清编,《唐代的诗篇》(京都:京都大学人文科学研究所,1964—1965)。此书中译本由上海古籍出版社于1991年出版。——译者注

第一部分

宫廷诗及其对立面

第一章　宫廷诗的时代

在南北朝时期,从公元317年少数族征服北中国开始,直到589年隋朝重新统一全国,中国诗歌被迫适应了新的环境。在北中国,政治权力掌握在"野蛮"的军事贵族手中,诗人们不外是宫廷的文雅装饰品。在南中国,随着政治实体的日益衰弱,统治者花费于诗歌创作及各种优雅生活的艺术的时间,多于治理国家。这是一个贵族的时代,这一时代的中国诗歌受到了束缚。

在汉儒看来,文学的社会功用是对统治者进行褒贬,赞扬美德,批评腐败。文学的私人功用则是抒发个人的情感,但是这种情感被认为主要是对占主导地位的政治及社会道德的反应。这种情感表现的价值是通过它们可以再现社会状况和诗人品德。此类态度肯定不是培育伟大想像文学的肥沃土壤,但是却广泛地使人们相信,他们在儒家的社会里为文学提供了合法的地位。在南北朝时期,这些与儒家价值观及文学、文化传统相关的联系几乎都被打破了。

儒家文学价值观及士大夫理想的幻灭,早在三世纪初就明显地出现了。起初,诗歌与朝政的分离,道德标准的打破,都表明是一种解放:诗歌在否定自身的行动中,发现了丰富的新主题,隐士诗、山水诗、道家哲理和想像诗纷纷涌现。然而,这种解放所付出的代价是巨大的：儒家关于诗歌及个人经验对于国家和文化具有某种持久意义的鼓舞人心的设想消失了。尽管它不过是一种脆弱无力的设想，却又是一种必要的设想。

到了五世纪后期，诗歌日益成为南朝宫廷的垄断物。在前两个世纪成为首要关注的隐士诗和山水诗，已经下降为缺乏生气的陈腐题材。诗歌掌握在具有高度文学修养和文化水平的皇帝及大贵族手中，他们是诗歌成绩的最高裁判。在前几个世纪中，诗歌已经逐渐脱离传统的儒家价值观，于是南方大贵族抓住了诗歌，作为他们的文化世袭物，表明他们对北方的优势，因为北方的文学为他们所鄙视。

南方诗歌的停滞与政治的衰落相一致。宫廷诗的持续性令人吃惊，其原因主要在于文学的贵族支持者的守旧性，以及高度等级化的社会结构。外来者要进入他们的诗歌领域，就必须彻底遵奉其诗歌品位、规范、优雅的准则。诗歌变成一种高雅的消遣，儒家教化的渗入，或隐士的强烈独立性，都被认为是不可原谅的俗气。

下引陶弘景（452—536）的诗中，隐士的违忤十分独特，而皇帝的屈尊询问更令人吃惊。

诏问山中何所有，赋诗以答[1]

山中何所有，岭上多白云。
只可自怡悦，不堪持寄君。

---

[1]《全梁诗》，卷11页12b。

第一章 宫廷诗的时代

在诗歌领域和宫廷娱乐中,关心政治同样被认为是不合时宜的。按照正统的儒家道德观点,当权者应该时刻致力于搜集贤才来辅助其治理国政,国事总是应该摆在私人娱乐之前。但是,当虞𬱖在梁朝贵族徐勉的宴会上求官时,徐勉回答说,"今夕止可谈风月,不宜及公事。"[1]这样的回答是可以理解的,即使最严谨的汉代官员也会这样做。可是徐勉在这里所表现的态度(在某段时间里公事是不合宜的)激怒了后来的儒家改革者,他们猛烈地攻击南朝文学中所表现的对国事的漠视。或许隐指上述事件,隋代的儒者李谔写道,"连篇累牍,不出月露之形;积案盈箱,唯是风云之状。"[2]

在宫廷诗中占主导地位的有两类诗。[3]第一类从文体上模仿民间抒情诗——乐府。在此类文人乐府中,爱情诗特别流行,但写得十分雅致,远离了它们朴素的始祖。第二类是正规应景诗,用优雅和巧妙的形式赞美朝臣的日常生活事物。中国较早的个人抒情诗不仅表现在儒家政治诗中,而且表现在隐士诗和山水诗中。可是,在宫廷诗的时代里,更经常的是诗人的内心生活被淹没在乐府的人物或朝臣的角色中。

战事连绵、政治动荡的北中国对于诗歌是更糟糕的环境。这

---

[1] 《梁书》,卷25页3b。《梁书》称赞徐勉的正直和博学,以肯定的儒家态度运用此则轶事,以说明他的"无私"。
[2] 《全隋文》,卷20页9a。
[3] "宫廷诗"这一术语,贴切地说明了诗歌的写作场合;我们这里运用这一术语松散地指一种时代风格,即五世纪后期、六世纪及七世纪宫廷成为中国诗歌活动中心的时代风格。现存的诗歌集子中,大部分或作于宫廷,或表现出鲜明的、演变中的宫廷风格。"宫廷诗"必须明确地与"宫体诗"区别开来。

一时期有一些北方民歌具有真正的艺术成就,但一般说来,北方诗人不是蹩脚地模仿南方风格,就是写作拙笨的诗。北朝统治者很希望为他们的宫廷增添诗歌的装饰,经常用直截了当的独特方式解决这一问题:当南朝诗人出使北方时,北朝统治者就把他们扣留下来。六世纪最优秀的三位诗人庾信、王褒及徐陵,就以此种方式满足了北方人对南方文化的钦羡。

六世纪的作家们可以回溯一千多年连绵不断的文学传统。即使是当时占主导地位的诗体五言诗,也有了五百多年的历史,大致相当于英国文学从马罗礼以来的全部历史。六世纪的宫廷诗人强烈地感受到丰富多彩的文学传统的压力,这是不足为奇的。梁元帝以一种近乎绝望的调子写下这段话:

> 诸子兴于战国,文集盛于两汉。至家家有制,人人有集。其美者足以叙情志,敦风俗。其弊者只以烦简牍,疲后生。往者既积,来者未已;翘足志学,白首不偏。[1]

从五世纪后期到七世纪,宫廷诗人实践了一种"创造性模仿",在许多方面与欧洲文艺复兴时期抒情诗人的创造性模仿相似。在五世纪后期,宫廷诗的基本主题和形式一经建立,诗人们将所接受的遗产作为对诗歌的绝对限制。他们不是从遗产里探索真正的独创性,而是寻觅新异的表现。在自由和深度方面所失去的,宫廷诗人就试图从技巧、文体、精致等方面加以补偿。即使到了七世纪末,真正个性化的风格和结构已经出现,对于各种题

---

[1]《金楼子》(台北:世界书局,1957),卷4页13a。

第一章 宫廷诗的时代

材本身的认识仍然几乎没有创新。宫廷诗人的这些局限遭到了后代的谴责。李谔写道:"遗理存异,寻虚逐微。竞一韵之奇,争一字之巧。"[1]

南朝宫廷诗向初唐宫廷诗的发展是一个逐渐的过程,未涉及重要的或突然的变化。我们这里将要描绘的各种既定惯例,主要见于初唐诗,但都可以在南朝宫廷诗中找到源头。在这一章里,我们仅简要概述整个宫廷诗时代普遍存在的诗歌惯例的各个方面。在稍后的一章里,我们将更详细地检验这些惯例在八世纪开头十年的最后形式。这些惯例作为一种特殊的、一致的时代风格,开始于五世纪,逐渐地演变成一套代表诗歌高雅趣味的约束法则。[2]

在六世纪和七世纪,这些修辞和修饰的法则在宫廷诗中日益占据主导地位。它们使得诗歌成为可获得的技巧和可学习的艺术。美学判断不是基于独创的程度,或复杂严肃的意义,而是基于诗人如何在这些法则中做文章。这是一门变化微妙的艺术,每一次优雅的表演都能获得一笔奖赏。这里没有空间容纳未受正规训练的天才。在宫廷诗的写作过程中,奖赏是根据写作的速度设立的,那些法则和惯例使得即席赋诗可行而不致受窘。宫廷外部的诗人是从早期的文集、选集中获得诗歌知识的。在外部诗人和成长于宫廷环境的年轻人之间,这些精致的法则实际上设立了一道难以逾越的障碍。这些美学法则为宫廷所掌握,它们产生出一

---

[1] 《全隋文》,卷20页9a。
[2] 关于宫廷诗的形式和题材的各种惯例,第十五、十六两章将进行更全面的探讨。

种在场合和观念两方面都贵族化的诗歌。它们抑制勇于创新的诗人，扶助缺乏灵感的诗人，把天才拉平，把庸才抬高。它们允许普通的朝臣写出诗来，能够不太难堪地在最优秀的宫廷诗人的作品旁边立住脚跟。

在这些未成文的法则中，首先使人感觉到的是题目和词汇的雅致。一首严格意义上的宫廷诗要具备许多条件，其中之一是采用既定题目（有时标明诸如"赋得"一类的短语），这些题目经常出自皇帝的命令（"应制"）。如果我们在较大的范围内运用宫廷诗这一术语（即宫廷风格），就几乎找不到个人诗了。正如我们在前面已指出，政治的呼吁和谋官的请求是出格的，隐士的远离是不雅的。当然这类诗仍然被写作，但主要出自宫廷外部的诗人之手，或是还未被接受进宫廷圈子的年轻诗人，或是被宫廷放逐或脱离宫廷的老诗人。此时同僚和朋友间的交往诗还不似八世纪那样普遍，因此个人诗最经常产生于放逐和退休的场合。

词汇的典雅是一个相当复杂的问题。描绘日常生活事物的词语被认为是不相称的。早期文学中描写强烈感情状态的丰富多彩、富于表现力的词汇，现在很难看到了。这主要是由于宫廷诗避免极端的感情，而无病呻吟的伤感、恭谨的敬畏、惊奇的叹赏要远为普遍。虚词虽然出现，但惜墨如金，倾向于主要用在诗的开头或结尾。这种倾向一直持续到八九世纪。口语和古词被避免，基本词汇相对地减少，以高雅词语的重复出现为标志。例如："临"（用来代替早期诗歌中表位置的习惯用语"在甲地有乙"）、"碧"（用来替代青，更自然的绿色）、"笼"，遮盖。

宫廷诗的标准措辞基于几种特定的程式，这些程式与我们所认为的古典语言的标准相背离。在这里我们发现对隐晦词语、曲折句法、含蓄语义及形象化语言的普遍偏爱。修饰总是比直陈更受欢迎，不过，它很少被引向我们在骈文中所见到的极端。骆宾王那样的诗人所运用的过度修饰，与隐士诗人王绩的有意朴素一样，都与宫廷诗的标准格格不入。

各种结构惯例在宫廷诗的创作中起着重要的作用。我们将其基本模式叫作"三部式"，由主题、描写式的展开和反应三部分构成。正如我们在稍后的一章中将要讨论的，这一形式起源于二至三世纪的诗歌，到了七世纪后期，它被普遍地格式化于律诗中，并继续在大部分古诗中起主导作用。诗人在开头尽可能优雅地陈述主题，如上官仪一首访问山中别墅的诗，开头写道：

　　上路抵平津，后堂罗荐陈。（02728）

在此诗的中间部分，这位朝臣用两联或更多的描写对偶句引申主题，然后用个人对景物的反应结束全诗，通常是巧妙的赞美，或个人看法、情感的介入。结尾依不同题材而变化，例如宴会诗，经常结束于主题的一种变式："现在天已晚了，必须回去。但我们兴致勃勃，不想回去。"李百药说：

　　日斜归骑动，余兴满山川。（02847）

结构的程式化极大地便利了宫廷场合的迅速创作。

诗篇中间部分的诗句实际上是必须对偶的。宫廷创作的苛求对于诗歌对偶的发展产生了重要的影响。八九世纪对偶诗句的微妙并置，在六七世纪还不多见。在宫廷诗中，一旦掌握了构造技巧，忙碌的朝臣对于突如其来的紧迫问题就能应付自如。宫廷诗的描写对句之间通常缺乏必要的联系，诗中即使含有旨意，也是微弱无力的。

诗篇的结尾，作为对前面部分的反应或评论，对于诗意的延伸是重要的成分。那些情感反应的旧形式：感叹，如泉的泪水，设问如"谁知……"以及谢灵运的缺少朋友分享感受的遗憾式结尾，还出现在某些题材如送别诗和旅行诗中。在正规应景诗中，结尾更经常的是从景象得出巧妙推论，并伴随着"惊"、"惜"一类表示惊奇或遗憾的词语。为了引出从中间对句得出的结论，还设立了一些现成套语，如"乃知"、"方知"等。为了在结尾造成曲折的感觉，经常运用排除异议和陈词滥调的现成设问语，如"谁谓……？"

每一种题材都有自己的一些惯例。某些题材如咏物，惯例牢固不变，实际上创造了一种几乎不受其他题材影响的独立发展传统。其他各种题材，中间描写对句或许可以互换，但结尾的惯例仍各具特色。各种题材的惯例和标准在二至四世纪就开始形成，到了七世纪已发展得格外牢固。不仅是题材的范围规定了诗歌的处理对象，它们本身的内在法则也决定了主题和场合的处理方式。

此外还有许多小特点。宫殿与仙界的习惯等同，不仅为修饰提供了现成有效的隐喻组合，而且还提供了仙界显现人间的无数巧妙结尾。汉代的地名和人名提供了另一套高雅的代用语。最后，还有一种把人物从景象中移开的倾向，以人物的姿势、行为、器物及服装，代替他们的现身。这些特点有不少可从下引上官仪诗的首联看出（02707）。这首诗的题目是既定的：皇帝和朝臣前往桂林殿赴宴。结果变成：

> 步辇出披香，清歌临太液。

唐宫殿名换成了汉宫殿名，皇帝消失在他的步辇里，歌者消失在无人的歌声里。这些歌声并不"在"太液池，而是斯斯文文地"临"了那里。

  尽管有不少局限，宫廷诗对技巧的热切关注仍然对中国诗歌的发展做出了很大的贡献。在这一时期里，诗歌语言被改造得精练而灵巧，成为八九世纪伟大诗人所用的工具。从宫廷诗人对新奇表现的追求中，演化出后来中国诗歌的句法自由和词类转换的能力。从他们对结构和声律的认识中，产生出律诗和绝句。从他们对单个语词在诗句中的突出作用的注意，发展到对风格和措词的特别关注，使得后来从杜甫到王士禛的诗人各具个性。不过，宫廷诗人的贡献与其说是个人的，不如说是集体的。除了庾信外，要指出一位诗人超出于其他诗人是困难的。

  正因为宫廷诗具有如此大的力量和影响，所以能够经受住两百年的猛烈攻击。虽然有一定数量的诗篇创作于其范围之外，宫廷诗的美学吸引力仍然十分巨大，即使那些在理论上尖锐攻击它的人，也无法在实践上避开它。到了八世纪，文学活动中心积极地从宫廷转移开去，但是在宫廷里，旧的风格仍然占据主导地位。宫廷诗在应试诗中被制度化，而终唐一世它一直是干谒诗的合适体式。

第二章　对立诗论和隋代

宫廷诗在五世纪后期兴起后，立即激起了反对。但是这种反对仅有诗论，缺乏诗歌实践，缺乏具有美学吸引力的替换品。这一对立诗论最后发展成为复古理论，在八世纪初至九世纪初中国诗歌最伟大的时代里，发挥了重要的作用。

给复古观念下一个定义是困难的，因为它对于不同的人具有不同的含义。在某些场合里，它特指从道德上反对"宫体诗"（一种在最初与宫廷诗相联系的轻度色情题材，专门描写美女的感情和生活环境）。在另外一些场合里，它意味着反对修饰的文体，提倡极端的直朴和简洁。还有一些场合里，它反对诗歌缺乏政治含意。简言之，它反对宫廷诗的任何特点，而它用来反对的理由主要是伦理的，不是美学的。因此我们把处于八世纪前的早期阶段的复古观念叫做"对立诗论"，因为它明确界定了自己与宫廷诗的对立关系，有时含有"复古"的意义，有时没有。

对立诗论以儒家特有的论辩修辞，坚决地反对"颓废"、"色情"及无意义的"修饰"。这些特性即使在六七世纪也无人能够据理袒护。但是，到底宫廷诗中哪一些作品包含了这些有害特性，尚有待争辩。作为替代的诗歌同样是不清楚的，虽然对立诗论似乎赞成表现深挚个人感情的诗歌，或为政治说教目标服务的

第二章 对立诗论和隋代

诗歌。

对立诗论最早的有力表述见于刘勰（465—522）的《文心雕龙》。这部书写于五世纪的最后几十年，是中国最伟大的文学理论著作之一。下引段落代表了真正的复古，包括反对宫廷的堕落，以及以古典模式取而代之。文中所提倡的文学观念基于先秦至汉儒家关于文学的论述，这些相同的思想经过无数次的反复阐述，到后来成为一成不变的呼吁。

> 唯文章之用，实经典枝条，五礼资之以成文，六典因之以致用。君臣所以炳焕，军国所以昭明。详其本源，莫非经典。而去圣久远，文体解散。辞人爱奇，言贵浮诡；饰羽尚画，文绣鞶帨。离本弥甚，将遂讹滥。[1]

在这段话里，刘勰强调文学在儒家国家和社会背景下的功用；在《文心雕龙》的其他地方，他还强调文学的自我表现。这段话从头至尾明确表示了对过分修饰的厌恶。但是，不仅宫廷诗具有这种修饰特点，骈文也是如此，而刘勰这段话本身正是用骈文写成的。

到了梁代，我们在裴子野的《雕虫论》里看到了专门对准诗歌的谴责。[2]"雕虫"与刘勰著作的题目"雕龙"一样，指注重技巧和修饰；"雕虫"一词含有轻蔑之意。这些论辩的力量很快就为宫廷圈子所感知，但对立论点的古典渊源使得他们难以反

---
[1]《文心雕龙》（香港：商务印书馆，1960），页726。
[2]《全梁文》，卷53页15b—16b。

对。为现行文学袒护的论点寥寥无几,甚至连宫廷大诗人徐陵(507—582)也不得不为他在诗歌选集《玉台新咏》中所收集的诗篇而致歉:"撰录艳歌,凡为十卷。曾无参于雅颂,亦靡滥于风人。泾渭之间,若斯而已。"[1]徐陵在这里辩白说,他所收集的"混浊"的色情诗可以同古代"清净"的诗并存,就像所引喻的两条河,这两种诗歌也永远不会相混,古典传统的纯洁性将不会受到威胁。显然,对立诗论的攻击使宫廷诗人感到难以招架,而真正的冲突还在后面。

隋文帝杨坚是北方军事贵族的后裔。他在完成统一帝国的大业时,把反对宫廷风格写入国家的政策:"高祖初统万机,每念斫雕为朴,发号施令,咸去浮华。然时俗词藻,尤多淫丽。"[2]这是在公元584年,隋灭陈而最后重新统一中国之前五年。文帝的动机可能是出于一种对夸饰的清教徒式的厌恶,而不是出于儒家道德家的考虑。因此他并未提到复古,也未追溯最早的原则。

可是,由于文帝对朴素直率的爱好,他的态度十分接近那些对立诗论的儒家阐述者,以致他的大臣们认为这一态度足以使对立诗论合法化。于是治书御史李谔回应了文帝的命令,以儒家的论辩反对宫廷风格。这里几乎全文援引李谔的《上高祖革文华书》,以便读者能够了解这种论辩的风格及其基本论点:

> 臣闻古先哲王之化民也,必变其视听,防其嗜欲,塞其

---

[1]《全陈文》,卷10页9b。
[2]《隋书》,卷76页2a。

邪放之心，示以淳和之路。五教六行，为训民之本；《诗》、《书》、《礼》、《易》，为道义之门。故能家复孝慈，人知礼让。正俗调风，莫大于此。其有上书献赋，制诔镌铭，皆以褒德序贤，明勋证理。苟非惩劝，义不徒然。

降及后代，风教渐落。魏之三祖，更尚文词，忽君人之大道，好雕虫之小艺。下之从上，有同影响，竞骋文华，遂成风俗。江左齐、梁，其弊弥甚，贵贱贤愚，惟务吟咏。遂复遗理存异，寻虚逐微，竞一韵之奇，争一字之巧。连篇累牍，不出月露之形；积案盈箱，唯是风云之状。世俗以此相高，朝廷据兹擢士。禄利之路既开，爱尚之情愈笃。

于是闾里童昏，贵游总角，未窥六甲，先制五言。至如羲皇、舜、禹之典，伊、傅、周、孔之说，不复关心，何尝入耳。以傲诞为清虚，以缘情为勋绩，指儒素为古拙，用词赋为君子。故文笔日繁，其政日乱。良由弃大圣之轨模，构无用以为用也。损本逐末，流遍华壤，递相师祖，久而愈扇。[1]

李谔接下来赞美了隋王朝纠正文风的命令，指出大部分地区已经实施了这一法令，但是他担心边远地区仍然零散存在着有害的修饰文风，所以在文章最后请求将有关衰靡文风的报告送给他，以便加以严惩。这封信排斥南方的倾向是不难窥见的。

与后来的复古文章不同，李谔并未试图调和文学的美学考虑和社会功用。这种态度是根本上反艺术的，但后来竟然对中国诗

---

[1]《全隋文》，卷20页8b—9a。

歌产生了有益的影响，说来令人难以相信。这是因为，一旦诗人将自己的艺术与儒家国家的价值观相妥协，他就会觉得自己的诗歌具有持久的意义；而如果他企图反对传统的儒家价值观，他就要与不可小觑的对手展开激烈的争论。

在李谔"以缘情为勋绩"的指责下，诗人们被迫使自己的感情适应了周围世界的较大范围。八九世纪诗歌的许多重大题材和主题：讽喻乐府诗、咏史诗、时事诗，正产生于这种表现社会内容的需要，并由此而与历史进程相关联。

但是，这一切都远属于将来，文帝的诏令和李谔的信在当时并未产生这样重大的直接效果。正如李谔所抱怨的，在宫廷外部，南朝文风仍在延续。在隋宫廷里，写作道德诗、说教诗的试图是失败的。文帝的儒臣李德林写道：

> 至仁文教远，惟圣武功宣。
> 太师观六义，诸侯问百年。[1]

声名狼藉的杨素写道：

> 在昔天地闭，品物属屯蒙。
> 和平替王道，哀怨结人风。[2]

"屯"和"蒙"是取自《易经》的两个卦名，"哀怨"与亡国之

---

[1]《全隋诗》，卷2页2a。
[2] 同上书，卷2页3b。

第二章 对立诗论和隋代

诗相联系。这样的范例显然无法吸引人们脱离宫廷诗的魅力。

隋炀帝,这位隋朝第二代也是最后一代倒运皇帝,是这个短命王朝最值得重视的诗人。他的作品显示了一种矛盾拉力:被他父亲认为适于一统帝国而采用的对立诗论,与丰富多彩、充满魅力的南朝诗歌之间的矛盾拉力。炀帝是一位有着深厚美学意识的人,李德林、杨素那样的诗歌作品不可能令他满意。而在另一方面,炀帝又不同于陈叔宝这位陈朝最后的真正颓废的诗人兼皇帝。他的许多诗篇表露了对于武功的梦想,以及一统天子的沾沾自喜。炀帝诗的这后一方面,被七世纪的历史家魏徵看成是儒家政治关注的表现。

炀帝关于对立诗论的惟一陈述发表于他刚被立为太子时。他抱怨清庙歌辞"文多浮丽,不足以述宣功德"。[1]这种言论十分相似地重复了他父亲对南朝华丽夸饰文风的厌恶。但是炀帝的动机尚有可疑之处,因为他此时正试图通过逢迎,博得他父亲的欢心。[2]

魏徵曾经选录几首炀帝的诗,作为帝王诗体的范例,其中之一是《饮马长城窟行示从群臣》。诗中所述事件是炀帝重修长城,以及他在北方边境推行的侵略政策,这一政策后来导致了侵略朝鲜战争的灾难结局。

> 肃肃秋风起,悠悠行万里。
> 万里何所行,横漠筑长城。

---

[1]《隋书》,卷15页12b。
[2] 关于炀帝与其父亲的关系,我曾蒙芮沃寿(Arthur Wright)赐教。

> 岂台小子智,先圣之所营。
> 树兹万世策,安此亿兆生。
> 讵敢惮焦思,高枕于上京。
> 北河秉武节,千里卷戎旌。
> 山川互出没,原野穷超忽。
> 摐金止行阵,鸣鼓兴士卒。
> 千乘万骑动,饮马长城窟。
> 秋昏塞外云,雾暗关山月。
> 缘岩驿马上,乘空烽火发。
> 借问长城侯,单于入朝谒。
> 浊气静天山,晨光照高阙。
> 释兵仍振旅,要荒事方举。
> 饮至告言旋,功归清庙前。[1]

虽然炀帝声称他关心人民,我们在这里所看到的却是帝王之尊的意识超过了儒家道德。诗中充满了对于权力和荣誉的迷恋。不过,无论出于什么动机,炀帝这首诗所表现的境界,与陈叔宝柔弱无力的同题乐府相比,仍然不可同日而言:

> 征马入他乡,山花此夜光。
> 离群嘶向影,因风屡动香。
> 月色含城暗,秋声杂塞长。

---

[1] 《全隋诗》,卷1页1a—b。

> 何以酬天子，马革报疆殇。[1]

最后一行写的是马革裹尸的行为。但是，将战马嗅花香的温柔感情与为国牺牲的严肃誓言放在一起，实在不伦不类，这是因为陈后主的边塞经验纯粹是文学的。炀帝诗中的帝王责任感在这里完全见不到。

将两首诗相比，无论陈叔宝关于边塞的想像多么缺乏生气和人情味，其南方人的艺术优势仍然显而易见。战马因离群而向影嘶鸣的构思，糅合了宫廷诗精巧和敏感的特点。炀帝无论如何写不出陈诗中间部分的精美对句。南朝诗歌技巧的一个不甚明显而颇为基本的特点是精练的辞藻和描述，陈诗正体现了这一特点，与炀帝诗的散漫作风形成了鲜明对照。描述的模式很多，但大部分涉及将前面的诗句或对句的要素分割、重新组合、扩充的过程。此外，这些重复的要素还必须用不同的词语来表现或间接地暗示，例如："光"、"影"，以及主要的词"月色"。

陈叔宝诗的首联设置了主要的词语：征马和他乡，花和月光。次联应该将它们分割和重新组合，于是第三句出现了马和月光，第四句出现了预期的花，但还加了一个新词"风"。然后第三联拣起上联对应的月光和风，用"他乡"——边塞加以引申。不规则的第四句使得这首诗不似许多宫廷诗那样完美对称，但整首诗的结构技巧还是清楚的：

---

[1]《全陈诗》，卷1页4b—5a。第8句的"炀"校为"殇"。

首联:	马	他乡
	花	光辉（月光）
次联:	马	影（月光）
	花	风
三联:	月光	长城（他乡）
	杂声（风）	关塞（他乡）

最后，遵循三部式的法则，陈叔宝插入直接的情感反应，通过马自我牺牲的誓言，抵消了忧伤的情调。乐府诗往往用现成角色的程式化反应结束全诗，由于此诗中只有一匹马可作为反应的对象，陈叔宝只好将英雄的惯常决心塞进马的头脑。

这种优雅的南方感觉不能不吸引炀帝。他从未掌握南方应景诗——最讲求修饰的宫廷体，也找不到他曾试做这类诗的痕迹。在使诗歌直接与宫廷生活联系起来方面，他发现帝王的尊严和缺乏美学的对立诗论相当合适。而在另一方面，柔美的南朝乐府诗及对"美好生活"的赞扬，也经常出现在他的作品里。

江都宫乐歌

扬州旧处可淹留，台榭高明复好游。
风亭芳树迎早夏，长皋麦陇送余秋。
渌潭桂楫浮青雀，果下金鞍跃紫骝。
绿觞素蚁流霞饮，长袖清歌乐戏州。[1]

---

[1]《全隋诗》，卷1页2a—b。

炀帝大部分南方风格的诗与他的帝王诗一样，表露了特定角色的自觉的爱好。在这首诗及其他诗里，我们看到了将南方作为一个分离的实体的意识，这与宫廷诗人关于南方就是天下的设想很不相同。炀帝是从外部观察南方的。

可是，在另外的时候，炀帝并不这么自觉，而是经常成功地捕捉南方诗歌的声色之美。由于他缺乏南朝宫廷诗人的修辞装饰，结果却可能产生出一种动人的清新和优美。

春江花月夜

暮江平不动，春花满正开。
流波将月去，潮水带星来。[1]

应该说明的是，这首乐府的古题作者不是别人，正是陈叔宝。[2]

虽然我们还发现了其他一些与炀帝《饮马长城窟行》的风格和性质相似的诗篇，但是一般说来，隋代还未能产生美学上令人满意的取代宫廷诗的诗歌。与此同时，宫廷诗繁荣如昔。隋代将这一文学遗产留给了唐代，正如同它将政治制度和军事野心留给唐代一样。唐代在继承儒家道德家对立诗论的同时，也继承了魅力萦回的南方宫廷诗。七世纪诗歌的历史主要就是这两种竞争力量相互作用的历史。唐代诗人正是从前隋官员的笔锋中，发现了两种价值观最初的、不稳定的妥协。

---

[1]《全隋诗》，卷1页2a。
[2]《乐府诗集》（《四部丛刊》），卷47页1a。

第三章　隋代的遗产：魏徵和李百药

那两位将受到对立诗论启发的新诗歌带进隋代的诗人都是北方人。在南方，宫廷诗仍繁盛地蔓延。魏徵和李百药在隋末混战及唐代开国初年所写的诗篇，显示了即将全面出现的生机蓬勃诗歌的潜在力量。可是，他们随后在唐代的发展却标志着对立诗论的衰退：魏徵转向枯燥乏味的说教诗，而李百药则趋奉太宗的宫廷诗倾向。

魏徵（580—643）是魏州人（在今天的山东省，中国文化在北方的根据地之一），幼年早孤，年轻时曾学道，后来参加李密先反隋后抗唐的斗争。李密失败后，他转而效忠唐朝。在唐朝他提升得很快，成为《隋书》的编者之一及太宗朝的名臣。

如果不算祭祀乐章，魏徵的诗歌数量非常少，仅有四首诗存世。要不是明代新古典主义者将他的《述怀》评为第一首独具特色的唐诗，[1]人们几乎不会把他看作诗人。很难确定《述怀》写于魏徵生涯中的哪一时刻，可能在他跟从所追随的军阀李密投降新朝不久，也可能在太宗即位后不久。两种情况下这首诗都写于

---

[1] 李攀龙（1514—1570）在其著名选本《唐诗选》中，将这首诗放于卷首。清代批评家沈德潜（1673—1769）认为盛唐风格源于这首诗。

唐初,但这首诗在精神上与其说接近于唐初几十年的诗歌,不如说更接近于许多隋代诗歌。

《述怀》代表着一种本有可能成功地达到对立诗论目标的诗歌。这首诗被恰当地与炀帝的《饮马长城窟行》相提并论,这不仅因为魏徵表达了对炀帝诗的赞赏,而且因为这两首诗是同一时代和同一诗论的产物。[1]

述 怀

中原初逐鹿,投笔事戎轩。
纵横计不就,慷慨志犹存。
杖策谒天子,驱马出关门。
请缨系南越,凭轼下东藩。
郁纡陟高岫,出没望平原。
古木鸣寒鸟,空山啼夜猿。
既伤千里目,还惊九逝魂。
岂不惮艰险,深怀国士恩。
季布无二诺,侯嬴重一言。
人生感意气,功名谁复论。(02442)

这首诗充满了历史典故,但我只限于说明那些不解释就无法理解此诗的典故。第七句的"缨"用汉臣终军的故事,他曾经奉命出使南越,劝说南越王向汉朝称臣,在辞行时,他据说表示了为国效力的决心,向皇帝请求长缨,要把南越王"系"住,带回京

---

[1] 小川环树,《唐诗概说》(东京:岩波书店,1958),页30—31。

城。与终军一样，魏徵也决心尽自己最大的说服力为其统治者效劳。接下来一句指的是雄辩家郦食其，他代表汉朝的创建者前去说降复立的齐国。终军和郦食其都因其努力的成果而丧命。诗末提到的侯嬴和季布，皆以忠诚和守信而著称。

即使《述怀》未达到李攀龙和沈德潜所要求的高度，即使它如同现代学者闻一多所称是一首"普通的诗"，[1]它仍然具有语言朴素、直抒胸臆、表达政治关注的特点，比炀帝的乐府诗进一步超出了宫廷诗的范围。魏徵的诗歌材料大部分取自历史，而不是前人的诗歌。在明显地借鉴于前人诗歌的一处地方，他的选择也是不同寻常的：《述怀》最后两句几乎逐字袭用了南朝罕见的儒家诗中的一首，[2]这首诗的作者是荀济，他因反对佛教而触怒了梁武帝，从梁朝逃往北魏。

《述怀》这一题目的模式是阮籍（210—263）的《咏怀》。我们知道至五世纪时，阮籍这组诗被解释成对于魏朝衰亡及后来建立晋朝的司马氏兴起的个人感慨。[3]到了公元658年，当李善将其对《文选》的注释呈献给皇帝时，《咏怀》的个人诗被解释成时事讽喻诗。通过将自己的诗在题目和风格上与阮籍的诗相联系，魏徵不仅指向了社会和政治关注的较大范围，而且表示了对真诚、豪放、自然、强烈的感情流露的认同。唐代的读者将这些特性与建安及魏的诗歌联系在一起。这些特性代表了丧失于宫廷诗时代的独具魅力的朴质风格。正如我们在后面将要谈到，建安

---

[1] 闻一多，《唐诗杂论》，收《闻一多全集》（香港：远东，1968），第3册，页8。
[2] 《全梁诗》，卷12页6a—7a。
[3] 参看《文选》李善注引颜延之（384—456）评语，卷23。

及魏诗歌的模式后来成为唐代诗歌摆脱宫廷诗束缚的主要工具之一。

还有一些南朝诗人对建安及魏诗歌的朴质风格感兴趣，但是他们的处理方式与魏徵很不相同。对于他们来说，这种诗歌不是自我表现的工具，而是进行文学模仿练习的古董。[1]第一位运用《咏怀》的模式表现严肃个人目标的诗人是庾信。他虽然是一位南方诗人，但是他的大部分诗篇却写于扣留北方时。他的作品表现了明显的地域风貌，给人以北方诗歌应该与南方诗歌不同的感觉。庾信有二十七首《拟咏怀》，这些诗篇被认为都作于庾信拘留北方时。与三四世纪其他南朝诗人的仿制品一样，庾信这些诗在技巧上仍限于模拟。但是，《拟咏怀》中的许多诗篇表现了强烈的个性，或直接表达，或含蓄比拟。庾信这组诗的主题与创始的《咏怀》在一定范围内相似：秋天的悲哀，历史诗，哲理作品，及自述。后来在唐代，复古诗也扩展了与建安及魏诗歌相联系的宽广的主题范围。《拟咏怀》对于最终由对立诗论发展起来的诗歌是重要的先例，但是这些诗包含了一定数量的板滞的对偶，这对于一位成长于南朝宫廷诗传统的诗人来说，实在是无法避免的。《拟咏怀》的影响不是直接的，在初唐，"拟庾信"丝毫不意味着对立诗论的风格，而是指最地道的宫廷诗。不过，当魏徵写作《述怀》时，他的脑海里很可能浮现过庾信这些诗。

宫廷诗基本上是一种赞美诗，与之不同，庾信的《拟咏怀》和魏徵的《述怀》都是自我表现的诗，这一类诗可以追溯至《诗大序》所陈述的一条原则："诗言志"（志，即抱负，或心中的任

---

[1] 参看江淹（444—505）"拟"这一时期诗人的作品，《文选》，卷31。

何意向,带有强烈的政治含义)。诗歌应该集中表现诗人及其内心生活,如果描写外部世界,如《述怀》九至十二句,也从属于诗人对其的反应。这不是出于客观写实的目的(李谔的"清虚"),也不是宫廷诗人有限制的、程式化的情感反应。如果我们把魏徵的风景描写与陈叔宝《饮马长城窟行》中的描写相比较,就会看到诗中缺乏陈诗那种为写景而写景的兴趣,缺乏景物要素的精巧安排。诗中只有简单组成的景象,其中的每一要素都安排来显示诗人的情感是被什么激起的。最后一点,《述怀》并不说教,诗人肯定某些原则,但这些原则都个性化了,直接与他的处境相联系。

  对于这种诗,说教的威胁比宫廷诗的吸引还危险。在对立诗论理论家的眼光里,这样的诗不是含有道德内容的个人艺术,而是道德态度的合适范例。如果诗歌的主要功用是教导,那么用公开说教的诗直接进行教诲,不是更合适吗?魏徵在唐代官位升高之后,就屈从于这种危险,大胆地向杰出的太宗进谏,受到儒家大臣的高度赞扬。在下举轶事中,太宗写了一首咏君德的诗,但他的伦理观念中渗入了轻微的佛家味道。魏徵通过一首咏西汉的典范诗,"纠正"太宗的错误,以儒家对礼仪的恰当强调结束全诗。魏徵本人可能确实认为帝王的权力和礼仪高于普通伦理,但是这样一来,诗歌的功用成了教诲而不是表现。

  太宗在洛阳宫,幸积翠池,宴酣各赋一事。帝赋《尚书》曰:"……恣情昏主多,克己明君鲜。灭身资累恶,成名由积善。"徵赋《西汉》曰:"(诗中先描写汉代军事和宴会的壮观)终藉叔孙礼,方知皇帝尊。"帝曰:"徵言未尝不约我以礼。"[1]

叔孙通是汉代促使朝廷推尊儒家的人之一。太宗对这一点心领神会。对立诗论不能恰当地将包含道德原则的诗与专门陈述道德的说教诗区别开来。如果说魏徵的《述怀》是前者的成功范例，这后一首诗显然就是说教诗。这种说教诗在美学上永远无法与宫廷诗竞争，魏徵的早期诗篇所表现的妥协已经消失了。

与其作为历史家的重要地位相比较，魏徵作为诗人是十分次要的。从对立诗论的角度看，他的《隋书·文学传序》是中国文学史上最合理、最丰富的表述之一。他在开头重新肯定了老调的文学教化理论，这一理论我们已经在刘勰和李谔的著作中看到。可是，他接下来却提出了一种以政治为背景的自我表现理论：

> 或离谗放逐之臣，途穷后门之士，道辖轲而未遇，志郁抑而不伸，愤激委约之中，飞文魏阙之下，奋迅泥滓，自致青云。[2]

魏徵接着将前两世纪的文学描绘成理想的统一体文（形式，修饰，文学的美学特性）和质（内容）分裂的过程。南朝文学的"文"过滥，而太多的"质"则使北朝文学乏味。在隋之前的一段时期里，南方的唯美主义被引进了北方。

道德家和历史家这种对文学演变的兴趣，出自中国文学思想

---

[1]《唐诗纪事》(《四部丛刊》)，卷4页9b。
[2]《隋书》，卷76页1a—b。

的一个早期原则,即文学反映了一个国家的政治和精神状态。因此,当魏徵把徐陵和庾信的诗歌描绘成"情多哀思"时,他同时也评价了南北朝后期的政治状况,如同《诗大序》所述:

> 治世之音安以乐,其政和;乱世之音怨以怒,其政乖;亡国之音哀以思,其民困。故正得失,动天地,感鬼神,莫近于诗。

在很大程度上,这一理论代表了道德家对合乎规范的文学风格的严肃关注。

魏徵接着赞扬隋炀帝的诗,特别提到《饮马长城窟行》,指出这首诗是"并存雅体,归于典制"。[1]由于历史家们一致谴责炀帝作为统治者的品德和能力,魏徵对炀帝诗的这一评价,和上述诗歌反映时代的理论直接矛盾。他很善于引经据典来为自己的目的服务,为了避免这一难题,他援引了一条较不通行的批评格言:"君子不以人废言"(《论语》15.22)。也就是说,不能根据作者的品德判断作品的道德价值。

这样看来,魏徵认为隋代文学构成了对宫廷风格的对抗及对古典原则的复归,而他在一定程度上代表了太宗朝前期的文学历史观。令人不解的是,他似乎有意地忽略了炀帝那些较柔靡的南方风格的诗篇,这类诗本来会与这位历史家对炀帝本人的评价更一致。如果我们推测魏徵这样做的动机,他可能是为了把炀帝的诗篇作为现成的范例献给太宗,以反击七世纪三四十年代的诗歌

---

[1] 《隋书》,卷76页2b。

新星上官仪和许敬宗。这两位诗人的作品代表了宫廷诗的复兴,甚至连表面的道德关心都放弃了。

李百药(565—648)是太宗朝最著名的诗人之一。他在诗歌创作上的变化也显示了这一时期对立诗论影响的衰退及宫廷诗的复兴。李百药的父亲李德林是隋文帝的主要儒家大臣,我们在前面已谈及他的不成功的儒家诗尝试。隋炀帝厌恶李百药,给了他一个处于偏远南方的官职。他在隋末参加了一支叛军,并触怒了唐高祖,由于不受欢迎而被贬逐泾州。最后,他遇到了太宗。太宗往往喜欢父亲不喜欢的人,与这位老诗人结成朋友。太宗即位后,李百药被召回朝廷,成为太宗朝前期主要的文学人物之一。

李百药在隋末写于南方的诗篇,语调和风格都与魏徵的《述怀》及炀帝的《饮马长城窟行》十分接近。

途中述怀

伯喈迁塞北,亭伯之辽东。
伊余何为客,独守云台中。
途遥日已暮,时泰道斯穷。
拔心悲岸草,半死落岩桐。
目送衡阳雁,情伤江上枫。
福兮良所伏,今也信难通。
丈夫自有志,宁伤官不公。(02833)

与宫廷诗的全部创作原则相反,李百药在诗里塞进两个与他的情况相近的历史先例,蔡邕的流放和崔骃被窦宪授予位于东北地区的卑职。这两人都是东汉的学者。衡阳传说是大雁南徙之旅的终点。这首诗大约写于605年李百药贬逐南方时,比魏徵的《述怀》早了十几年。两首诗都结束于原则的肯定和道德的决心:

> 丈夫自有志,宁伤官不公。

及:

> 人生感意气,功名谁复论。

两首诗在运用历史典范及风景描写方面也是相似的。

我们将暂时跳过李百药写于隋末的其他诗篇,看看他写于唐代的一些诗。他的应制诗与太宗及其他朝臣的作品实际上无法区别。诗人消失于宫廷出游的赞美声中:

> **奉和初春出游应令**
> 鸣笳出望苑,飞盖下芝田。
> 水光浮落照,霞彩淡轻烟。
> 柳色临三月,梅花隔二年。
> 日斜归骑动,余兴满山川。(02847)

这种从自我表现向歌功颂德的转变,不仅发生于他的应制诗,而且出现于他的酬友诗。诗中把外界的零碎景物东拼西凑成一幅相互联系的景象,这正是宫廷诗的特点,而与他的早期诗作形成鲜明的对照。在早期诗作里,他试图形成一种观念,通过历史和自然的比拟认识自己的处境,并通过道德的决心战胜自己的绝望。

在一定程度上,这两首诗风格上的差别产生于题材的差别,实际环境在风格变化中起了重要的作用。当李百药出席太宗的宴会时,我们不可能期望他写出在放逐和逆境里所写的那种诗歌。但是,庾信这位宫廷诗人却能够设法用细碎的、非个人的宫廷风格写个人诗;而魏徵这位道德家即使在要求宫廷风格的场合里,也尽量避免它。在前举的宫廷宴会上,魏徵小心地避开了那些习惯上与西汉相联系的华美描写。宫廷风格的个人诗和反宫廷风格的社会诗,这两种模式对李百药本来都是可用的,但他却避开了两者。问题的关键在于,事实上李百药和魏徵是在失意的时候,写出脱离宫廷风格和惯例的自我表现的诗。而在另一方面,对于大多数宫廷诗人来说,诗歌的主要目标是对贵族社会进行优美雅致的歌颂。

南朝还出现了一些怀古诗,通常是在访问古迹时缅怀历史。不过,这些诗相对来说数量极少。南朝是中国历史上最缺乏历史观念的时代之一。隋代的统一同时恢复了对历史的兴趣,特别是以汉朝作为一统帝国的范例。对唐代怀古诗产生最大潜在影响的是鲍照(412—463)的《芜城赋》,文中缅怀一座大城市过去的繁华和现在的荒芜。

李百药写了不少咏怀古迹诗,往往追随《芜城赋》所建立的模式,先描写城市在高峰期的荣耀,然后描写废墟的荒芜,最后思考时运的变迁。我们将会看到,这一主题再次突出地出现在六世纪七十年代的京城诗中。在七世纪的头三十年里,怀古诗经常出现,正是在此时期这一题材形成了终唐一世所保持的各种特点。

李百药的《郢城怀古》(02834)是他最优秀的诗。郢是战国时楚国的京城。遗憾的是,这首诗充满了历史典故,翻译过来太冗长乏味。李百药在诗中紧密追随《芜城赋》的结构,但鲍照将衰败与繁荣时期的骄奢相联系,李百药却更关心不可避免的盛衰模式:

> 运圮属驰驱,时屯恣敲朴。

这是抽象观念、引喻及命运决战幻象的有力结合。对联的第二句用《易经》的卦名"屯"("始难")来解释郢城的衰败。楚国是被秦国击败的,"敲朴"一语出自贾谊一篇论秦专制的著名文章。

下引诗篇未能确定写作时间。这是一首更个性化、一般化地处理古迹主题的诗,渗透全诗的感伤情绪后来成为唐代怀古诗的特征。

秋晚登古城

日落征途远,怅然临古城。
颓墉寒雀集,荒堞晚乌惊。
萧森灌木上,迢递孤烟生。
霞景焕余照,露气澄晚清。
秋风转摇落,此志安可平。(02832)

第三章 隋代的遗产：魏徵和李百药

这里我们开始看到从宫廷诗相对客观的景物描写到唐诗情景交融特色的转变。古迹在诗里仅作为秋天忧愁景象的一个要素。

在七世纪前半叶的诗歌中，李百药的作品表现了异乎寻常的丰富多样。他写有几首未能确定时间的优秀"宫体诗"，而且同样善于运用宫廷技巧写出精巧的对句：

浪花开已合，风文直且连。（02840）

水从一端涌向另一端的变化形态，暗示了可塑性和变化的观念，但其直观景象是巧妙的：波浪的起伏就像花的开合，这些"花"还可能是浪尖上闪烁的光辉，其光彩被比作花的开合。

魏徵的诗歌创作在他的所有活动中是最不重要的。与其不同，李百药作为诗人与作为历史家同样著名。可能由于他是李德林的儿子，李百药年少时就脱离了宫廷诗。在他写于隋代的早期诗篇里，我们可以感觉到对立诗论的力量。可是到了后来，当他被要求参加太宗宫廷的诗歌颂美，他放弃了自己较刚健、较有个性的风格。在太宗朝，对立诗论的新诗歌开始退到幕后。随着李百药转向宫廷风格，对立诗论失去了产生取代宫廷风格的富有生命力的诗歌的最高希望。

第四章 太宗朝的诗人

公元621年,李世民(太宗)尚未登基,就搜罗了十八位当代一流的文人学士,成立了文学馆。这些人形成了太宗文化建设的核心,包括著名人物如经学家孔颖达(574—648)和历史家姚思廉。十八人中仅三人有一首以上的诗存世,他们是虞世南、褚亮及许敬宗。

这三位诗人都来自东南地区,褚亮和许敬宗是杭州人,虞世南是越州附近人。这一地区是南朝文化和宫廷诗的中心。文学馆建立时许敬宗仅三十岁,而虞世南和褚亮都是宫廷大诗人徐陵的弟子。因此,尽管隋代已经灌输了道德化的儒家诗论,南朝宫廷诗的传统却直接延续到唐代,进入太宗的宫廷。

虞世南是当时首屈一指的文士,他的诗歌才能在上述三人中遥遥领先。他生长于衰微的陈朝,年少时的诗歌创作不仅引起徐陵注意,还受到另一位宫廷诗大师江总(518—590)的青睐。他是一位多才多艺的南朝文士,涉猎佛教,曾任隋秘书郎,并编纂了著名的类书《北堂书钞》。他仕于炀帝朝,为炀帝写诗,他的哥哥虞世基是炀帝最信任的大臣之一。这样,到了虞世南为太宗服务的时候,他已经是一位声名赫赫的老诗人了。就像许多太宗朝早期的大臣一样,虞世南与这位皇帝有着亲密的私人友谊。太宗诚心诚意地爱重他,当他逝世时,据说太宗这样评价:"虞世南于我,犹一体也。"[1]这种皇帝的简洁评价是史传惯例的一部分,但也可能表达了太宗的真实感情。

在虞世南的诗作中,我们看到了对立诗论在宫廷诗基础上的不稳定嫁接。虽然虞世南是一位本能的、并经过训练的宫廷诗人,但是在七世纪开初几十年,对立诗论盛极一时,他也不能不受到影响。下引轶事显示了这位宫廷诗人至少在形式上的道德责任感:

> 帝尝作宫体诗,使虞世南赓和。世南曰:"圣作诚工,然体非雅正。上有所好,下必有甚。臣恐此诗一传,天下风靡,不敢奉诏。"帝曰:"朕试卿耳。"后帝为诗一篇,述古兴亡。[2]

对于对立诗论来说,宫体诗是宫廷诗中最不可接受的题材。这里我们应该注意到,虞世南更主要的是一位朝臣而不是道德家。他在谏诤之前,先赞扬了太宗诗的美学特性。此外,他在谏诤中还恭维了皇帝的权力和影响。可以在道德上接受的替换物是咏史诗,它与感怀大城市或国家盛衰的怀古主题有着密切的联系。

在隋及初唐,宫体诗虽然没有消失,却大大地锐减了。这可能是由于它被对立诗论看成是导致文学堕落的形式,因为描写美女的诗被认为应受道德谴责。文学史上有一种流行的误解,认为

---

[1]《旧唐书》,卷102页8b。
[2]《唐诗纪事》(《四部丛刊》),卷1页7b。

初唐诗主要是由宫体诗组成的。的确,大多数初唐诗人都写有几首宫体诗,但这些宫体诗在他们的作品中所占百分比,比南朝诗人甚至许多盛唐、中唐诗人要小得多。例如,虞世南现存的诗篇中,边塞诗(关于边塞战争及征人生活的诗)就比宫体诗多。

虞世南同太宗唱和时,流露出一种洋洋自得的教师语气,这一定极大地考验了这位皇帝的耐性,使他难堪。虞世南是以学问渊博的类书编纂者、文化上自鸣得意的南方人及儒家道德家的综合面目出现的。太宗写道:

赋得临池竹

贞条障曲砌,翠叶负寒霜。
拂牖分龙影,临池待凤翔。(00091)

第三句仿效竹子和龙之间的无数传统联系,说明窗口的竹影与龙相似。第四句用的是凤凰只肯栖息竹林的传说。但是在第二句里,太宗出了一个不得体的差错,把竹子耐寒的主题写入春天或夏天的景象里。太宗要求虞世南赓和,于是有了这首诗:

赋得临池竹应制

葱翠捎云质,垂彩映清池。
波泛含风影,流摇防露枝。
龙鳞漾嶰谷,凤翅拂涟漪。
欲识凌冬性,唯有岁寒知。(02573)

第五句采自伶伦的传说。伶伦是黄帝的乐师，被派往生长着各种奇异竹子的嶰谷采割竹子，制造一套排箫。

虞世南的诗既含蓄又明确地"纠正"太宗的绝句。太宗没有扣紧描写与水池相关的竹子这一题目。在第一联诗里，虞世南将竹子的"高"——自然高度、色彩、光亮、高尚精神，这一切都与云相似——与其在池中倒影的"低"相对照。第二联是不一致主题的出色描述：被风搅动的水波抓住迎风婆娑的竹子（或解释成竹子的倒影随着水波荡漾，仿佛被风吹动，而实际上竹子是不动的），大量的水流嘲笑般地困住能够避开小量的水——露珠的竹枝。在第三联里，虞世南向太宗显示了如何引进龙和凤的联系，而同时切合水中竹影的主题：水池变成反映"龙影"的嶰谷之溪，凤凰来临的倒影似乎"拂动涟漪"。

在向太宗示范了处理主题的"恰当"手法后，虞世南指出那首绝句中的明显错误：必须等到冬天才谈竹子的耐寒。竹子的这一性质具有很强的道德联系，与常青树一样，竹子是正直和坚韧耐苦的象征。这样，虞世南暗示了只有当竹子受到考验时，才能赞美它的这些品质。

这里所说的恰当处理主题，不仅指叙述的结构惯例及切合主题，还指运用那些围绕着每一个通行的诗歌主题发展而来的典故群。这些典故随同处理恰当的文学范例一起编进了文学类书。与南朝及初唐诗相应的类书有两部，一部是欧阳询（557—641）等人奉诏编纂的《艺文类聚》，另一部是徐坚（659—729）等人奉诏编纂的《初学记》。这些类书形成了一种简明的"传统负担"，设置了主题变化的典雅限制。它们主要被用来指导学生和知识贫乏的诗人，但也能帮助我们清楚地了解那些博学的诗人如何把组成诗歌的材料观念化。像虞世南这样的诗人，文学传统和惯例是现成的，但类书能够帮助我们看到传统怎样被运用。如果我们打算写一篇咏蝉的宫廷诗，我们就翻检类书中"蝉"的条目，在那里会发现有关这种昆虫的各种传统事例（以《初学记》为例），可资引喻的各种资料轶事，最后还有一定数量的文学范例。从后者我们可借用短语，并得知应该在诗中从哪几方面处理主题。

下引诗篇是虞世南的代表作：

蝉

垂緌饮清露，流响出疏桐。
居高声自远，非是藉秋风。（02582）

简要浏览《初学记》中关于蝉的典故和文学可以解释这首诗的大部分背景。"事对"第一条告诉我们，"蝉饮露而不食也。"[1]"饮露"所对的是蝉"聆风"的事例，有傅玄（217—278）《蝉赋》"聆商风而和鸣"为证。[2]虞世南很相似地袭用了这一对偶，将蝉声与饮露相配。

"居高"见于文学范例的部分，首先出现在较早的曹植的《蝉赋》中之一联："栖乔枝而仰首兮，嗽朝露之清流。"[3]虞世南绝句中的大部分要素一齐出现于下引褚玠（529—580）《风里

---

[1] 徐坚等编，《初学记》（北京：中华书局，1962），页748。我用《初学记》而不用较早的《艺文类聚》，是因为《初学记》含有"事对"。
[2] 同上。
[3] 同上书，页749。

蝉赋》的片断中：

> 有秋风之来庭，于高柳之鸣蝉，或孤吟而暂断，乍乱响而还连。垂玄绥而嘶定，……方复饮露兮光荣。[1]

在下引张正见（？—575）诗的片断中，我们发现了梧桐树、声音的距离，以及秋风把东西带走的构思：

> 寒蝉噪扬柳，朔吹犯梧桐。
> 叶迥飞难住，枝残影共空。
> 声疏饮露后，……[2]

张正见巧用了"疏"一词，描写蝉声的"疏远"，同时还意味着被秋风落尽叶子的树的"稀疏"。这样蝉声就与光秃秃的树"相似"。虞世南也用了"疏"，但他用来描写梧桐的"稀疏"，这在习惯上与秋天相联系。

  应该强调的是，虞世南采用这些陈词熟语，并不是对个别文学作品的引用，与我们在八世纪后的诗歌中所看到的不同（虽然那时也运用陈词熟语）。蝉的典故通过许多个别作品的增添而发展，但大部分又是独立于这些作品的。如果某个作者运用了特别巧妙的构思，或做出大胆的创新，那么这种构思或创新可能会与特定的作品相联系，不过上引资料都不属于这种情况。

---

[1] 徐坚等编，《初学记》（北京：中华书局，1962），页749。
[2] 同上。

上引各种范例充分表明，虞世南诗中几乎每一种要素都是惯例。虞世南将这些惯例做了变动，并加以评论。他把蝉放在秋天的梧桐树上，而不是放在习见的柳树上，以此强调秋天世界的统一，因为柳树在传统上并不与这一季节相联系。然后虞世南优雅地将蝉与秋风和鸣的惯例翻新：正是因为蝉"居高"（与纯洁、高尚的品质相联系），它的声音才传得远，而不是依藉秋风。他的诗是一件雅致的工艺品，虽然缺乏真正的独创性，却能够将蝉的传统典故翻新出奇。

大部分诗歌是文学传统与超乎文学的个人经验的联合产物。在这两者中，后者是可舍弃的成分。对于宫廷诗人来说，文学传统，即"文学经验"是主要的，他们往往纯为练习而写诗，对于所写的题材却一无所知。[1]例如边塞，最流行的乐府主题之一，能够可信地呈现在这样一些诗人笔下：他们假如亲眼看见杀气腾腾的胡人，就会吓昏过去。边塞诗大多出于文学经验，但它教会后来亲赴沙场或被贬逐的诗人，怎样"观察"那个荒凉的世界。乐府题《饮马长城窟行》十分流行，虞世南的拟作写道："有月关犹暗"（02561）。月光下不祥的黑暗关城是边塞景象的一部分。陈叔宝的拟作有"月色含城暗"，炀帝的拟作有"雾暗关山月"。我们看不到白日的长城或关塞，看不到它们的颜色、高度，看不到它们的雄伟、坚固。月光下的黑暗城墙是组成边塞景象的基本

---

[1] 此处涉及一些复杂的理论问题，因为现代西方批评家较看重诗人的文学经验，即他所读过的书，作为诗歌创作惟一的或首要的必备因素。我在这里不做理论论述，只说明中国诗歌理论家忽视诗歌的虚构成分，诗歌被认为主要记录对真实世界的真实经验。以这一诗歌观念为背景加以对照，宫廷诗通常并不自称表现"真实"的个人经验。

文学要素。

虞世南虽然不是一位伟大的诗人,但是他的作品具有一种不可否认的艺术魅力。他能够将各种陈旧的要素组织起来,产生新的效果,这种能力是其他宫廷诗人所缺乏的。在宫廷诗的受限制的美学范围,这可能是最值得赞赏的形式了。

春 夜

春苑月裴回,竹堂侵夜开。
惊鸟排林度,风花隔水来。(02579)

这首诗表现了这位宫廷诗人对于外界的偶然事件及刹那间的美的注意。在最重要的对句技巧上,虞世南超过了大多数同时代人。他描写一对鹤:

映海疑浮云,披涧泻飞泉。(02567)

在第二句诗里,这对鹤变成从溪涧飞泻下来的白沫四溅的瀑布,表现了一种近于马罗尼式的新巧。有时,将陈旧要素进行新奇处理的愿望,使得诗人对自然界进行敏锐的观察,从而产生出精彩的对句。

陇麦沾欲翠,山花湿更然。(02572)

这里潮湿产生了颜色的特别光彩,后来杜甫在一联著名的对句中，模仿了这种色彩增强的描写：

> 江碧鸟逾白，山青花欲然。(11355)

在这个诗例里，色彩的增强是在与其他颜色的比较中产生的。杜甫的对句含有一个漫长的创造和改进的传统。毫无疑问，这一色彩增强的构思，主要来自虞世南，但他也从更早的诗人那里借来了花红似燃的隐喻，如梁元帝的"林间花欲然",[1]及庾信的"山花焰火然"。[2]杜甫在对句中所用的材料是一种积聚的成就，但是他对这一隐喻的改进不仅显示了与任何宫廷诗人同等出色的技巧，而且还将它的复杂象征含义融入诗篇整体之中。这是宫廷诗人虞世南所做不到的，它把伟大的诗人杜甫与诗歌巧匠虞世南区别了开来。

虞世南可以被看作太宗朝众多有才能的宫廷诗人的代表，这些诗人包括褚亮、许敬宗、陈叔达、杨师道及袁朗。其中有些擅长于宫廷诗的某些特殊方面，如北方人杨师道善于描写风景，陈朝王室的后裔陈叔达则表现了雅致的风格。这群诗人的核心是唐太宗。

太宗的统治期从627年到649年。他与炀帝不同，既不是一位复杂的人物，也不是一位有才能的诗人，而是一个更成功的统治者。存世的太宗诗集是这一时期最大的集子之一。尽管有作为诗人的局限，他仍然明显地注重技巧。在统治前期，他似乎既鼓

---

[1]《全梁诗》，卷3页5b。
[2]《全北周诗》，卷2页8b—9a。

励儒家的教化,也提倡宫廷诗的雅致,不偏不倚地接受二者,认为它们都适合于帝王的尊严。其结果是呈现在虞世南诗中的两种对立潮流的不稳定结合。

太宗的诗歌经验与炀帝和李百药是一样的,对于围绕着他的具有高度文化修养的宫廷诗人圈子,他只是一位局外人。他既缺乏他们的博学,也缺乏他们在宫廷诗技巧上所受到的训练,但是他仍尽力使自己的诗符合他们的模式。遗憾的是,他又缺少炀帝和李百药的诗歌敏感,在他的诗作里,他的强烈个性与宫廷诗人缺乏个性的雅致形成了鲜明的对照。在下引诗中,这位皇帝首先作为宫廷诗人,平稳客观地描述对故居的访问;到了最后一联,他的真正自我出现了,直截了当地为自己在世界的崛起而自豪。

过旧宅

新丰停翠辇,谯邑驻鸣笳。
园荒一径断,台古半阶斜。
前池消旧水,昔树发今花。
一朝辞此地,四海遂为家。(00017)

另有两句诗,也用同样的笔调写道:

昔乘匹马去,今驱万乘来。[1]

如果太宗懂得这种直抒胸臆的价值,他可能会成为出色得多的诗

---

[1]《全唐诗》(北京:中华书局,1960),页20。

人。但是，就像许多北方人一样，太宗仅知道宫廷诗的美学优势和自满自得。虽然他写了一定数量的道德诗，并竭力仿效隋代后期刚健而富有个性的风格，但是他的大部分诗篇却显示了在宫廷诗风格方面的努力，特别是在他统治的后期。他让最雅致的宫廷文体家上官仪修订他的全部诗稿，甚至以帝王的特权，比大部分宫廷诗人更自由地袭用别人的佳句和巧思。例如，褚亮运用双关语描写蜡烛，"花"既指真正的花，也指火花：

莫言春稍晚，自有镇开花。

太宗写道：

咏 烛
焰听风来动，花开不待春。
镇下千行泪，非是为思人。（00086）

用烛花代替春花的构思，使这个已经被前代诗人用旧了的双关语出现了新的、近乎奇异的曲折含义。我们无法指出是太宗还是褚亮先得出这一构思。但是根据太宗的其他抄袭，以及他的诗中近乎工巧的结构，我们可以猜测褚亮是心甘情愿的奉献者。

太宗并不完全反对对立诗论。他也写有一首流行的乐府题《饮马长城窟行》（00011），结构十分接近炀帝的同题诗，显然是一个仿制品。他对对立诗论的呼吁的感知，特别明显地表现在他为《帝京篇》十首所写的序言中。这篇序言是对立诗论向复古理论发展过程中的一篇重要文献。很可能部分地出于这一原因,大多数后来的唐代文学史家都把文学复古与唐王朝的建立相联系。太宗既不满意隋高祖对宫廷诗的简单反对,也不赞同魏徵所描绘的文学逐渐衰落的过程。

> 予追踪百王之末,驰心千载之下,慷慨怀古,想彼哲人。庶以尧舜之风,荡秦汉之弊;用咸英之曲,变烂漫之音。(00001)

音乐在这里喻指诗歌,诗歌本身的重要性又主要在于体现道德统治。这种极端古典主义是唐代复古的特点:甩掉现行的"堕落文学"这一实际的诗歌传统的负担,执意追求不复存在的"上古"诗歌。

紧接序言的十首诗并未达到太宗为它们所树立的高度理想。它们是传统的宫廷诗,赞美京城和帝王出游的壮观。这些诗处处肯定他的复古诗论,但是它们在风格上和内容上都无法与其他宫廷诗人的作品区别开来。第一首诗的开头十分宏壮:

> 秦川雄帝宅,函谷壮皇居。

接下来却很蹩脚:

> 绮殿千寻起,离宫百雉余。
> 连甍遥接汉,飞观迥凌虚。
> 日月隐层阙,风烟出绮疏。(00001)

虽然这些诗句和开头一样壮丽，却基本上是从京城赋中抽出歌咏长安的陈词滥调凑合而成。这首诗的开头及其他部分特别接近于一首咏京城的《帝王所居篇》，[1]这首诗被归属于梁、陈诗人张正见，但尚有疑问。诗的开头为：

> 崤函雄帝宅，宛洛壮皇居。

使得这首诗的著作权成问题的是，诗中所描写的都是特定的北方京城，而张正见是一位死于重新统一前的南方诗人。太宗的第四首诗说明了寻找适合其诗论的诗歌是困难的：

> 鸣笳临乐馆，眺听欢芳节。
> 急管韵朱弦，清歌凝白雪。
> 彩凤肃来仪，玄鹤纷成列。
> 去兹郑卫声，雅音方可悦。（00004）

没有人能够确切说出堕落文学的替代品应该是什么样子，而太宗是最没把握的一个。在这首诗中，似乎简单地肯定对立诗论就使得诗歌道德上"雅正"。或可能由于太宗认为他的朝廷是儒家道德的范例，所以歌颂朝廷的诗歌就是合乎道德的。前面四句是十分典型的宫廷宴会诗，实际上毫无个性特征。第三联变成华丽而充满隐喻的儒家模式，这是宫廷诗可以接受的：凤凰和两千岁的玄鹤飞来响应古典的道德音乐。在最后一联中，太宗突然添加了

---

[1]《全陈诗》，卷2页14b；《文苑英华》，卷192页1b。

对对立诗论的肯定。这是一个奇特的、不稳定的折中,是太宗作品的典型代表。

尽管有不少缺点,这些诗仍然是它们自己道路上的里程碑:它们是为达到所陈述的复古诗论的目标而写成的最早范例,虽然也许是最差的,但肯定不是最后的。这些诗还具有另一同等重要的作用,这就是激发起了一批歌颂长安的诗。在稍后的一章里,我们将讨论这一主题如何与咏古城的诗相融合,产生出一些初唐最优秀的诗篇。

伟大的城市很容易被当成国家的象征。京城和大城市的废墟是汉亡至隋兴之间分裂时期的最直观提醒物;同样地,壮丽的长安城是一统帝国的力量和财富的最直观见证。在太宗朝,随着儒学和史学的复兴,诗人们不仅感受到眼前的辉煌,而且产生了一种对于历史的浪漫幻想,为繁盛与衰败的对比而深深感动。仅列举这两种主题在此时的几个范例:李百药酬和太宗的组诗《帝京篇》(已佚);[1]袁朗咏长安的辉煌景象的诗(02398);陆敬咏隋东都洛阳衰落的诗(02496);杨师道咏汉都洛阳而隐喻唐都的诗(02505);虞世南咏三国吴都废城的动人小诗(02569);王绩咏一座未指明的汉城盛衰的诗(02641)。正如我们稍后将要讨论,这些诗篇的各种惯例派生自汉代的京城赋和鲍照的《芜城赋》。王绩的诗可以作为盛衰主题的处理典范,这里援引其中的一段:

　　翡翠明珠帐,鸳鸯白玉堂。

---

[1]《唐诗纪事》(《四部丛刊》),卷1页2b。

> 清晨宝鼎食，闲夜郁金香。
> 天马来东道，佳人倾北方。
> 何其赫隆盛，自谓保灵长。

最后一句从鲍照的"图脩世以休命"变化而来。[1]城中的人狂妄地企图征服时间，这是这一主题最持久的惯例之一，无一例外地从这里开始了城市衰败的描写。王绩的另一半描绘甚至更动人：

> 魂神吁社稷，豺虎斗岩廊。
> ……
> 狐兔惊魍魉，鸱鹗吓猵狂。
> 空城寒日晚，平野暮云黄。
> 烈烈焚青棘，萧萧吹白杨。
> ……（02641）

---

[1]《文选》，卷11。

第五章　王绩

在宫廷诗的时代,魏代后期及晋代诗歌中占上风的隐逸主题全部消失了。在宫廷诗人的高雅世界里,几乎没有空间容纳怪诞的醉汉、固执的隐士及自足的农夫。

陶潜(365—427)朴素而动人的诗歌,现在被普遍认为是唐代之前最优秀的诗歌,但在宫廷诗的时代并不流行。阳休之(509—582)在《陶潜集序》中写道:"余览陶潜之文,辞采虽未优,而往往有奇绝异语。"[1] 阳休之为陶诗缺乏宫廷的高雅而遗憾,他不是指导读者寻找动人的直朴及执著的价值观念,而是寻找"奇绝异语"。无论他个人对陶诗的看法如何,他知道同时代读者的美学趣味。

在七世纪初,陶潜的精神在王绩(585?—644)的身上得到了类似的体现。王绩既抛开柔弱的宫廷风格,也脱离对立诗论的枯燥诗歌,扮演起陶潜嗜酒而怪诞的诗人兼农夫的角色。他在炀帝著名的秘书省任正字,开始仕宦生涯,在那里可能遇到虞世南。他不久就离职,据说是由于他发现这一职位太乏味。根据他在正史中的传记,他其后任低微的县丞,又因嗜酒而满不在乎地

---

[1]《全隋文》,卷9页1a。

玩忽职守。至此为止，他的传记相对地一致，但如同这一时期许多诗人的传记一样，其中将事实、传说及角色全部含混在一起。《旧唐书》说在隋末的动乱时势中，王绩回归田园，待了三十年左右，躬耕维生，未有妻儿。同书接述，到了唐初，他在门下省任卑职，随后据说因太乐署史善于酿酒，又转任地位更低的太乐丞。有关王绩生平的这第二种记载说他在太宗即位之初（627）辞职归隐，但即使算上王绩在前一年（626）连任二职的不可能情况，依其归隐三十年的记述，王绩应在十一岁时即在炀帝的秘书省任职，竟比炀帝登基还早九年。

至于王绩无妻儿的记述，我们在《初春》诗中读到："遥呼灶前妾，却报机中妇"（02606）；及《独坐》：

三男婚令族，五女嫁贤夫。（02615）

最合适的方法是推测王绩既非倾心于陶潜的模式，也非有意作假。他肯定不是简单地采用诗歌惯例：在宫廷诗中提及家庭实际上是禁忌的。王绩不但有家庭，而且曾在唐朝出仕。后一点可以从他写有致宫廷诗人陈叔达的文章这一事实推知，陈是他在门下省任职时的上司。[1]这样，他的传记中关于他在隋末隐居三十年的记述可以肯定是纯粹的编造，试图使他适合隐士的传统角色。

王绩的诗歌在他的时代是独一无二的现象（如果我们不计寒山和王梵志成问题的集子）。他的诗措词朴素，句法直率，不讲

---

[1] 见《全唐文》，卷131页1661；卷133页1683。

修饰，在当时宫廷诗的精英氛围下，就像是一阵清风。他的特殊风格，及对陶潜的修正，后来发展成最成功的诗体之一，为八世纪的诗人所运用。他只有几首诗，如《过汉故城》，属于容易辨认的当代诗歌"类型"。

王绩的诗大量引用和模仿阮籍及陶潜。他对阮籍的看法与魏徵很不相同。对于他来说，阮籍是蔑视世俗生活的畸人，而不是历史上为魏朝衰亡而忧伤的有头脑的道德家。这两种成分并存于阮籍的诗中，而这两种看法对于后来的唐代诗歌都很重要。正像王绩赞美阮籍和陶潜，这两位诗人也在诗中大肆赞美古代的隐士。可是这位唐代诗人的态度和两位前代诗人仍有重要的区别。阮籍和陶潜都扮演了隐士的角色，但又各具个性，各有其自己的特殊关注。他们的作品仅在思想方面一致，但对于个性的强烈聚焦，将他们在隐士角色上的各种变异统一起来。在王绩身上，我们发现对于魏晋风度和隐士角色的同等企羡。他毫无保留地接受了魏晋复杂多样的隐士主题，丝毫不在乎这些主题之间的矛盾。阮籍和陶潜寻找的是个人的、伦理的模式，王绩似乎主要关心的是捕捉一个历史时期的情绪和风度，并让其在当前重现。在这一点上，他分享了同时代人对于历史的近乎浪漫的迷恋。这种对于历史的处理方式经过七世纪的发展，成为唐诗的主要特征之一。

在诗中，王绩任意地涉及了隐士反应的全部可能领域。在《策杖寻隐士》（02620）中，他将自己（或所寻的隐士）比成吕尚。吕尚是周文王的宰相，在垂钓时首次遇到文王。诗中的含义是诗人过着隐居生活，拒绝出仕，因为他正在等待明君的赏识。这是不出仕的通行理由。但是在另一方面，王绩又表现了魏晋人对儒家的嘲笑态度：

> 礼乐囚姬旦，诗书缚孔丘。（02613）

王绩可以是长生之秘的热情追求者："野情贪药饵"（02607）。他也可以轻易地抛弃不死的念头，喜爱朴素生活的乐趣：

> 问君樽酒外，独坐更何须。
> ……
> 百年随分了，未羡陟方壶。（02615）

王绩的饮酒理由同样变化多端。一方面，他可以运用古老的主题，说明真正的清醒隐藏于表面的糊涂之后，反对隐藏于看似正常的世界之后的真正昏乱。

过酒家五首之一
> 此日长昏饮，非关养性灵。
> 眼看人尽醉，何忍独为醒。（02625）

在第二句诗里，王绩反对自己在其他地方肯定过的观念，即饮酒所产生的自发行为有益于精神。在另外一些诗例里，饮酒是避免感知人生短暂的方法：

醉　后
> 阮籍醒时少，陶潜醉日多。
> 百年何足度，乘兴且长歌。（02632）

第五章 王绩

思想的一致性从来不是中国诗人的标志。文学传统提供了各式各样的角色和反应,诗人可以从中挑选。只要适合自己的幻想和个性需要,他可以在利用了它们之后又把它们抛弃。在宫廷诗中,各种角色和反应受到严格的限制,蕴藏其中的创造潜力被极大地消耗了。诗歌不再起应有的创造和心理学的功用。王绩从前代诗歌中寻找新的角色和反应的解决办法,与魏徵、李百药基本相同,只是他的个性把他引向另一类前代诗歌。将王绩的诗只看成"自然的"是对他的误解。他的自然是通过陶潜的模式及宫廷诗的衬托体现出来的。

即使是八九世纪那些试图重写陶潜的某些诗篇的诗人,也未认为王绩是"模仿者"。相反,陶潜的模式是创新的工具和开放的模式。在王绩的全部诗作中,我们感受到实际世界中的真诚喜悦,仿佛这一世界的美正展现在他眼前。春天的来临在宫廷诗中已是一个陈腐的主题,对于王绩却似乎是极大的惊喜。

初 春

前旦出园游,林华都未有。
今朝下堂望,池冰开已久。
雪避南轩梅,风催北庭柳。
遥呼灶前妾,却报机中妇。
年光恰恰来,满瓮营春酒。(02606)

这首诗写得轻松而不落俗套,第三联经过精心结撰:对偶,描写,并把巧妙的隐喻性动词用在第二个音节。虽然这一联十分适合宫廷宴会诗,但用在这里也并不出格。

隐士诗人常常有被玄言诗人和长生追求迷惑的危险。王绩有时小心地脱离此二者,以闲散的、实际的现世生活取代求仙。

田家三首之一

阮籍生涯懒,嵇康意气疏。
相逢一醉饱,独坐数行书。
小池聊养鹤,闲田且牧猪。
草生元亮径,花暗子云居。
倚床看妇织,登垄课儿锄。
回头寻仙事,并是一空虚。(02598)

在其他作品里,他可以激发起道家虚无主义的强烈感受,如下引逗撩人的片断,具有一种中国诗歌中罕见的抽象力量:

寄身千载下,聊游万物初。
欲令无作有,翻觉实成虚。[1]

这似乎是自相矛盾的,一个热切感悦春天到来的人,竟会发出停止创造力量的威胁。但是我们应该记得,贯串王绩诗的线索基本上是否定的。与对立诗论一样,王绩的诗是对宫廷诗的贵族的、世俗的荣耀的一种对立宣言。如果他们的诗歌规范化,他就寻求自然朴素;如果他们对春天的到来无动于衷,他就报以热烈的反

---

[1]《全唐诗》,页487。

应；如果他们喜欢物质世界的美，他就坚决反对启动创造过程。他对宫廷诗的对立宣言可以是醉酒、田园风格，或道家虚无主义，但是所有这些反应都可以定义为与宫廷诗及产生宫廷诗的贵族社会的否定关系。

王绩确实颇像个酒鬼，他的嗜酒甚至超过了陶潜。中国诗人通常感兴趣的不是酒本身，而是他们自己的醉酒形象。王绩也不例外，除了纵饮的传统自我形象，他还乐于注视自己不省人事的醉态：

> 倚炉便得睡，横瓮足堪眠。（02627）

他最善于写饮酒诗：

过酒家五首之一
洛阳无大宅，长安乏主人。
黄金销未尽，只为酒家贫。（02624）

过酒家五首之五
有客须教饮，无钱可别沽。
来时长道贳，惭愧酒家胡。（02628）

题酒店壁
昨夜瓶始尽，今朝瓮即开。
梦中占梦罢，还向酒家来。（02633）

独 酌

浮生知几日,无状逐空名。
不如多酿酒,时向竹林倾。(02636)

这些诗篇都表现了一种连续的、近乎叙事的统一,上一句诗是下一句诗的原因或先行条件,这在宫廷诗中是罕见的。精心结撰的宫廷诗在结构上与之大不相同,总是几乎共时地展开主题。

在六首题为《古意》的诗中,王绩采取了与饮酒诗很不相同的态度。这是一些哲理诗和道德诗,主题和风格都接近阮籍的某些《咏怀》诗。它们甚至更接近陈子昂写于五十年左右或更多年后的《感遇》诗。《感遇》经常被看成盛唐诗风的开始,宫廷诗的对立物,及陈子昂复古观念的体现。在《咏怀》、《古意》及《感遇》这三组诗中,占主导地位的哲理倾向是道家思想。但是,陈子昂的组诗由于与其复古论辩的背景相关而被人们记住,并且对唐代诗歌产生了持久的影响。王绩的组诗却由于大多数是对隋代对立诗论的回应而被忘记了。或许《古意》在美学上不如《感遇》那样令人满意,但是真正的失败原因可能在于它们是孤立地写于中国诗歌史上的一个错误时刻。

这里援引组诗的第五首。这首诗的风格有意地写得古拙朴素,其哲学信息是明白的。

桂树何苍苍,秋来花更芳。
自言岁寒性,不知露与霜。

> 幽人重其德,徙植临前堂。
> 连拳八九树,偃蹇二三行。
> 枝枝自相纠,叶叶还相当。
> 去来双鸿鹄,栖息两鸳鸯。
> 荣荫诚不厚,斤斧亦勿伤。
> 赤心许君时,此意那可忘。(02595)

桂树传统上是正直和耐苦的象征,生长、开放于偏僻的地方。虽然"此意"未被忘记,但所指到底是桂树的耿耿忠心,还是它因处境偏僻而避免了斧斤,却不太清楚。如果我们将这首诗与太宗、虞世南的咏竹诗相比,就可以发现它的描写风格朴质无华。

王绩最著名的作品之一是一首奇特而优美的律诗,表现了一种有节制的庄严,完全不同于他的其他诗篇。最后一句中的"采薇"用隐士伯夷和叔齐的典故,他们拒绝出仕新建立的周朝,隐居山中,靠采薇过活,直至饿死。在这首诗中,这一典故与政治批评无关,仅是表示隐士的纯洁。

野 望

> 东皋薄暮望,徙倚欲何依。
> 树树皆秋色,山山唯落晖。
> 牧人驱犊返,猎马带禽归。
> 相顾无相识,长歌怀采薇。(02612)

诗中运用了微妙的、不可思议的并置，使得这首诗超出于它的时代。诗人登上高处，看到的是秋天的世界，旧时代的衰飒世界。在第三联中，安宁的乡村人物开始了象征性的"返归"，与静谧的景象十分谐和。但是诗人甚至不属于这里。第七句有力地表现了诗人与眼前景象的疏远，表现了与人类社会格格不入、无处可"归"的孤独感。

第六章　上官仪

成熟于隋朝的一代诗人陆续去世后,宫廷诗似乎又复活了。在七世纪中期的几十年里,我们看不到复古的宣言,也看不到实践对立诗论的诗歌活动。上官仪(608—664)的作品是这一时期宫廷诗的代表。根据现存的二十首诗,上官仪完全属于宫廷传统,但是他的精妙雅致使得他获得了以其名字命名的风格称号——"上官体",成为第一个获得此类称号的唐代诗人。[1]他的诗被广泛模仿,据说太宗依靠他润饰帝王诗的疏误。

在上官仪的诗篇中,我们看到对于宫廷诗的主要功用颂美的重新肯定。许多上一代诗人的道德语调,在上官仪这里完全消失了。他甚至不沿用虞世南在宫廷诗和对立诗论之间所作的妥协。其原因还不能肯定,其中之一可能是上官仪成熟于唐代,而对立诗论主要与隋代相联系;另一原因可能是太宗到了后期日益独断专行,听不进批评。

上官仪开始入仕时任弘文馆(即从前的文学馆)直学士。根据他的年龄,他进入弘文馆不会早于六世纪三十年代。他很可能就是在那里开始进入宫廷诗的微妙领域。他的风格与前面提过的

---

[1]《旧唐书》,卷105页18b。

一位较年长的学士许敬宗十分相似。许敬宗的诗同样讲究修饰，不关心道德，但他缺乏上官仪的才气。上官仪的诗是赞美，而他的作品却是谄媚。颇具讽刺意味的是，这两位风格如此相似的诗人却分属于高宗朝的对立派别。许敬宗支持武则天，并阴谋陷害大臣长孙无忌，他的名字在传统历史家的笔下是很不光彩的。上官仪则由于站在对立面而丧失了生命。

上官仪在太宗朝迁秘书郎，在高宗朝迁秘书少监。有一次，高宗打算废黜专权的武后，召上官仪起草诏令。但是武后听到了风声，与高宗冲突起来。生性懦弱的高宗让步了，把所有责任都推给上官仪。上官仪及其大多数家人都被处死。由于参与了这一事件，上官仪受到正统史书的赞扬，但这一事件不应掩盖他不是道德家的事实。他屈服于那一时代的专制倾向，缺乏处于此类时代的诗人所应有的对于国家的道德责任感。

下引诗篇不仅体现了上官仪作品的特点，也是宫廷宴会诗的最雅致代表。

早春桂林殿应诏

步辇出披香，清歌临太液。
晓树流莺满，春堤芳草积。
风光翻露文，雪华上空碧。
花蝶来未已，山光暧将夕。（02707）

我们在前面讨论宫廷诗的一般惯例时，已提及这首诗的首联。这首诗完美地遵循了三部式，结尾暗示由于天晚必须返回，从而妨

第六章　上官仪

碍了继续游乐的可能性，这正是宴会诗的惯例。

上官仪的才能最明显地表现在处理对联上。传统上他确实被认为提出了对偶的六种和八种分类。[1]上引诗中的第三联出色地代表了他那烂熟的宫廷妙语。诗人看见春天的光辉——春天的传统特征，或春天景象本身成为露珠上闪光的投影。雪片（文字上即"雪花"）飞飏直上，仿佛要返回产生它们的碧空，就像真正的花儿飘落大地。善于找出自然界独一无二的奇景是这位宫廷诗人的艺术特征。

上官仪的诗有时显示出对自然小景及直观景象各种要素间的微妙联系的敏感。这位诗歌巧匠能够观察和描绘它们，但他无法如同盛唐最伟大的诗人那样在全诗的浑融境界中深化它们。即使在幸存的几首诗中，我们也能够看到他所备受称赏的艺术技巧，如下引对句：

落叶飘蝉影，平流写雁行。

这里秋天事物的零落感被完美的艺术技巧捕捉住。秋天的两种象征蝉和落叶被混合起来，各自成为对方的潜在隐喻。我们不能确定到底是落叶（或它们的影子）飘动像蝉影，还是蝉（或它们的影子）飞动像落叶，或者是否真正的树叶飘过蝉影。潜在的相互隐喻和直接描绘强调了两种事物的一致性，表现出微小无助和不安全的感觉，构成秋天景观的一部分。对句的第二句袭用了流水

---

[1]《诗苑类格》将此归属于上官仪。转引于魏庆之，《诗人玉屑》（台北：世界书局，1966），页165—166。

和南飞大雁转瞬即逝的主题。由于两句诗必须对照起来读，第二句应该暗示非隐喻的描写是主要的解释，虽然两句诗都可能得出隐喻的解释。

上官仪另有一句特别优美的诗："青山笼雪花。"[1]令人啼笑皆非的是，这句诗历来被说成有文体毛病。诗句描写的是初春的景象，零落的雪花似乎被巨大、坚固、充满生命力的青山禁锢住了。

虽然上官仪以宫廷诗人而著名，但是他最好的诗却不是应制诗，这是不足为奇的。下引片断（02723）作于高宗朝，在一定程度上显示了七世纪六七十年代诗人所特有的活力。[2]它沿用了宫廷诗不愿将感情融入景象的作法，但却能够创造出一个浑融完整的景象，而不是琐细零碎的世界，从而指向了未来的诗歌。

> 脉脉广川流，驱马历长洲。
> 鹊飞山月曙，蝉噪野风秋。

---

[1]《全唐诗逸》，收《全唐诗》，卷10页174。
[2] 闻一多和小川环树都认为这是一个片断。参看闻一多《唐诗大系》，收《闻一多全集》，第4册，页164；小川环树，《唐诗概说》，页32。

第二部分

脱离宫廷诗:
七世纪六十及七十年代

第七章　初唐四杰

龙朔初载,文场变体,争构纤微,竞为雕刻。糅之金玉龙凤,乱之朱紫青黄,影带以徇其功,假对以称其美。骨气都尽,刚健不闻。

思革其弊,用光志业。薛令公朝右文宗,托末契而推一变;卢照邻人间才杰,览清规而辍九攻。

知音与之矣,知己从之矣。于是鼓舞其心,发泄其用,八纮驰骋于思绪,万代出没于毫端。……以兹伟鉴,取其雄伯,壮而不虚,刚而能润,雕而不碎,按而弥坚。……长风一振,众萌自偃。遂使繁综浅术,无藩篱之固;纷绘小才,失金汤之险。积年绮碎,一朝清廓,翰苑豁如,词林增峻。

杨炯《王勃集序》[1]

杨王卢骆当时体,轻薄为文哂未休。

尔曹身与名俱灭,不废江河万古流。

杜甫《戏为六绝句》之二 (11229)

---

[1]《杨盈川集》(《四部丛刊》),卷3页3a—b。

如同隋及初唐在其前后的许多人一样，杨炯自豪地宣告了伟大文学改革的到来，并把这一改革确定于661年。即使如此，到了八世纪中期，只有杜甫一人起来为初唐辩护，他一直是宫廷诗的称赏者。虽然杜甫的绝句是论战，不是对"初唐四杰"成就的平心评价，但在他看来，他们是伟大的江河，将比其反对者具有更长久的生命力。不过，尽管杜甫坚持四杰超出他的同时代人，在《戏为六绝句》第三首中（11230），他仍然服从于复古文学史的习惯，认为四杰低于汉魏诗歌，后者更接近古代的《诗经》和楚辞。杜甫低估了其同时代人的影响：直至今天，上引杜甫的绝句比"四杰"的任何诗都更著名。

杨、王、卢、骆——杨炯、王勃、卢照邻、骆宾王——在八世纪的开头十年被合称为"初唐四杰"，不过有关资料说明这一名称的出现还要早些。[1]在这四位作家中，真正起结合作用的与其说是他们的诗歌，不如说是他们的骈文风格。但是，由于传统的划分，他们的诗歌通常被描绘成风格一致。虽然四人在不同的时间里分别都有过接触，但是他们似乎从未聚集于同时同地。此外，正如现代学者闻一多所指出，他们明显地属于两辈人，卢照邻和骆宾王年长于王勃和杨炯。其中有三人的结局很不幸，只有杨炯作为武后的宫廷诗人，过着相对安稳的生活。王勃和卢照邻在诗中趋向于将宫廷风格朴素化。而在另一极端，骆宾王的诗转向曲折的修饰和广博的用典。这种过度的修饰与卢照邻和王勃较具个性的诗篇一样，都超出了宫廷诗的范围。杨炯虽然写了不少出色的诗篇，但他从未真正形成自己的诗歌风格。由于他的多数

---

[1]《骆宾王文集》(《四部丛刊》)，序。

作品与其朝廷同事的作品无法区别，我们这里将不予考虑。除了杨炯外，他们的大部分作品都写于七世纪的六七十年代，此时武后正向软弱惧内的高宗夺权。

虽然卢照邻、骆宾王及王勃在生活的某一阶段里都曾与宫廷有过联系，但是他们的大部分独具特色的作品，都写于离开宫廷后，这决不是偶然的。几个世纪以来，除了王绩外，他们是最早基本上以个人创作获得广泛诗歌声誉的重要文学人物。连杨炯都在上引序文中称赞卢照邻的声誉为"人间才杰"，与朝臣薛元超相对照。王绩的声誉不如四杰广泛，而且他的声誉主要来自其怪诞性格，而不是文学作品。由于宫廷诗的极大保守性，诗歌要找到新的方向，看来势必要脱离宫廷诗。

第八章 卢照邻：宫廷诗的衰退

在七世纪六七十年代那些脱离宫廷诗高雅世界的诗人中，卢照邻的转变最引人注目。在社交应景诗中，他有能力写出优美的上官体。但是在晚年期，他写出了因疾病而失去平衡的痛苦呼号的抒情诗。与较年少的王勃一样，卢照邻脱离宫廷风格并不是由于艺术趣味发生了全面的变化。根据他对高度程式化的南朝乐府主题的处理，他似乎具有一种使传统反应复杂化的内在愿望。可是，促使他修正宫廷风格的主要动力在于，这种贵族诗歌的严格惯例无法表现他那痛苦、复杂的生活经历。

卢照邻出自遥远的东北地区的范阳，此地区后来成为安禄山叛军的根据地，中唐诗人贾岛也是范阳人。虽然卢照邻的家族不似王勃的家族那样在全国声望卓著，却也是东北的大世族之一。他在年少时师从两位从太宗朝退休的著名学者，后来成为邓王府的宠臣。由于一些不完全清楚的理由，卢照邻在669年转任新都尉的卑职，新都属于四川地区的文化中心成都。

在673年，我们发现卢照邻又出现在长安，已经染疾。在换了几个地方后，最后他的双腿及一只手瘫痪了。可能就在此时，他在河南买了一小块田产，在那里度过余生。据说他最终无法忍受疾病的痛苦，自投颍水而死。他的生卒年无法确定，但可暂定

第八章 卢照邻：宫廷诗的衰退

为634—684年。[1]与四杰中的其他人一样，他有独立的作品集传世，其中仅有一百多首诗留存，包括郊祀乐章、七言歌行、正规应景诗、旅行诗、楚辞体诗及乐府。除了明显地缺少地道的宫廷诗，这些代表了初唐诗的全部题材范围。

卢照邻贬官四川前的诗篇无法系年。杨炯声称他是661年文学改革运动的中心人物，但他的作品并未明显地表现出这一点。卢照邻从四川返回后所写的正规应景诗，表明了他是上官仪的一位有才能但并不出色的追随者，他掌握了这位前辈诗人的描写力量，但缺乏他的精巧。这里与其说是时间，不如说是题材形成了这种风格。很难想像卢照邻在放逐前会用其他风格写正规应景诗。事实上，杨炯可能是由于趋奉武后，从而将伟大的文学改革安排在661年。卢照邻本人则将改革安排在唐初，与他的政治联系相一致。[2]人们争先恐后地利用文学历史及伟大文学改革的日期，作为对王朝忠诚的肯定，而不是作为独立的文学历史判断。不过，这些单纯的政治动机能够反作用于诗人，使他们感到某种改变应该出现。

卢照邻的正规应景诗具有某种魅力，但这是未容纳个性的宫廷诗的魅力。他在《三月曲水宴得尊字》的结尾写道：

> 连沙飞白鹭，孤屿啸玄猿。
> 日影岩前落，云花江上翻。
> 兴阑车马散，林塘夕鸟喧。（02747）

---

[1] 刘开扬，《唐诗论文集》（上海：中华书局，1961），页2—6。
[2] 参看《南阳公集序》，收《幽忧子集》（《四部丛刊》），卷6页3a—6a。

这首诗的前面部分有"雅道今复存"的句子,这是不足为奇的。与太宗《帝京篇》中相似的诗句一样,这是对对立诗论的屈服,而不是对诗歌风格的严肃评论,在这里被改变为对主人和诗友的附加赞扬。在上引段落里,诗人追随宴会诗的惯例,在宣布宴会结束前描绘了傍晚的景象:鸟儿返回林中过夜,山峰投下长长的阴影。结尾一联重新安排宴会诗结尾反复出现过的要素。这里仅举两个例子,上官仪的:

> 方惜流觞满,夕鸟去城闉。(02708)

李百药的:

> 日斜归骑动,余兴满山川。(02847)

在结尾提到夕鸟、客人们的兴致及散去的车马是十分恰当的。

卢照邻善于写贫穷的、令人信服的隐逸诗。可是,由于正规应景诗必须运用宫廷风格,在其影响下,竟连隐士主题也被饰以不和谐的珠光宝气。

和夏日山庄[1]

兰署乘闲日,蓬扉狎遁栖。
龙柯疏玉井,凤叶下金堤。
川光摇水箭,山气上云梯。

---

[1] 由于卢照邻从未在秘书省("兰署")待过,我采用了异出的题目。

第八章　卢照邻：宫廷诗的衰退

亭幽闻唤鹤，窗晓听鸣鸡。
玉轸临风奏，琼浆映月携。
田家自有乐，谁肯谢青溪。（02800）

卢照邻想赞美这位不知名的秘书省官员是模范的乡村隐士，却召来"玉轸"和"琼浆"，与结尾对朴素情趣的肯定不和谐地放置在一起。最后一句可能沿用郭璞《游仙诗》之二的"青溪千余仞，中有一道士"。[1]卢照邻诗中扮演多种角色的农夫兼隐士、仙人、朝臣，生活于一个与陶潜和王绩诗中的角色截然不同的诗歌世界。

当卢照邻踏上贬逐四川的旅途，这些矫饰的优雅立即消失了。叙述个人经历已经成为一种题材，具有自己的一些惯例，而蜀道的实际艰难也是一个乐府主题。尽管如此，诸如下引作品一类的诗仍然超出了这一题材的各种惯例，将荒凉的蜀道写得真实动人。后来在八世纪的开头十年，这种放逐旅行诗在彻底打破初唐风格中起了重要的作用。

早度分水岭

丁年游蜀道，班鬓向长安。
徒费周王粟，空弹汉吏冠。
马蹄穿欲尽，貂裘敝转寒。
层冰横九折，积石凌七盘。
重溪既下漱，峻峰亦上干。

---

[1]《文选》，卷21。

> 陇头闻戍鼓，岭外咽飞湍。
> 瑟瑟松风急，苍苍山月团。
> 传语后来者，斯路诚独难。(02746)

"费"周王粟是诗人文雅的自贬，他接受俸禄，却未能尽职。"弹冠"是成语，意味着辞官。据我们对卢照邻生活经历的了解（其中可确信的不多），他此时并未辞官。或许他把这次不光彩的贬逐说成辞官，或许他确实辞了官，后来为了维持生活才出任县尉的卑职。

虽然这首诗与前引那首诗的区别是明显的，但是它在技巧上保留了一些与宫廷诗的基本相似点。三部式的介绍、描写、情感反应保持不变。帝王出游诗的首联通常将出发点与目的地相对，如上官仪的《早春桂林殿应诏》(02907)：

> 步辇出披香，清歌临太液。

卢照邻恰当地在首联指出了出发点和目的地，但是为了将注意力集中在出发点长安，他把次序颠倒了。卢诗的结尾反应从乐府《蜀道难》借来了惯例。他的同时代人张文琮以此结束同题诗：

> 揽辔独长息，方知斯路难。(02701)

李白后来在他著名的《蜀道难》中也运用了同样的惯例：

> 蜀道之难于上青天，侧身西望长咨嗟。(07926)

我们只要将卢照邻的诗与李白的乐府诗相比,就可以看出盛唐对同一主题的处理能够产生多么蓬勃的生气。

这首诗的开头划定了旅行的范围和貌似真实的目标,结尾做出情感反应;而装嵌于两者之间的是一些描写对句。这些对句是旧瓶装新酒:以宫廷诗人技巧的一成不变的完美对称处理荒凉的、个人的处境。貂裘是财富和权力的标志,却由于旅途艰难而破蔽,这一描写标志着丑陋的现实不稳定地侵入了高度控制的艺术。卢照邻诗在整体上的特征是喜欢讽刺的转折,这里将两个极端并置,就是这一特征的一种表现。它是对宫廷诗的首要要求和谐典雅的对抗。即使诗人遵守未成文的法则,在首联划出旅行范围时,他也注意到了自己境况的不协调:他正当"丁年",却已经"班鬓"。

卢照邻诗的大多数作于居蜀期间。下引怀古诗除了音律之外,已经是一首律诗,它具有律诗的长度和结构,对偶句的位置也正确。那种认为七世纪律诗已定型的看法肯定是错误的;相反地,它还是一种不自觉的理想,体现了众多"不完美"律诗的共同趋向。这种"不完美"的律诗与完美的律诗一样,与正规宫廷诗有着千丝万缕的关系。卢照邻和他的放逐同伴王勃一样,是最早运用这一形式表现真正个人目的的诗人。他的诗歌风格变得更直率,诗意更统一,而主题则丰富多样。

相如琴台

闻有雍容地,千年无四邻。
园院风烟古,池台松槚春。
云疑作赋客,月似听琴人。

> 寂寂啼莺处，空伤游子神。(02781)

汉代最著名的辞赋家司马相如是四川人，他曾经偕富商的女儿卓文君私奔。卢照邻访问了与这一对著名情侣相关的古迹，在那里深沉地感怀自然持久与人生短暂的对照。烟霭、常青树、灌木丛（与坟墓相关）、鸟啼，这一切都一如往昔。大自然确实好像在模仿这一对古代恋人的形象，而眼前的莺啼提醒了诗人：司马相如的琴声已经沉寂。直到最后一句，诗篇的整体效果都是唐诗所特有的：含蓄、自然、动人。但是结尾又回复到早期怀古诗的直陈感情。

一百年后，羁旅四川的杜甫也访问了琴台，并与卢照邻一样，写了一首怀古诗，纪念这一古迹。请注意杜诗的最后两联很接近地模仿了卢诗的相应诗句，但杜甫甩掉了"这一切使我忧伤"的古老结尾反应。

琴　台

> 茂陵多病后，尚爱卓文君。
> 酒肆人间世，琴台日暮云。
> 野花留宝靥，蔓草见罗裙。
> 归凤求皇意，寥寥不复闻。(11159)

最后一联引用当时归属于司马相如的一首寓言式爱情诗。

在生命的最后几年，卢照邻似乎极少写诗。他的晚期作品中最有意义的是三首楚辞体诗，附于一篇奇异的韵文《释疾文》

中。楚辞体诗与强烈的感情流露有着紧密的联系,与节制的宫廷诗正好相反。在卢照邻的抒情短诗中,这种诗体模式由于疯狂的感情而强化。不论是真是假,这种疯狂使得它们成为当代的杰作。下引诗篇是组诗的第三首。

> 茨山有薇兮颍水有漪,夷为柏兮秋有实,
> 叔为柳兮春雨飞,倏尔而笑泛沧浪兮不归。(02769)

前面已谈到,伯夷和叔齐是上古的两位典范隐士。周朝征服商朝后,伯夷和叔齐退隐山中,"拒食周粟",作为政治抗议,他们以薇代食,最后饿死。卢照邻提及这两位人物很可能是为了影射武后。在卢照邻生活的晚期,武后已经完全控制了朝廷。或许还可进一步推测,诗人打算以自杀作为政治抗议,而不是逃避疾病的痛苦,但这一点无法得到证实。

第四句的"沧浪"与一首著名的古代歌谣相关:

> 沧浪之水清兮,可以濯吾缨。
> 沧浪之水浊兮,可以濯吾足。

虽然这首歌还出现在其他早期文学作品中,但卢照邻这里引用的是它在《渔父》中的涵义。《渔父》是楚辞中的一首叙事诗。在这首古诗中,屈原遇到一位老渔父,向他悲诉自己怎样受到不公正的诽谤,怎样拒绝与世上恶人同流合污。渔父回答说最好与时浮沉,生活下去。但屈原不听从劝告,于是渔父大笑离去,边走边唱着上引那首歌,歌中的寓意是人应该调整自己的行为以适应

政治现实。此后不久，屈原就自杀了。

卢照邻在其短诗中扮演的是渔父还是屈原的角色，不太清楚。从上下文看来，后者似乎更合理。诗中萦绕着正义的自杀，古老的传说以视觉和听觉的片断出现在自然界。从自然界寻找相似物的宫廷比喻（如云中的司马相如和月中的卓文君）变成一种着魔般的实景：古代高尚的自杀者以树的形象出现，渔人的笑声破空而来，嘲笑着他的决定。

如同我们在前面谈到，卢照邻的诗几乎包括了七世纪诗歌题材和主题的全部范围。作为例子，我们可以仔细地考察他的边塞诗，看看他为这一高度程式化的题材增添了什么新的成分。

紫骝马

骝马照金鞍，转战入皋兰。
塞门风稍急，长城水正寒。
雪暗鸣珂重，山长喷玉难。
不辞横绝漠，流血几时干。

与较早的边塞乐府一样，卢照邻用景物的断片组成诗篇，大致按时间顺序排列。可是，与较早的同题乐府相比，这里的暴力和戏剧性都较为强烈。[1]不断增加的困难加强了表达于第七句的马的英勇决定。结尾写得曲折，通过暗示马的英勇完全无效，从而削弱其价值：这一地区永远不会被征服，马的血也永远不会干。一

---

〔1〕 可以比较较精巧的六世纪同题诗，见《文苑英华》，卷200。

匹勇敢的马变成代代相承的勇敢战马,象征着边塞士兵,冲向沙漠而牺牲。

虽然边塞诗通常与盛唐联系在一起,但事实上它是最因循守旧的题材之一。盛唐诗人经常继续七世纪的景物断片并置,但他们能够将并置的景物断片和荒凉对照生动地戏剧化,这是他们在这一模式上获得极大成功的原因。从那些关键性的断片中,读者可以想像出完整的场景,然后将这些场景连接成一首近乎叙事的诗。下引王维的诗运用了与卢照邻的诗相同的技巧,不过王维用起来带有盛唐的复杂特性。

从军行

吹角动行人,喧喧行人起。
笳悲马嘶乱,争渡金河水。
日暮沙漠陲,战声烟尘里。
尽系名王颈,归来报天子。(05782)

王维将战争的残暴与宁静的边塞景象并置,从整体效果看,王诗比卢诗远为自信。与对边塞战争向往的同时,产生了对游侠的兴趣。游侠以各种各样的形象出现,有时是横行的恶少,有时是勇敢、正义的犯法者,有时是战争英雄。乐府题《结客少年场行》曾经用来表现少年奔赴沙场,追求功名,最后遭到失败。[1]在宫廷诗摒弃一切不愉快的形式的影响下,这一乐府题在六七世纪转

---

[1] 关于这一题目的较早处理范例,见鲍照的诗,《全宋诗》,卷4页5b。

为强调英雄精神和豪侠气概，削弱了失败主题。[1]与《紫骝马》一样，卢照邻的《结客少年场行》从头至尾采用了传统的处理方法。

> 长安重游侠，洛阳富财雄。
> 玉剑浮云骑，金鞭明月弓。
> ……
> 烽火夜似月，兵气晓成虹。
> 横行徇知己，负羽远从戎。
> 龙旌昏朔雾，鸟阵卷胡风。
> 追奔瀚海咽，战罢阴山空。
> 归来谢天子，何如马上翁。（02740）

豪侠的青年战士突然变成老翁，本来赞美他们终生为君王服务，也转成感慨他们成为时代的牺牲品。卢照邻似乎无意中运用了汉赋的传统手法：先详细地赞美某事，然后却在结尾抨击它。这一手法在这首诗中的运用比赋更有效，因为它不是简单地提出道德反对，而是使得前面赞美过的主题真正贬值。这一手法在诗和赋中出现的联系环节可能发生于京城诗，我们将在第九章讨论这一题材。

　　卢照邻喜欢将不同的价值观并置对照，这与他自相矛盾的观念相一致，而与宫廷诗的和谐要求相对立。下引诗是卢照邻最著名的诗篇之一，诗中未能解决这种自相矛盾的感觉。

---

[1]《文苑英华》，页195。

梅花落

梅岭花初发，天山雪未开。
雪处疑花满，花边似雪回。
因风入舞袖，杂粉向妆台。
匈奴几万里，春至不知来。(02739)

与一些较早的同题乐府诗一样，卢照邻在梅花和雪片的直观相似上做文章，由于事实上汉语的雪片即是雪花（如第四句），相似的效果得到了加强。但诗人利用这一简单的比喻构成两个白色世界的奇异混淆。不过，尽管混淆，两种世界却是对立的：野蛮的、男性的北方仍然是冬天，而精美的、女性的南方已经是春天了。在普通的宫廷诗中，雪花的景象应该隐喻梅花的景象，或者反过来。读者方面也促使这些传统隐喻增强一致，显出差别。双关语也在两个世界之间起了连接作用：在北方，雪尚未"开"，"开"又有"开花"的意义。"开"还有另一种联系，在这里可能意味着"开放"边塞，传播帝国的文明。卢照邻没有采用关于两个世界联系的一些巧妙构思来使诗篇完美，而是留给读者一幅奇异的画面：野蛮的匈奴处于白雪及两个世界当中，这两个世界既是同一的，又是对立的。

上述所有要素——戏剧化，自相矛盾及对立世界的混合，也都见于下引边塞诗中。

雨雪曲

虏骑三秋入，关云万里平。

> 雪似胡沙暗，冰如汉月明。
> 高阙银为阙，长城玉作城。
> 节旄零落尽，天子不知名。（02775）

冰雪将长城装扮成一个银和玉的宫殿，神仙的宫殿。然而具有嘲讽意味的是，中国的军队正覆没在这里。诗中恰当地保持了"省略战争"的手法，但长城的肃穆景象后面隐藏着征人大量死亡的残暴事件，而长城上空云层"平"展，"平"的另一意义是"平定"。[1]节旄零落具有讽刺意义，零落一词经常与秋天树木的落叶相联系。征人们全部牺牲了，他们的旗帜像秋天的树叶一样轻柔地飘落地上，而皇帝并不知道这一切，只看到平静景象和琼玉般关塞的读者也未观察到这一点。他们的"名"，功名，在字面上又指征人的名字，但除了不知名的死者外，整个场面空无一人。诗人们对六世纪前的乐府产生新兴趣，是为了利用它来避开宫廷诗的缺乏独创性，但又不离开宫廷诗而进入新领域。七言和杂言歌行长时期以来一直与直抒胸臆和民歌相联系。卢照邻与许多同时代的诗人一样转向这些诗歌形式及鲍照的模式。鲍照写有一组《行路难》，主要表现人生短暂和个人失意的主题。这组诗似乎抓住了七世纪六七十年代诗人的想象力。

卢照邻的《行路难》以枯木为"兴"（"兴"，唤起特定情感的自然事物），将其抒情化。枯木曾经在庾信的赋中被用来进行

---

[1] 王靖献（Wang Ching-hsien），《解释一种中国英雄精神》，《美国东方学会学报》，第95期（1975年1—3月），页29—32。

讽喻，也曾经在卢照邻自己的赋中发挥过同样的作用。[1]

行路难

君不见长安城北渭桥边，枯木横槎卧古田。
昔日含红复含紫，常时留雾亦留烟。
春景春风花似雪，香车玉舆恒阗咽。
若个游人不竞攀，若个娼家不来折。
娼家宝袜蛟龙帔，公子银鞍千万骑。
黄莺一一向花娇，青鸟双双将子戏。
千尺长条百尺枝，月桂星榆相蔽亏。
珊瑚叶上鸳鸯鸟，凤凰巢里雏鹓儿。
巢倾枝折凤归去，条枯叶落任风吹。
一朝零落无人问，万古摧残君讵知。
人生贵贱无终始，倏忽须臾难久恃。
谁家能驻西山日，谁家能堰东流水。
汉家陵树满秦川，行来行去尽哀怜。
自昔公卿二千石，咸拟荣华一万年。
不见朱唇将白貌，唯闻素棘与黄泉。
金貂有时须换酒，玉尘恒摇莫计钱。
寄言坐客神仙署，一生一死交情处。
苍龙阙下君不来，白鹤山前我应去。
云间海上邈难期，赤心会合在何时。
但愿尧年一百万，长作巢由也不辞。(02761)

---

[1] 《全后周文》，卷9页5a—b;《幽忧子集》，卷1页7a—9b。

诗中有不少典故,但大多可从上下文得到解释。结尾提到的巢父和许由是上古的隐士,巢父居住在树上,许由在被要求接受统治天下的权力时洗耳。虽然有时卢照邻出于自然直率的需要,陷入了歇斯底里的不可知论,诗篇仍成功地表达了探索人生本质的强烈愿望。诗中的树既是实际的存在——引起诗人感怀的"兴",又隐喻盛衰的过程和聚散离合的过程。当诗人激越地指出这一死亡和无常的象征时,乐府诗的现成短语"君不见"保留了一些原来字面上的力量。

这首诗作为比较直接的死亡警告,较缺少思想意义,却具有极大的诗歌和文学史的意义。与几十年后的陈子昂一样,卢照邻回归较早的诗歌形式,以摆脱宫廷诗的限制。经过从庾信到卢照邻的努力,"枯木"成为一种重要的象征物,在八九世纪诗歌中被用来象征伟大人物的不得意和被遗弃。例如,杜甫就写了许多咏枯木和老树的诗(见10676—10679),在他的《古柏行》(10768)中,这一象征起了重要的作用。

隐居和求仙是卢照邻诗的重要主题。在大多数这类诗中,我们看不到《行路难》中的激情,也看不到《释疾文》中的悲歌,取代这些的是一种有节制的平衡。在这些诗中,卢照邻借用了陶潜及与鲍照同时代的山水诗人谢灵运的主题和词汇。有时他几乎逐字引用陶潜的诗句,如下引段落的第二句:

> 寂寂罢将迎,门无车马声。
> 横琴答山水,披卷阅公卿。(02804)[1]

---

[1] 此诗题为《首春贻京邑文士》。

第八章 卢照邻：宫廷诗的衰退

与较年少的同时代人王勃一样，卢照邻也擅长于描写对句。两位诗人都表现了摆脱宫廷对句的修饰和精确的倾向。至少卢照邻的一联诗曾被宋人引为对句结构的优秀范例，获得"警策"的评价[1]：

草碍人行缓，花繁鸟度迟。（02803）

英语"slowly"（缓慢地）与"leisurely"（从容地）的词义区别，比汉语"缓"与"迟"的区别要明显。诗中呈现了两种结构相同的情况：人和鸟缓慢地穿过茂密的植物。但两句诗相对的要素在词义上各具联系——朴素的草与美丽的花相对，碍路的缠结与繁盛的缠结相对，看不清目标的行走与畅通无阻的飞行相对。所有这一切到最后唤起了对于差别的注意：受到地面限制的人和自由的飞鸟之间的差别，阻塞的缓慢与选择的缓慢之间的差别。这种一致和差别的微妙并置虽然不似宫廷妙语那样明显地令人惊奇，但是表面的简单能吸引读者深入对句，发现更普遍的意义。这种外表简单而内在复杂的对偶句，是盛唐风格最后形成的一个重要过程。

除了第九章将要讨论的《长安古意》外，卢照邻的诗从未达到盛唐重要诗人的高度。但是，他的风格和音调的范围在同时代诗人中是杰出的：从宫廷的优雅，到狂热的激情，再到七世纪诗歌中难得的真实直率的美。上官仪的描写对句或许会精巧些，但他从来不会这样结束一首诗：

倘遇忠孝所，为道忆长安。（02758）

---

[1] 魏庆之，《诗人玉屑》（台北：世界书局，1966），页72。

第九章　京城诗

七世纪前半叶的诗人在长安面前惊叹不已，它是伟大的城市，是当代的奇观，是大唐帝国威力的生动证明。在长安任职意味着成功，展示了希望，在其他地方当官则表明失败。大部分离开这个大城市的人都与卢照邻一样，怀着"忆长安"的强烈愿望。但是，到了六七十年代，随着武则天越来越掌握朝廷的实际权力，李唐王室似乎正在被推翻。诗人们对李唐王室的稳固失去信心，认为应该通过批评京城来批评政府的巨大失误。这些想法的出现是不足为奇的，在这方面有着牢固的传统。

此类京城诗产生自两种文学传统，其中有一种是从另一种派生出来的。较早的一种传统起源于东汉的京城赋。这些京城赋对长安的处理方式，对于理解唐代写给当代读者看的京城诗具有重要意义。唐代的京城诗似乎赞美京城，却有着各种联系。汉光武帝在公元25年复兴汉室后，把京城从长安迁到了洛阳。这一迁移成为激烈争论的对象。杜笃《论都赋》支持长安，赞美旧都在战略上和历史上的重要性。或许是为了回击它，班固写了《两都赋》，文中一个长安的支持者与一个洛阳的支持者争辩两座城市的优点。长安被描写成代表纵欲和扩张，即中国文化的军事方面；洛阳被描写成代表节制、俭朴及儒家美德。最后假设的长安发言人被洛阳的提倡者彻底击败。在政治争论消失了很久之后，两座京城继续作为赋的题目，成为两种对立的社会原则的象征。这样，七世纪中期的京城诗在描写繁华、纵欲的长安时，已经带有批评的成分了。

第二种重要的传统派生于京城赋，开始于鲍照的《芜城赋》，发展成咏怀古迹诗，我们稍前已在七世纪的诗中见到。卢照邻以鲍照作为咏叹人生短暂的歌行的模式，但是《芜城赋》中将城市盛衰并置的陈套，对他的影响甚至更大。《行路难》中就用了这一陈套来描写枯树。两种传统结合起来，形成一种警告：人类社会变幻无常，只有节制才能保持长久。

京城诗无法准确地系年，但大致作于七世纪六十年代至八十年代初之间。在此之后，直到盛唐，除了少数怀古诗，这一主题全部消失了。我们虽然无法将下引诗篇按年代排列，但可以按修饰的程度来排列，从骆宾王繁重的、充满典故的《帝京篇》，到王勃相对直率的《临高台》，在二者之间是最优秀的诗篇——卢照邻的《长安古意》。

"古意"一词很难解释，其意义随着不同的时代、不同的作者而变化。它的本义与"拟古"相同，但是后来产生了多种意义：怀古（通常是写于访问古迹的场景诗），"古代的道德"，以及如同这里的运用历史事物——汉代的长安。以历史典范作为当前借鉴的实践，其历史与中国文学本身一样长久。

长安古意

长安大道连狭斜，[1]青牛白马七香车。

---

[1]"狭斜"与妓院及娱乐场所相联系。

玉辇纵横过主第，金鞭络绎向侯家。

龙衔宝盖承朝日，凤吐流苏带晚霞。

百丈游丝争绕树，一群娇鸟共啼花。

啼花戏蝶千门侧，碧树银台万种色。

复道交窗作合欢，双阙连甍垂凤翼。

梁家画阁天中起，〔1〕汉帝金茎云外直。〔2〕

楼前相望不相知，陌上相逢讵相识。

借问吹箫向紫烟，曾经学舞度芳年。〔3〕

得成比目何辞死，〔4〕愿作鸳鸯不羡仙。〔5〕

比目鸳鸯真可羡，双去双来君不见。

生憎帐额绣孤鸾，好取门帘帖双燕。〔6〕

双燕双飞绕画梁，罗帏翠被郁金香。

片片行云著蝉鬓，纤纤初月上鸦黄。〔7〕

鸦黄粉白车中出，含娇含态情非一。

妖童宝马铁连钱，娼妇盘龙金屈膝。〔8〕

---

〔1〕梁益的著名阁楼画满了仙人，本章其他几首诗也都提到它。
〔2〕"金茎"为汉武帝所立，上有承露盘，用来收集露水，以调制不死药。
〔3〕这里所用的第一个典故是箫史，他善于吹箫，秦穆公请他为女儿吹奏。二人相爱，箫史教她吹箫，并一道乘凤飞升。第二个典故是赵飞燕，她是汉成帝的宠妃，年少时学舞，并以此引起皇帝的注意。
〔4〕比目是传说中的鱼，双体共用一目，传统上用来隐喻情人。
〔5〕鸳鸯是夫妻恩爱和幸福的传统象征。
〔6〕燕子传统上与婚姻和性爱相联系。
〔7〕如云的发式，"蝉翼"般的发卷，"初月"般的眉毛，这些是唐代对女子美貌的隐喻物，与"樱唇"、"珠齿"、"星眼"相同。
〔8〕屈膝在这一句所指难以确定，我采用了众多推测中的一种。

第九章 京城诗

御史府中乌夜啼,[1]廷尉门前雀欲栖。[2]
隐隐朱城临玉道,遥遥翠幰没金堤。
挟弹飞鹰杜陵北,探丸借客渭桥西。
俱邀侠客芙蓉剑,共宿娼家桃李蹊。[3]
娼家日暮紫罗裙,清歌一啭口氛氲。
北堂夜夜人如月,[4]南陌朝朝骑似云。
南陌北堂连北里,五剧三条控三市。
弱柳青槐拂地垂,佳气红尘暗天起。
汉代金吾千骑来,翡翠屠苏鹦鹉杯。
罗襦宝带为君解,燕歌赵舞为君开。
别有豪华称将相,转日回天不相让。
意气由来排灌夫,[5]专权判不容萧相。[6]
专权意气本豪雄,青虬紫燕坐春风。
自言歌舞长千载,自谓骄奢凌五公。
节物风光不相待,桑田碧海须臾改。
昔时金阶白玉堂,即今唯见青松在,
寂寂寥寥扬子居,[7]年年岁岁一床书。

---

[1] 乌鸦夜里在御史府啼叫,此与汉代的一个预兆事件、一首民谣及一个乐府题相关。这里可能暗示负责监察官吏腐败的御史空闲无事。
[2] 麻雀栖息于廷尉门前,与乌鸦在御史府啼叫一样,暗示官吏的腐败与空闲。
[3] 桃李在这里指歌女,源于汉代一句常被引用的格言:桃李不言,下自成蹊。也就是说,人们前来称赞它们的美丽。
[4] "北堂"指女子的住房,按礼仪设于房屋的北面。侠客们"如月",是因为他们夜出晨归。
[5] 灌夫是汉代将军,以耿直而傲慢著称。
[6] 指萧望之,汉元帝时权势赫赫的大臣。
[7] 扬雄是汉代最杰出的作家和思想家之一,汉以后成为文人隐士的典范。

> 独有南山桂花发，飞来飞去袭人裾。(02762)

诗篇开头将读者的眼光引到长安大道上的某处，俯视来往交通。在这个贵族社会里，诗人强调的是贵族们的社交、来往、聚会，拜访权贵靠山和情人。与这一切相对立的是诗篇结尾扬雄的住宅。诗中集中描绘了马车、玉辇、街道等人们借以往来和聚会的一切媒介，表明在京城里，一切事物都在流动变化，这种不停的变动反映出了短暂无常的更大主题。

诗中的季节基调是春天，与性欲及少年游侠的本事相联系。春天是丰富多彩的季节，它的繁盛与贵族豪门的骄奢正好一致。与这一宫廷贵族社会相联系的是长生的愿望——龙、凤，描绘着长生图案的建筑物（象征性地"天中起"），以及带着承露盘准备承受露水以调制不死药的金茎。

在这一点上，卢照邻插入了第一个不谐和音。尽管这里充斥着喧闹、忙乱、交往、宴会，却仍然是：

> 楼前相望不相知，陌上相逢讵相识。

这是一个"大城市"，与所有的大城市一样，城中挤满了陌生人。从这一观念出发，所有的来往与访问都具有了新的意义，即在陌生人的世界里寻求伴侣。与长生的要求一样，这是从一种地位到另一种地位的不断竞争，不是稳定可靠的人际关系。正像疏远削弱了寻求伴侣的主题，将这个繁华世界置于春天的生长条件下，也削弱了长生的要求。第十七、十八句是对一位女子的提问，她先以秦王女儿的身份出现，然后成为赵飞燕，她的回答告诉读者她怎样"度芳年"。这些意象在诗中重复出现,加强了京城纵欲生活与春天植物生长的一致性:二者都是脆弱短暂的美。到了诗篇结尾,只剩下坟上的青松与耐寒的桂树了。

在诗中这一较前的段落,诗人的态度不似结尾那样极端。他反对长生的错误追求,肯定比目、鸳鸯、燕子至死不渝的爱情。他透过贵族社会对伴侣的狂热寻求,看到他们本质上的孤独与变化无常,这是他所憎恨的。这种可憎的孤独与诗末扬雄高尚的孤独不同。至死不渝的爱情形象与热烈短暂的春天生活、狎妓事件相对照,隐士与政治风云人物相对照。通过这两种类似的联系,否定激烈和奢侈,提倡节制;否定争夺和活动,提倡满足。

诗中通过鸟的活动说明御史和廷尉十分空闲。在诗中的这一段,诗人对这种空闲可能是肯定的,暗示当时平安无事,秩序良好,使得他们的工作失去意义;但也可能是否定的,暗示他们的工作不被放在眼里。当我们看到游侠们抽签行刺仇敌时,后一种对于鸟啼征兆的解释就越来越不可避免。当诗人转向政治领域,描写将相们的争权夺利斗争时,隐藏于春天美景后面的强暴和敌意的语气加强了。在这些将相们的身上,诗篇前面部分较吸引人的勇敢精神变成了傲慢,长生的要求变成了狂妄。这里出现了《芜城赋》及同一传统诗歌在开始描写城市衰败时的固定套语:"自言歌舞长千载。"

接下来诗人引进了短暂无常的明确主题:人们及其帝国都是周期性的、季节性的,经历从繁盛、成熟到衰亡的过程。但是卢照邻并未停留在这里,而是进一步提出了莫测高深的替换对象——以隐士身份出现的扬雄。他的沉默与城市的喧闹相对,他的孤独与人们的群聚相对,他的满床书与人们的声色关切相对。虽然他并未被赋予长生,"年年岁岁"的短语却给人不变的、持久的感觉,与京城中荣耀之争的短暂、长生追求的无效相对。桂树传统上象征纯洁和美德,生长在传统上象征永恒的南山。最后一句余味无穷,落花的意象唤回了变化的世界,但是在隐士旁边,落花似乎微不足道,它们被风来回吹动,飘进了隐士的衣袖。

短暂无常的主题在这里是温和的,带有普遍意义,不是正式的时事政治批评,但也一般地表现了宫廷世界的幻灭。扬雄代表知识和儒家价值观,与《两都赋》中对洛阳的赞美不同,他在沉默中表现了对长安世界的谴责与嘲笑。[1]

骆宾王的《帝京篇》是七世纪修辞的艺术表演。与他的大部分作品一样,诗人在这里展示了令人眼花缭乱的曲折语句与渊博学问,损害了诗的整体性。这首诗句式长短不齐,在声律上比七言的《长安古意》较具革新意义。杂言体通常与乐府和民谣的节奏相关,但是这首诗中五七言的转换格式却接近于骈文中四六言的转换节奏。与卢照邻诗的幻灭抨击不同,骆宾王的作品是一种劝说,用来获得诗人的声誉。他惟恐这一点被忽视,在诗篇前面提供了一篇佶屈聱牙的骈文序言。可是,诗的主题却难以达成他的目标,因为厄运的预言并不是赢得潜在支持者的最好方法。

《帝京篇》的题目与太宗那由十首构成的组诗相同,开头也

---

[1] 有关此诗的更详细而略有不同的解释,参看傅汉思(Hans Frankel),《梅花与宫女:中国诗选译随谈》(纽黑文:耶鲁大学,1976),页130—143。

与太宗的第一首一样，袭用了京城主题的套语。太宗诗的开头：

> 秦川雄帝宅，函谷壮皇居。（00001）

骆宾王加以发挥：

> 山河千里国，城阙九重门。
> 不睹皇居壮，安知天子尊。
> 皇居帝里崤函谷……（04148）

《帝京篇》一开始就有颂扬的迹象。尽管诗中用了大量熠熠发光的词语，这首诗却比《长安古意》简单。两首诗的场面、事物、主题惊人地相似，但骆宾王只是用丰富的辞藻把它们串连起来，而卢照邻却把它们融合成有意义的场景。在卢照邻的"复道交窗作合欢"（《长安古意》，第11句）中，过道和窗户似乎在性欲的拥抱中相互连接，诗人将这一精巧直观的意象与过道能够使恋人相会的构思结合起来。汉代的合欢殿是此句的历史背景，合欢树则为性欲蒙上一层谨慎的植物面纱。"复道"也出现在骆宾王的诗中，但未采用此意象可以表现的活动中的性欲形式，而仅是"斜通鸤鹊观"（第15句）。

卢照邻将幻灭交织在赞美之中，而骆宾王却恪守西汉赋的传统手法，将结尾的指责与前面的赞美清楚地分开。我们在第八章已谈到，卢照邻在乐府诗中熟练自如地运用了这一手法，相比之下，骆宾王运用起来显得十分生硬、不协调，与这一手法在赋中的运用完全相同。扬雄对赋的著名批评可以恰当地用在《帝京篇》："讽乎？

吾恐不免于劝也(鼓励其本来打算反对的行为)。"[1]在这些京城诗后面,赋的强大传统总是威胁着它们,使它们有仅仅成为劣等赋的危险。骆宾王就屈服于这一危险,不仅表现在上述简单的褒贬技巧,而且表现在纯为修饰而堆砌辞藻,不相连属地罗列事物与场景。卢照邻详细地描写长安大道的交通,是用来让读者有所准备,了解人们之间仅是陌生人,狂欢的聚会后面隐藏着更深的孤独。而骆宾王的诗却是为描写而描写:

> 平台戚里带崇墉,炊金馔玉待鸣钟。
> 小堂绮帐三千户,大道青楼十二重。
> 宝盖雕鞍金络马,兰窗绣柱玉盘龙。
> 绣柱璇题粉壁映,锵金鸣玉王侯盛。(29—36句)

如果这一类描写在诗中起作用,只能说是作用于赋的美学标准的特殊范围。

骆宾王从京城繁盛的赞美突然转向短暂无常的哀伤:

> 古来荣利若浮云,人生倚伏信难分,
> 始见田窦相移夺,俄闻卫霍有功勋。(59—62句)

田、窦是汉代最著名的两个大士族,卫、霍是汉代最伟大的两个将军的姓。诗人接下来转向那些在获得高位后抛弃旧友的人,而他在诗中的真正动机是达到前者的高位。他在结尾引述了一组历

---

[1]《扬子・法言》(《四部丛刊》),卷2页1a。

史人物，代替高尚的隐士。这些历史人物用来比拟他自己的境况及进取欲望。扬雄恰当地出现了，但却是以不同的身份："扬雄仕汉乏良媒"（第90句）。"良媒"出自楚辞中的爱情隐喻，指能够将他引荐给统治者的人。最后骆宾王以贾谊的形象出现，那位汉代年轻的政治家兼作家由于失宠而被贬逐南方，任长沙王傅：

谁惜长沙傅，独负洛阳才。（95—96句）

贾谊确是洛阳人，但这里显然模仿了汉代京城赋的主题，骆宾王与贾谊一样，是洛阳方面的代表，以节俭及儒家美德反对长安的骄奢。

王勃的《临高台》是乐府旧题，这一题目有自己独立的传统，但王勃的诗与其说接近早期的同题诗，不如说更接近京城诗。这首诗与《帝京篇》一样，音节富于变化，它的京城主题在三首诗中最简单，但最富抒情色彩。此诗结尾的死亡象征写得最漫不经意，主要是人生短暂的单纯感伤，而不是对贵族社会的批评。《长安古意》是街上所见的景象，王勃则从"高台"观察京城，沿用了登高俯视而领悟的古老主题。

临高台

临高台，高台迢递绝浮埃。
瑶轩绮构何崔嵬，鸾歌凤吹清且哀。
俯瞰长安道，萋萋御沟草。
斜对甘泉路，苍苍茂陵树。

高台四望同，帝乡佳气郁葱葱。
紫阁丹楼纷照耀，璧房锦殿相玲珑。
东迷长乐观，西指未央宫。
赤城映朝日，绿树摇春风。
旗亭百隧开新市，甲第千甍分戚里。
朱楼翠盖不胜春，迭榭层楹相对起。
复有青楼大道中，绣户文窗雕绮栊。
锦衾昼不襞，罗帐夕未空。
歌屏朝掩翠，妆镜晚窥红。
为君安宝髻，蛾眉罢花丛。
尘间狭路黯将暮，云开月色明如素。
鸳鸯池上两两飞，凤凰楼下双双度。
物色正如此，佳期那不顾。
银鞍绣毂盛繁华，可怜今夜宿娼家。
娼家少妇不须颦，东园桃李片时春。
君看旧日高台处，柏梁铜雀生黄尘。（03443）

王勃的有利视点高于遍地尘埃之上，这些尘埃先被涌向寻欢作乐场所的络绎车马所搅动，然后又在诗人的想像中从古台的废墟上扬起。柏梁台是汉武帝及其大臣写作一首著名联句诗的地方，预示了诗人的结局。铜雀台是曹操下令在他死后幽禁他的宫女的地方，预示了美女的结局。而眼前的高台上，正回响着与长生鸟相联系的音乐，既清切又哀伤，暗示诗人通过俯瞰城市，看到了其美丽之短暂无常，从而产生悟解的压力。

诗篇的景象从远处逐渐集中在青楼这一寻欢作乐的场所，主

题也转向爱情。与前两首诗相比,王勃的城市描写较少用典,却更微妙地写出了情人们日夜聚会的迹象:

> 锦衾昼不襞,罗帐夕未空。

王勃诗的解答既不是隐士对繁华世界的厌弃,也不是进取的要求;其主题是鼓吹及时行乐。他劝告少妇享受"物色",不须发愁;他回想起情人车底的灰尘怎样变成废墟上的灰尘,而古代被幽禁的美女正是在那里虚度一生。

京城主题可以从隐士对贵族豪华的批评转向宣扬及时行乐,但它的最普遍运用是在怀古诗中。怀古诗多用五言,少用七言,风格与上述歌行有较大区别。这类诗曾经出现在七世纪较早的时候,但优秀的作品却写于六七十年代。

李峤(644—713)的《汾阴行》是盛衰主题最成功的变体之一。李峤的诗歌创作期长达五十年,从"四杰"的时代直到初唐结束。《汾阴行》无法系年,但诗歌风格与七世纪六七十年代的七言歌行相合。与题目相关的历史事件可能暗示诗中寓有政治时事意义。汾阴是一个小县城,因汉武帝曾到那里祭祀后土而荣耀一时。

汾阴行

君不见昔日西京全盛时,汾阴后土亲祭祠。
斋宫宿寝设储供,撞钟鸣鼓树羽旗。
汉家五叶才且雄,宾延万灵朝九戎。

柏梁赋诗高宴罢,诏书法驾幸河东。
河东太守亲扫除,奉迎至尊导銮舆。
五营夹道列容卫,三河纵观空里闾。
回旌驻跸降灵场,焚香奠醑邀百祥。
金鼎发色正焜煌,灵祇炜烨摅景光。
埋玉陈牲礼神毕,举麾上马乘舆出。
彼汾之曲嘉可游,木兰为楫桂为舟。
櫂歌微吟綵鹢浮,箫鼓哀鸣白云秋。
欢娱宴洽赐群后,家家复除户牛酒。
声明动天乐无有,千秋万岁南山寿。
自从天子向秦关,玉辇金车不复还。
珠帘羽扇长寂寞,鼎湖龙髯安可攀。[1]
千龄人事一朝空,四海为家此路穷。
豪雄意气今何在,坛场宫馆尽蒿蓬。
路逢故老长叹息,世事回环不可测。
昔时青楼对歌舞,今日黄埃聚荆棘。
山川满目泪沾衣,富贵荣华能几时。
不见只今汾水上,唯有年年秋雁飞。(03535)

大约半世纪后,我们再次听到李峤的诗:

> 天宝末,明皇乘春登勤政楼,命梨园弟子歌数阕。有唱歌至"富贵荣华能几时"以下四句,帝春秋衰迈,问谁诗,

---

[1] 在神话中,黄帝乘龙登仙时,他的侍臣都攀上龙身,跟随着他。

第九章 京城诗

或附李峤,因凄然涕下,遽起曰:"峤真才子也。"及其年幸蜀,登白卫岭,览眺良久,又歌是词,复曰:"峤诚才子也!"高力士以下,挥涕久之。[1]

初唐诗在八世纪受到称赞是罕见的。然而宫廷乐师们似乎按盛唐的要求将这首诗动了手术,删去前面的繁富描写,仅留下抒情的四句诗。读过全诗的人都知道,诗的前面部分是这四句诗的重要背景,汉武帝的荣耀与唐明皇即将到来的厄运形成对照。《汾阴行》十分流行,不仅选入《唐诗纪事》,而且选入《搜玉小集》和《文苑英华》,而最令人吃惊的是也选入了严格复古的《唐文粹》。

本章所引的四首诗都是七言歌行或以七言为主的杂言歌行。七言歌行早在魏代就出现了,它在鲍照的手中曾放出过短暂的光彩。可是,只有到了初唐,七言歌行才形成独具特色的主题、词汇和句法惯例,这一切都留传给八世纪的诗人。

---

[1]《唐诗纪事》(《四部丛刊》),卷10页21a—b。

第十章　王勃：新的典雅

王勃对宫廷风格的改革不似卢照邻那样极端，或许由于这一点，他的改革对后来的影响更为持久。他的律诗开始转向简单化和个性化，最终发展成盛唐律诗的特点。在武后、高宗统治后期，尽管宫廷再度成为诗歌活动的中心，上官仪式的极度矫饰已不再出现。与卢照邻不同，王勃写得最好的作品是律诗与绝句。他的革新并不表现在对主题惯例的处理上，而是表现在诗歌技巧——对偶句及诗歌结尾的艺术。虽然王勃的诗缺乏宫廷诗程式化的规范，但却表现了新的谨严，这种平衡成为其后几个世纪律诗的特征。

王勃（650？—676）代表了一种独特的传记"类型"，即前途远大的青年才子却悲剧性地早逝。他出身于一个声名卓著的贵族世家，包括嗜酒如命的王绩，我们已经讨论过他的诗。王勃受到了最好的教育，据说九岁时就曾对颜师古的《汉书注》提出批评。这类故事是文人传记不可缺少的部分，我们不必完全怀疑其真实性，大概是偏爱的亲属细心地看出他早熟的知识，添枝加叶地加以宣扬。

王勃二十岁时通过一个特殊考试，进入宫廷，侍从一位王子。这位王子特别喜欢斗鸡，王勃戏为《檄英王鸡文》。这篇文章一定滑稽地模仿了帝王军事檄文，目的无疑为取乐沛王。但是，高宗丝毫不觉得有趣，王勃于是被罢职。其后王勃开始了一系列漫游，先往东南地区，后来去四川。

到了四川，王勃设法得到一个小官职。可是，他的厄运还未完结，他藏匿了一个逃亡的奴隶，后来后悔，惟恐他被抓住。不幸的是，他的解决办法是杀死这个奴隶，而整个事件被发现。由于这一罪行，他被处死刑，但行刑前遇赦。他的父亲因王勃的罪行而失官，被贬逐到今天的越南任县令。王勃离开四川去与其父会合，却在渡过南中国海时溺死。

王勃在创作上脱离宫廷风格，很容易被看成与他自己经历上颇具戏剧性地离开宫廷有关，可是情况似乎并非如此。下引诗篇是王勃最著名的诗，也是最脱净宫廷风格的一首诗，正写于他还在长安时。

杜少府之任蜀州

城阙辅三秦，风烟望五津。
与君离别意，同是宦游人。
海内存知己，天涯若比邻。
无为在歧路，儿女共沾巾。（03456）

五津在杜少府将去的四川。这首诗除了是王勃最少宫廷气息的作品，也是他最不具个性的作品，从某些风格特征我们可以相对地肯定这首诗的确出自他的手笔，但是他的才能的真正方向是描写对句，与这首诗中所表现的儒家尊严并不一致。诗篇一开始就设立了即将横隔两位朋友的距离,从宫殿这一国家的中心,到远处杜少府任职的风烟弥漫的蜀州。我们可以注意到,指出旅途出发点及目的地的开头惯例,在这里已经发生了变化。为了消除使他们分隔的这一距离,王勃设置了一系列的一致性——感情的一致,处境的一致,最后是儒家"四海之内皆兄弟"的观念(《论语》12.5)。通过这些一致性,诗人反对自然的离愁别绪。

这是七世纪七十年代的一首杰作,它具有严谨的、内在的统一,这是这一时期诗歌所缺乏的。诗篇中间部分以个人和哲理的肯定取代了描写对句,结尾则有意识地反用适合于离别诗的"流泪反应"。这是一首表达思想的诗,而不是宫廷式的赞美诗。它的直接表达与当时的矫饰作风形成鲜明的对照。

以精神的一致克服离别的悲痛,这是王勃喜用的主题。在表现这一主题时,他那通常细心结撰的风格往往变成朴素的庄严。

别薛升华[1]

送送多穷路,遑遑独问津。
悲凉千里道,凄断百年身。
心事同漂泊,生涯共苦辛。
无论去与住,俱是梦中人。(03449)

"问津"出自孔子叫子路打听渡口的典故(《论语》18.6)。子路

---

[1] 这首诗通常的题目是《别薛华》,但《文苑英华》作《秋日别薛升华》。《中国古典诗集》(第2册页16)指出,薛华生活于八世纪,与李白、杜甫相识。这首诗可能写给薛升华,王勃另有一篇送别序文,也是写给他;见《王子安集》(《四部丛刊》),卷7页8a—b。

向两位耕地的人发问,这两个人原来是"疯狂"的道家,疯狂地回答说天下大乱,洪水滔滔,无津可渡。与《论语》一样,这一词语在这里有双重含义,"寻找自己的路",既是实际的,也是精神的。在这首诗中,虽然精神的一致未能像上一首诗那样战胜离别的忧伤,却仍然使离人得到某些安慰。这首诗在结构与上一首诗十分相似,特别是尾联同样以否定的命令语气拒绝了普通的反应。末句肯定一致的特殊句式,是王勃重复运用的模式:

    俱是梦中人。

《杜少府》第四句:

    同是宦游人。

其他还有:

    俱是越乡人。(03488)
    俱是倦游人。(03490)

这一句式并不是宫廷诗的惯例,但有趣的是,由于喜欢这一句式,王勃竟将它当惯例来使用。它储存于诗人头脑中的诗歌惯例仓库中,一遇合适的机会就被抽出,用作诗歌的建筑材料。在六七世纪的因袭和八世纪的创新之间,这是一个奇特的中间阶段。

  我们在王勃的许多绝句中,也可以看到对宫廷风格的修正。宫廷绝句与较长的诗歌一样,运用了修饰的语言,但更多地依靠妙语，使得绝句几乎变成警句。在后面将要讨论的两种主要结尾形式中，绝句的结尾日益为曲折的妙语所占据，近似于西方滑稽故事的结尾妙语。[1]王勃最早运用了一种出色的含蓄表达手法，以单独的意象或描写句结束全诗，这一手法使得绝句结尾呈开放性和暗示性，后来在八九世纪成为诗歌结尾的主要形式之一。

江亭夜月送别其二

乱烟笼碧砌，飞月向南端。
寂寂离亭掩，江山此夜寒。（03493）

"碧砌"与陈旧的隐喻性动词"笼"是宫廷描写技巧的特点（参看"上官仪"一章）。不过，开头两句的典雅在最后一句变成了朴素。尾句除了说明江亭关闭的原因，还表现了渗透景物和人的寒冷感觉。在诗歌传统上，孤独与寒冷有着密切的联系。在分别前夕，离人们共同忍受着精神孤独的寒冷及身体的寒冷，寒冷的感觉从外部渗入，但又扩充至荒漠的夜景，这一描写远比诗人的某些巧妙的曲折更动人。

在其后的中国诗歌史上，警句般的绝句与含蓄蕴藉的绝句并存发展，但中国的绝句是在后一种形式上获得真正的伟大成就。下列诗篇是这种新技巧的又一范例。这首诗是王勃在后世最流行的作品之一。

---

[1] 如太宗的《咏烛》。

山　中

长江悲已滞，万里念将归。

况属高风晚，山山黄叶飞。（03503）

在开头两句里，诗人把自己放在时间里，处于失意的过去与希望的未来之间。秋天的感觉及秋风下的萧瑟林景强化了返乡的愿望。但读者可以隐隐感觉到，此诗的大部分意义在于诗人与落叶的隐含对偶。当落叶离树飞扬，诗人也渴望"脱离"他的"固定"位置，行动起来，飞回家中（参看沈佺期《喜赦》的七、八两句，第二十二章）。而树叶的飘落还意味着秋天和即将到来的毁灭，增加诗人回归的急迫感。诗篇前两句与后两句在结构上的联系是隐蔽的：以客观的景象留下悬念，让读者去感受和解释，为什么在这一个傍晚，诗人的归家念头更加紧迫。

在较缺乏个人情绪的情况下，王勃善于用宫廷风格写精巧矫饰的绝句。为了进行比较，这里引用了两首诗：

秋江送别二首其一

早是他乡值早秋，江亭明月带江流。

已觉逝川伤别念，复看津树隐离舟。（03512）

其　二

归舟归骑俨成行，江南江北互相望。

谁谓波澜才一水，已觉山川是两乡。（03513）

两首诗都有趣地运用重复的词语，表现一种回旋反复的美：第一首开头两句的第一字和第六字相同，第二首开头两句的第一字与第三字相同。王勃将陆与水相对，这是最普遍持久的对偶之一。在第一首诗中，诗人已经感伤于江水及其对离别的实际意义和象征意义，但是他发现格外难以忍受的是陆地上的树，这些树遮断了他的视线，使他难于看到离去的朋友。在第二首诗中，王勃运用了一个十分普通的宫廷转喻来进行巧妙的议论："谁说甲是真的（事实上甲是真的），因为乙（巧妙的构思）与甲相矛盾。"由于离别，江水不再是一个小区域，而成了两个不同世界的分界线。

正如可以期待的，作为中国最著名的骈文作家之一，王勃的真正力量在于描写及构造完美的对句的能力。虽然王勃的典型对句独具特色，但如果他愿意的话，也能够在过度矫饰方面超过任何宫廷诗人：

> 梅郊落晚英，柳甸惊初叶。
> 流水抽奇弄，崩云洒芳牒。（03435）

树叶的生长被精练地描绘成"惊"，波浪正"萌生"出各种奇异的形状，诗人从这些形状产生了"抽"的想像。"崩云"带着微雨洒在诗人正在写的书札上，这既是作诗时的外部情况，也是诗中的主题。这一段落写得矫饰而缺乏个性，原因在于它是一首宴会诗，属于最顽固、最严格程式化的宫廷题材。

当诗人致力于使对偶诗句朴素而又不呆板机械时，他能够在直接描写的诗句中结撰出令人吃惊的意象。在这种情况下，注意力集中于意象,并由于对比而加强了意象的效果。例如,"鹰风凋晚叶"(03454)。"鹰风"是创新的,两种要素之间的关系是暗示的、不定的,王勃很善于创造此类复合词。秋风毁灭性地横扫落叶,老鹰攫取食物,二者在方式上有相似之处,都是激烈的、迅速的,给人以尖锐猛烈的感觉。对于较早的宫廷诗人,"凋"可能是太直率的动词,而"晚"修饰树叶可能太朴素,他可能会写成"鹰风触玉叶"。这种外部的修饰将会破坏原来诗句的精确性,以及短语"鹰风"的力量。

在描写诗句中,王勃远离了宫廷诗人所实践的创造性模仿,对自然界进行了独到的观察。他走出宫廷诗人的园林游览,被大自然那些更为壮丽的方面迷住:

电策驱龙光。(03439)

或:

鱼床侵岸水,鸟道入山烟。(03463)

或:

复嶂迷曙色,虚岩辨暗流。(03473)

王勃怀着这种对更广大的自然世界的兴趣,被引向险峻陡峭的景象和危险的境界。

> 重门临巨壑，连栋起崇隈。(03448)
> 楼台临绝岸。(03450)
> 津涂临巨壑，村宇架危岑。(03474)

研究诗人所表现的景物类型，可以更深入地了解他本人。诗人的内在心境与外部景象有着传统的关联，而这种关联基于他的一种能力，即从眼前实景选择、组织与自己的处境相对应的要素。王勃对险峻景象的喜爱，正反映了他自己的险峻经历。喜欢从风景中搜寻危险形式的诗人，往往经历过许多危险的处境。

　　王勃对绝句结尾的创新也扩大到律诗和较长的诗，但应用范围较小。诗歌结尾是一个复杂的问题，涉及到诗歌构成的基本观念。三部式的发展和定型并不是偶然的：诗歌描写外部景象或经验并抒发内在的反应，已经成为一种特别的观念，三部式正是这种观念在结构上的表现。这一观念最早的、最简单的结尾形式是惊叹和流泪，表示"这一切使我忧伤"。在几个时期里，这种基本的结尾形式较少被采用，但从未完全消失。可以设想，这种形式几乎不允许词语变化，经常像熟悉的、陈套的蛇足，添加在本来十分出色的诗篇后面。在四五世纪，出现了哲理和沉思的结尾形式，分别对诗歌主体作出不同的反应。可是，到了七世纪，惟一能与直接的、感情强烈的结尾竞争的是宫廷诗的巧妙结尾。虽然这种精巧的"反应"程度看来比其他形式小，但通常仍与外部的景象形成内在的对应，可能涉及对景象的新鲜巧妙的感受，对外部世界的奇异解释。如果诗人观察景物时表现了"惊"，这种情感反应的成分通常会得到肯定。

　　在高雅的妙语及笨拙的叹息之间，出现了第三种引人注目的诗歌结尾的可能性：通过将结尾开放，把情感反应从诗人转移到读者，运用场景和意象，产生复杂的情绪和激情，就像古老的"兴"一样。读者被邀请将结尾的意象与前面已经建立的场景和情绪联系起来。这种诗歌结尾的技巧在王勃之前就已出现，我们已经看到同时代的《长安古意》的结尾对这一技巧的运用。但是王勃最早将它运用在绝句上，并获得极大成功。这一技巧还出现在他的一些较长的诗中，如下引律诗。

易阳早发

饬装侵晓月，奔策候残星。
危阁寻丹障，回梁属翠屏。
云间迷树影，雾里失峰形。
复此凉飙至，空山飞夜萤。（03472）

"翠屏"可能指覆盖着绿树的山崖。这首诗运用的是宫廷诗人的小景描写技巧，却出色地描绘了较大的画面。夜空中的凉飙和流萤，与白日艰苦的旅程的联系是复杂的，从各个方面消除了诗人受到限制、浓雾弥漫、压力沉重的感觉。这就十分微妙地表达了诗人旅途上的愁闷，效果远远超过直接陈述。在无人的面罩下，尾联竭力指向深刻的人情。

可是，在大部分诗篇中，王勃与宫廷诗人一样，无法将众多要素结合成有力的整体。具有讽刺意味的是，他的一些主题最一致的诗却是宫廷应景诗，如《春日宴乐游园》（03435），诗中以景象中弥漫一切的潮湿象征同伴的善意和慷慨。王勃的许多旅行诗显得无力，正是由于拘泥于诗歌结尾的旧形式。下引诗篇就是这一问题的范例：王勃安排了一连串出色的描写对句，将水行的危险与陆行的危险相对，但是，这些对句并没有引出任何意义，结果诗人在结尾无话可说，只好说这些景象使他烦恼。

泥　溪

> 弭棹凌奔壑，低鞭蹋峻歧。
> 江涛出岸险，峰磴入云危。
> 溜急船文乱，岩斜骑影移。
> 水烟笼翠渚，山照落丹崖。
> 风生萍浦叶，露泫竹潭枝。
> 泛水虽云美，劳歌谁复知。（03478）

这些景象奇异、美丽，但不是出自对自然界的奇特景象及细节的观察，而是通过句法曲折而获得新鲜的感受，这正是宫廷诗的旧习。在第二联中，我们无法确定到底是江岸还是波涛险峻地耸起，到底是磴道还是云层危挂于诗人上空。在第九句中，风不是从水浦的萍叶上吹起，而是从"萍浦叶"上吹起。这种句法上的重新安排成为律诗的措辞标准。上引诗是一首排律。

王勃修正了宫廷风格，但从未远离这一风格，也从未像卢照邻那样，至少在某些诗篇中与宫廷诗实行彻底的决裂。他以新的庄严雅致的描写风格写道：

> 牵花寻紫涧，步叶下清溪。（03465）

但是在接下来的一句诗中,他又把溪涧比成"琼浆"。

王勃的集子中包含了一批隐士诗和求仙诗,但这两类诗都缺乏他的送别诗和旅行诗的力量。他写有几首七言歌行,最好的一首是第九章讨论过的《临高台》。《滕王阁》是他最著名的诗篇之一,紧接于他歌咏在那里举行的宴会的序之后,这篇序是他最著名的骈文,实际上诗的声誉大部分来自序文。这是一首八句的七言古诗,写得对称、精练、整齐,接近于诗人所擅长的律诗,所以比他的其他古诗更成功;但对合适诗体的感觉要求以七言古诗处理世俗荣华短暂无常的主题。

滕王阁

滕王高阁临江渚,佩玉鸣鸾罢歌舞。
画栋朝飞南浦云,珠帘暮卷西山雨。
闲云潭影日悠悠,物换星移几度秋。
阁中帝子今何在,槛外长江空自流。(03444)

滕王阁是一个只持续了短暂时间的歌舞之地,寻欢作乐之地,与之相对的是永恒的大江。"朝云"和"暮雨"都是性交的委婉说法,但与声色之乐的短暂有密切联系。这两个词出自归属于宋玉的《高唐赋》的序的故事,文中叙述楚王梦见巫山神女,与之性交。[1]神女临别时吟诵这些诗句:

妾在巫山之阳,高丘之阻。

---

[1]《文选》,页19。

> 旦为朝云,暮为行雨。

此后楚王再度寻访神女,但是神女就像她自己所表白的"朝云"一样,已经不见了。王勃眺望眼前的实景,看到了这些性欲的象征:它们是逝去乐事的萦绕人心的提醒物,就像卢照邻所描绘的处于琴台周围风景中的情人司马相如和卓文君。

这首诗一开头就写出了一种结束——宴会的结束。诗中未具体描写宴会,而是直接感慨这一次宴会及滕王昔日的各种宴会已经过去,留下来的是时间的扩展,以一连串的朝夕象征自然的永恒和人世的短暂。景物画面充满了神秘的迹象:时间流逝,不知不觉地洗去宴会的欢乐,把颂歌变成哀词。[1]

---

[1] 关于这首诗的更完整而相当不同的解释,参看爱德华·谢弗(Edward Schafer),《唐代文化札记之三》,《华裔学志》,第30期(1972—1973),页108—116。

第十一章　骆宾王：诗歌与修辞

在七世纪的诗人中，骆宾王的作品在复杂性和数量上（共约130首）都十分突出，而且在翻译和评价上也最为困难。与卢照邻、王勃一样，骆宾王也是骈文修辞的能手，但是卢、王二人的各种诗体与骈文有着明显的区别，而骆宾王的诗在结构上和语言上都接近于骈文的修辞。就像卢、王二人，骆宾王也脱离了宫廷诗的规范，但他不是走向新的朴素和直接，而是朝向复杂的修辞表现。

具有讽刺意味的是，这种深奥作风却在许多方面回应了对立诗论的要求。骈文的模式为诗人提供了宫廷诗所缺乏的严肃道德及思想。骈文拥有结构上和内容上的大量词汇，可以用来表达复杂的思想，发展怀思主题，及叙述个人经历。骆宾王广泛运用了这些出自骈文的成分。虽然他也写了一定数量的宫廷应景诗，但他有更多的怀思诗及自述诗，远远超出在他之前的任何唐代诗人。

遗憾的是，骆宾王在主题的严肃方面所获得的东西，却又失之于诗歌中。他似乎无法进行直接而动人的陈述，而喜欢迂回、转喻、隐喻、用典的所有形式。骈文在给他严肃主题的同时，也给了他过度的技巧。骆宾王是一位思想的诗人，在这方面他超出了韩愈之前的任何诗人。对他来说，诗歌似乎是一种高度修饰了的思想。

在西方的古典时代，诗歌和雄辩术是一对老朋友。而在中国，这一结合出现得较迟，而且很快就又分道扬镳。从骆宾王的诗看来，我们应该为此而庆幸。骆宾王作为骈文家的声誉持久不衰，但是他的诗歌的遭遇甚至比卢照邻和王勃更不幸，《帝京篇》仅是一个例外。现存的十种唐人选唐诗及《唐文粹》中，仅《搜玉小集》选录了骆宾王的一首诗。这是一部初唐诗人的选集，其中大量收入了骆宾王同时代人的作品。

与王勃不同，骆宾王（640—684）不是出自上层士族，虽然他的父亲是一位有本地声望的县令。同这时期许多青年文士一样，他进入一个王府（道王），开始仕宦生涯。大概在664年道王死后，他在礼部任一低职，后来成为东台详正学士。

在670年，由于某种不明的触犯或社会关系，骆宾王被贬到西北边塞，在那里曾参与对吐蕃的战争。其后几年他向南漫游，穿过四川，到达唐帝国最西南的角落，在那里当了几任小官。在676年，他被召回长安，先任主簿，678年迁侍御史。在武后摄政时期，这不是一个特别安全的职位。与许多同僚一样，他在权力斗争中站错了队，不久就由于进谏武后而被下狱。在679年，武后因改元及迁都洛阳而大赦天下，骆宾王获释。

骆宾王获释后仍为当权者所忌，在680年，他被贬临海县（在今天的浙江省）任一低职。他迟迟才到任，到达临海后发现此工作毫无趣味，故不久就辞官。在去官失意的情况下，他参加了徐敬业对武后的反叛，这一反叛爆发于武后全面篡权时。他为这场反叛的贡献是一篇著名的、成功的反抗武后的檄文，据说在触怒武后的同时，也激起了她对其风格的称赏。反叛失败后，骆

第十一章 骆宾王:诗歌与修辞

宾王可能被擒处死。另有一种不可信的传说,他遁逃为僧,许多年后被他的旧友宋之问发现。

骆宾王的早期作品相当符合宫廷诗的结构范围。可是,即使在此时,他已经显露了极端隐晦及炫耀学问的倾向。在一个早秋的傍晚,诗人泊舟于长江边的一个江镇,看见了朝廷的船队。这一境况的基本要素直接反映于诗题《晚泊江镇》上,词语朴素,语序恰当。但是当他开始写诗篇正文时,就不由自主地热心于高雅的变形、复杂化及取代:

四运移阴律,三翼泛阳侯。

受过教育的同时代读者肯定知道,"四运"指的是季节的循环,"阴律"与秋天相联系,"阳侯"是代表长江的波神。但要记起"三翼"指三种等级的战船就较费心思了。很可能有些人会赞赏诗人的对偶技巧,能够在第二句诗中找到"三"和"阳"与第一句诗的"四"和"阴"相配。但是这里缺乏宫廷诗人的敏锐观察力和精妙语词,人们很容易可以看出,诗人用的是极端高雅的语言,说明的却是极其平常的事物。

《晚泊江镇》从整体上来看,是一首比首联好得多的诗。诗中写景的部分显示了才气,但并不特别出色,在扩大了的反应部分,我们已经看到复杂论辩的倾向。

晚泊江镇

四运移阴律,三翼泛阳侯。

> 荷香销晚夏,菊气入新秋。
> 夜乌喧粉堞,宿雁下芦洲。
> 海雾笼边徼,江风绕戍楼。
> 转蓬惊别绪,徙桔怆离忧。
> 魂飞灞陵岸,泪尽洞庭流。
> 振影希鸿陆,逃名谢蚁丘。
> 还嗟帝乡远,空望白云浮。(04235)

最后八句需要加以释义:

> 我是一个如同飞转的蓬草一样的漂泊者,那些提醒我离家远别的事物使我触目惊心;同样地,我就像是坚定而纯洁的桔树,只生长于南方,当被移植至北方时就变成另一种树。由于我的身体无法前去,我的灵魂飞往靠近长安的灞陵,那是我所向往的地方;也由于我无法去那里,我的眼泪在南方流尽。在《易经》中,我们读到:"鸿渐于陆,夫征不复。"我的行动的最直观证据是我的影子,所以我振动影子以模仿鸿雁和归家。为逃避政治功名,我将如同那位楚国蚁丘的馆舍主人,离开馆舍而避免与孔子会面。但是,尽管一方面我想要返家和抛弃世俗荣华,另一方面我仍然忍不住向往遥远的京城和世俗的成功。这样,当我遥望京城而视线被白云遮住,我就想起那些将我和皇上的恩宠分隔的人,以及我的愿望如同白云般的虚幻。

这种构筑于众多典故之上的论述,正是骈文的特色。

第十一章 骆宾王：诗歌与修辞

骆宾王善于运用新的、深奥的典故，但往往将同一典故反复运用，从江镇往下行，他写了一首诗：

帝城临灞涘，禹穴枕江干。
桔性行应化，蓬心去不安。（04226）

有时骆宾王在精巧、矫饰的描写方面超过上官仪：

镜花摇芰日，夜麝入荷风。（04215）

第一句诗的含义可以有多种解释。"花"可能指的是镜面上闪烁的光辉，而不是真花的镜影或如花的美人本身。这些反射的光辉可能像许多小太阳似地闪烁在菱花上，或混合着阳光照耀在菱花上。这里骆宾王改写了庾信的两句诗：

日光钗焰动，窗影镜花摇。[1]

不过，这种视觉的精巧并不是骆宾王诗的普遍特点。

强烈的雄辩意识及散文式的铺叙，使骆宾王写出了比七世纪一般的诗歌长得多的诗篇。除了《帝京篇》外，他还有几首长诗，刻意表达七世纪的严肃观念。其中有一首诗（04132）的序在开头引用了儒家文学教义："夫在心为志，发言为诗。诗有不得尽言，言有不得尽意。"接下来就把这些原则用于诗人自己的

---

[1]《庾子山集》（《四部丛刊》），卷3页17b。

体验。骆宾王在对儒家教义的阐述中,强调严肃的文学应该表现自我,并把全副精力用于自己所喜爱的这一主题上。他最成功的诗篇之一是巨大的《畴昔篇》(04149)。这是一篇高度修饰的自传诗,长达两百行,[1]是长篇自传诗的最早范例之一。自传诗后来在八九世纪成为重要的题材,但具有过分修饰的倾向,其原因可以部分地归于《畴昔篇》的模式。

由于骆宾王从骈文中借用了词汇、结构与主题,这就使得两种文体只是在形式上及篇幅上有所区别。下引寓言式作品中,序文和诗的联系清楚地说明了这一点。

浮槎并序

游目川上,睹一浮槎。泛泛然若木偶之乘流,迷不知其所适也。观其根柢盘屈,枝干扶疏。大则有栋梁舟楫之材,小则有轮辕榱桷之用。非夫禀乾坤之秀气,含宇宙之淳精,孰能负凌云概日之姿,抱积雪封霜之骨。向使怀材幽薮,藏颖重岩,绝望于岩廊之荣,遗形于斤斧之患,固可垂荫万亩,悬映九霄,与建木较其短长,将大椿齐其年寿者。而委根险岸,托质艰途,上为疾风冲飙所摧残,下为奔浪迅波所激射。基由壤括,势以地危。岂盛衰之理系乎时,封植之道存乎我。一坠泉谷,万里飘沦。与波浮沉,随时逝止。虽段仲文叹生意已尽,孔宣父知朽质难雕。然而遇良工,逢仙客,牛矶可托,玉璜之路非遥;匠石先谈,万乘之器何远。故材用与不用,时也。悲夫!然则万物之相感应者,亦奚必

---

[1] 康达维(David Knechtges)提议我考虑《畴昔篇》的重要性,仅此致谢。

同声同气而已哉。感而赋诗,贻诸同疾云尔。

  昔负千寻质,高临九仞峰。
  真心凌晚桂,劲节掩寒松。
  忽值风飙折,坐为波浪冲。
  摧残空有恨,拥肿遂无庸。
  渤海三千里,泥沙几万重。
  似舟飘不定,如梗泛何从。
  仙客终难托,良工岂易逢。
  徒怀万乘器,谁为一先容。(04236)

  诗序原本用来叙述历史或传记的背景,使诗中及所述事件能够充分明了。王勃的《滕王阁》就运用了这一古典形式:序文描写了宴会、场景、事件的过程,诗篇则表现对这一情境的反应,诗与骈文序言的区别是分明的。可是在《浮槎》中,诗只是把序文详细叙述过的内容简要地重述一遍。其中主要的变化是序文展示了希望——浮槎将被利用,漂泊者将被启用,而诗却使这一希望破灭。除了结尾外,诗紧密追随了序文的旨意,无论在讨论范围还是在措词上都与之相似。

  序的第三段与诗的开头两句相应:"负凌云概日之姿"描写浮木的高度,被简化成"昔负千寻质"。序的第四段叙述这棵树在偏僻的地方十分安全繁盛,诗则处理成具有松树和桂树的孤独和耐力。由于运用了双关语:真心/树干,劲节/树节,诗的描写具有更密切的道德联系。序运用了高雅优美的传统夸张比喻,以称赞的口气将某种事物与神秘的典范相比较:"与建木较其长短,将大椿齐其年寿者。"诗舍弃这一高雅的语句,采用了表示"超过"的简洁套语"凌"和"掩"。序文所写传说中的树也被具有象征意义的松树和桂树所取代。

诗的第三联出于简化的要求,再次将序的描写语句简化成无力的重复,把"上为疾风冲飙所摧残,下为奔浪迅波所激射"变成"忽值风飙折,坐为波浪冲"。诗对于骈文序言的这种屈从关系说明,使诗歌创作接近骈文的试图很成问题:诗歌的体式手法已经演变并作用于精练的五言诗,而骈文的修饰需要较长的语句和较散漫的结构,因此当骈文被"翻译"成诗句时,就变得贫瘠乏味。

诗的第七至十二句没有追随序的相应段落,感怀时机和命运,而是细致描绘浮槎危险无助、无人赏识的境况。一旦诗自由地突破了序的论点,就可以反过来评论序文,否定浮槎可能遇到良工的希望。在这一点上,诗对序作了补充。不过,这种不同部分地出于诗体的要求,在结尾表现忧伤是诗歌传统的自然方式。

骆宾王的诗歌范围,既包括上述那种诗歌化了的论述,也包括特别稠密的、引经据典的抒情风格。这种抒情风格表现在他对现成题目的正式练习,也表现在他著名的《在狱咏蝉》。这首诗也有一篇骈文序言,但这一次序的处理与诗的处理有所区别。

在狱咏蝉

西陆蝉声唱,南冠客思侵。
那堪玄鬓影,来对白头吟。
露重飞难进,风多响易沉。
无人信高洁,谁为表予心。(04190)

第十一章 骆宾王：诗歌与修辞

此诗肯定需要加以释义：

> 当太阳移向西道，这是秋天的迹象，于是蝉开始鸣唱。蝉声使我思家，如同楚国的钟仪曾经感受的那样。当钟仪成为晋国的囚犯，他戴着南方之冠以纪念祖国。与他一样，我也是被囚禁于北方的南方人。我怎能忍受经常被用来描绘美女发卷的蝉翼，前来听我的《白头吟》？当司马相如抛弃卓文君时，文君唱了同样的歌。这些黑如发卷的蝉翼，使我想起年少及迷人的美，这对于一位日益年老并感到被君王摒弃的人来说，是难以忍受的。此外，蝉声是秋天的提醒，这一季节与老年的到来相联系。我怎能忍受它靠近我，提醒我自己的衰老？但，或许我误解了蝉，它与纯洁和年老相联系，可能在精神上与我一致。如果君王听到它，或许会被提醒我的纯洁和年老，从而释放我。在这一方面，它的鸣唱就像是向君王辩护我的案子。然而，像我一样，它被自己所代表的秋天的处境所阻碍：露水沉重地压住它，使它无法往前飞，从而无法进入宫殿，到达君王的耳边；尤有甚者，虽然我希望它的鸣唱被外面听到，但秋风过于强烈，淹没了它的声音。即使它的鸣唱或我自己在这首诗中的吟唱可以到达君王，也可能无济于事，因为已经没有人会相信我的高尚和纯洁，我的无辜，以及蝉的高洁。也就是说，无人会为我陈述案情。

由于译文的扩充，这首诗的逻辑接近于骈文的议论，但诗中用了精练的暗示、典故及模糊多义的诗歌手法，使得它与《浮槎》有较大区别。在骆宾王的诗中，较为散漫的风格比上引诗篇的缜密风格要更为普遍。为了进行比较，这里援引另一首同样的囚禁诗《幽系书情通简知己》，下面是开头八句：

> 昔岁逢杨意，观光贵楚材。
> 穴疑丹凤起，场似白驹来。
> 一命沦骄饵，三缄慎祸胎。
> 不言劳倚伏，忽此遘遭回。（04251）

类似的浮华诗句延伸至接下去的二十八句。上引诗句不过是说，诗人曾遇到某位赏识他的人，但他得意不久就又失意了。

无论这些诗篇如何不成功，此类使诗歌得以成为自我表现工具的尝试是这一时期的一个重要文学现象。二十年后，在陈子昂的作品中，我们发现了更好的工具。

第三部分 陈子昂

引 子

（吴曾经是长江下游的一个王国，后来成为整个地区的雅称。吴地是南朝的文化中心。《吴越春秋》是南朝之前一千年长江下游地区的传奇历史。其中有一个故事，述贤相范蠡辅助越国征服毗邻的吴国后，辞去越国的官职。为纪念范蠡的成就，越王令艺人铸了一座他的金像。）

    沈宋横驰翰墨场，风流初不废齐梁。
    论功若准平吴例，合著黄金铸子昂。
                    元好问《论诗绝句》之八[1]

在十三世纪的著名诗人兼批评家元好问的眼中，虽然宋之问和沈佺期的诗曾经在初唐最后几十年盛行一时，他们实际上仅是良工巧匠，只有陈子昂才称得上此时期真正才子的荣誉。在元好问看来，陈子昂是从文学上击败吴——南方宫廷风格的关键人物，正如范蠡是从军事上击败古代吴国的关键人物。

元好问生活在与南宋对峙的金代，是北方的桂冠诗人，因此

---

[1]《遗山先生文集》(《四部丛刊》)，卷11页4a。

他把陈子昂称为南朝诗风的征服者，是有着个人动机的。但是，他的称赞沿袭了一个久已成立的传统看法，认为陈子昂单枪匹马扭转了诗歌的风格准则。杜甫通常是宫廷诗的称赞者，但是在下引咏陈子昂四川故居的诗中，似乎也把他作为复兴古代伟大文学的第一位：

> 位下曷足伤，所贵者圣贤。
> 有才继骚雅，哲匠不比肩。
> 公生扬马后，名与日月悬。（10709）

杜甫赞扬陈子昂安于低位，出于儒家将贫困与美德相联系的思想。复古思想总是吸引那些处于宫廷圈子之外的人，这些人从来无法进入统治阶层的顶端。陈子昂具有"继承"中断了许多世纪的古典诗歌的才能。"哲匠"本是肯定的词语，但杜甫用在这里显然略带贬义，指的是将诗歌技巧置于政治道德之上的那些诗人，如宋之问和沈佺期。最后，杜甫把陈子昂与司马相如及扬雄联系在一起，部分由于三位作家都是四川本地人，但更主要的是由于把陈子昂看成是宫廷中儒家道德的坚持者。

三十年后，韩愈在一首推荐朋友孟郊的诗中，叙述了复古对中国文学史的标准描绘：在唐代之前，文学经历了一个持久的堕落过程，直到：

> 国朝盛文章，子昂始高蹈。（17828）

与后来的唐代作家一样，韩愈急于忘却近乎一个世纪的唐代宫廷诗。"高蹈"一词通常与成仙有关，在这里的主要含义是陈子昂达到了"文学的不朽"，但韩愈也可能讽刺地批评陈子昂对求仙的迷恋。虽然复古作家普遍确认陈子昂为其文学先祖，他并非一心一意地信奉儒家的社会价值观。

随着杜甫、韩愈及其他人的此类评价，陈子昂在文学史上的声望和地位被确立了。直至今天，他仍被看成唐代诗歌的第一个重要人物及盛唐的开路先锋。[1]但是，在陈子昂自己的时代，他仅是一个次要的有才能的诗人，被李峤、杜审言、宋之问、沈佺期等人掩盖住了。七世纪最后几十年和八世纪开初几十年是宫廷诗最后的伟大时期，它的"夕阳无限好"的时期。这一时期宫廷风格发生的变异，对于唐诗的发展具有持久的重要意义，可能超过了陈子昂的彻底否定宫廷诗。然而，仍然是陈子昂的名字被记住，而不是沈、宋的名字。这是因为对于后来的诗人来说，陈子昂代表了一种彻底脱离近代文学传统的必要幻想。

―――――――

〔1〕 除了陈子昂本人作品中的暗示，他的朋友卢藏用最早提出给予其作品以独一无二的重要地位，他在《陈子昂集序》中写道："道丧五百岁而得陈君。"然而，这种复古的赞扬在集序中相当普遍，并不能构成严肃的文学史评价。惟一与大多数观点唱反调的，是八世纪后期的诗人兼书法家颜真卿，他认为这种评价过高。见《颜鲁公文集》(《四部丛刊》)，卷12页1a—b。

第十二章 陈子昂的诗歌生涯

陈子昂于661年出生于四川，他的家庭在地方上有一定影响，但未出过朝廷显官。从他的青年时代来看，人们很难相信他后来竟会成为给予宫廷诗致命打击的人。根据传记记载，陈子昂对学习毫无兴趣，直到十八岁才开始勤奋读书。到了二十一岁，他自觉有把握，赴东都洛阳参加进士考试。但考官并未赏识他，在682年他第一次应试失败。

陈子昂年轻时，三位全国最著名的诗人王勃、卢照邻及骆宾王都先后到过四川。可是，陈子昂并不认识他们，他的诗作也极少显示出熟悉这些前辈诗人作品的迹象。相反地，陈子昂的发展似乎相对地独立于同时代的文学界。他对于诗歌的认识可能通过学习《文选》一类的书，而《文选》的全部作品与当时洛阳流行的诗歌有很大区别。宫廷诗是一门社交的艺术，通过与其他诗人、长辈诗人交流而发展，而不是通过书本学习。陈子昂与四川诗人的交往，如晖上人，时间似乎要迟些。此外，他的早期诗篇也未表现出熟悉《艺文类聚》等类书的诗歌典故群的迹象。这些类书对于宫廷诗人的教育十分重要，使得他们掌握阐述主题的恰当技巧。李峤等人的宫廷咏物诗，在陈子昂诗中也全然绝迹，这类诗被有抱负的年轻宫廷诗人用来进行技巧训练。当然，也可能陈子昂自己把这类作品从准备流传下来的诗篇中排除出去,不过他现存的早期作品毫无此类训练的痕迹。

陈子昂现存的诗中,有一些可能写于第一次赴洛阳应考时。这些作品遵循了三部式,不过中间部分的描写对句与宫廷诗完全不同。当他试图构造宫廷式的描写对句时,他的范围受到了限制,我们在下面将会见到。然而,这些诗仍然具有一种宫廷诗所缺乏的直率,这不是伟大诗歌的富有艺术性的直率风格,而是一位有才能的年轻诗人的直率。他通过充分学习传统诗歌,脱离了粗糙笨拙,但又尚未接受宫廷诗的规范。

白帝城怀古

日落沧江晚,停桡问土风。
城临巴子国,台没汉王宫。
荒服仍周甸,深山尚禹功。
岩悬青壁断,地险碧流通。
古木生云际,归帆出雾中。
川途去无限,客思坐何穷。(04451)

这首诗与下引三首诗在结构、语言、旨意、情绪等方面是一致的。这些诗写于诗人沿长江泛舟而下的连续行程中。

度荆门望楚

遥遥去巫峡,望望下章台。
巴国山川尽,荆门烟雾开。

城分苍野外,树断白云隈。
今日狂歌客,谁知入楚来。(04417)

岘山怀古

秣马临荒甸,登高览旧都。
犹悲堕泪碣,尚想卧龙图。
城邑遥分楚,山川半入吴。
丘陵徒自出,贤圣几凋枯。
野树苍烟断,津楼晚气孤。
谁知万里客,怀古正踟蹰。(04452)

从岘山上可以清楚地眺望襄阳,那里曾经短暂地成为三国时期军阀刘表的根据地。陈子昂可能感觉到了初唐对于古城盛衰主题的喜爱,这一主题与对立诗论有着密切联系。或许是为了急于找到一个"古都",他选择了最近的襄阳。"堕泪碣"与晋代太守羊祜相联系,他曾许愿说如果死后灵魂尚存,将留在岘山。当地人民为了纪念他的美德,在山上为他立了一块碑。访问襄阳的人习惯地总要登上岘山,为羊祜的灵魂洒泪。"卧龙"指三国蜀汉的丞相诸葛亮。这一地区有一堆古代的石块,被普遍相信是诸葛亮为进攻吴国而设计的阵图。

晚次乐乡县

故乡杳无际,日暮且孤征。
川原迷旧国,道路入边城。

野戍荒烟断，深山古木平。
如何此时恨，噭噭夜猿鸣。（04418）

以"旅游诗"称呼这四首诗可能最恰当，这些诗描写了这位年轻的西部人第一次进入中国中心区域（虽然仅在南方边缘）的旅程。他不断地回顾"巴"（四川），细心地寻访"周甸"（不包括四川），寻访"禹功"所覆盖的地区。他反复提到那些广泛的地理名称，仿佛这些名称本身就具有某种神奇的意义。他为这些地区的历史和古迹所倾倒。他在白帝城怀古，所缅怀的既不是历史事件，也不是盛衰过程，而是集中于与中国文化的中心区域相联系的古迹本身。

由怀古而产生的忧伤很容易转换成孤独及思乡的情绪。与较老练诗人的修辞练习不同，陈子昂这些诗更多地与情绪的激发有关，而不是与技巧有关。他的旅行诗并不像王勃、卢照邻、骆宾王的同类诗，而更接近李百药的诗。诗中对句的排列比王勃、卢照邻的诗较不板滞。他的风格离开骆宾王的风格更远。骆宾王的怀古旅行诗用了高度矫饰的语言，即使最真诚的感情也会黯然失色，从而彻底破坏诗的情调。

陈子昂描写自然景物的对偶句不似上官仪那样复杂，可是在这几首诗中，这些对句也一铺到底，破坏了诗篇的流畅。此外，诗人还隐喻性地运用动词描写直观景象，表现了宫廷诗的一定影响。有趣的是，他所掌握的这类词汇甚少：

岩悬青壁断。
树断白云隈。

> 野树苍烟断。
> 野戍荒烟断。

凡是表现视觉的延续被打断，不可避免地用"断"字。如果视觉的延续中断后又重新开始，这种中断就变成"分"。分的这种常见的空间用法，往往与其作为感知动词表示"看出"的用法无法区分，如下引诗：

> 城分苍野外。
> 城邑遥分楚。

如果视觉的延续未被打破，并扩展到一定距离，那么就被说成"入"这一距离。

> 山川半入吴。
> 道路入边城。

动词的隐喻性运用，不论是一般用法，还是特殊用法，在七世纪一点也不稀奇。可是，陈子昂用动态的词语描写空间关系，却是独特的倾向，给诗句带来了某些活力。虽然他对直观的"奇"景的兴趣少于王勃，却与这位前辈诗人一样，偏爱全景甚于细节。他还与王勃一样，懂得要在句子中突出一两个警策的字眼，就必须使诗句的其他部分保持朴素。但是，他显然缺少王勃的形象描写技巧，当他发现了使他感兴趣的景象和词语，就会毫不在意地在以后的航程中，再用同样的词语描写同样的景象。

第十二章　陈子昂的诗歌生涯

现存的几种资料都记载说，陈子昂一到京城就诗名大盛。但是像上引那类诗，在当时更可能是被看不起的，正如他的朋友兼传记作者卢藏用所说的"时人不之知也"。[1]这里另有一个关于陈子昂初入京城的著名故事，虽然几乎可以肯定是杜撰，却也颇为有趣：

> 子昂初入京，不为人知。有卖胡琴者，价百万，豪贵传视无辨者。子昂突出，谓左右曰："辇千缗市之。"众惊问，答曰："余善此乐。"皆曰："可得闻乎。"曰："明日可集宣扬里。"如期皆往，则酒肴毕具，置胡琴于前，食毕，捧琴语曰："蜀人陈子昂，有文百轴，驰走京毂，碌碌尘土，不为人知。此乐，贱工之役，岂宜留心。"举而碎之，以其文轴，遍赠会者。一日之内，声华溢郡。[2]

无论他的早期诗作可能具有什么优秀的特性，都不会是宫廷诗的特性，因此也就不够典雅，无法使他考中进士。他在682年落第后就离开了洛阳，这时他写下了第一首表现隐士情调的诗，后来他的许多作品都表现了这一情调。

落第西还别魏四懔

转蓬方不定，落羽自惊弦。
山水一为别，欢娱复几年。

---

[1]《陈伯玉文集》(《四部丛刊》)，序。
[2] 出自《独异记》，保存于《唐诗纪事》，卷8页2a。

离亭暗风雨，征路入云烟。
还因北山径，归守东陂田。（04427）

在建安及魏代诗歌中，蓬草是流行的隐喻，被用来指离家漂泊的人。这一古老的隐喻出现在前面所引的骆宾王的两首诗中，但它所包含的深情却被复杂的修辞淹没了。陈子昂朴素的诗获得了这一隐喻的某些力量。落第者经常被说成受到箭或弹丸的射击。北山可能指著名的《北山移文》，这是一篇讽刺假隐士的文章，收于《文选》。[1]

如果这首诗与陈子昂在进士考试中所作的诗相似，那么他的落第并不奇怪。此诗明显地运用律诗的音调对仗格式，但五、七、八句严重失调，即使在不太严格的初唐律诗中，也是不允许的。三部式在诗中只略露痕迹：第三联是可接受的描写对句，位置正确，但从属的第二联却不正确。第一联的隐喻是出格的，而最后一联的反应则是一个全新主题的开始。这种形式十分接近初唐的原始律诗，有意识地违犯了格律。形式上的违犯格律与隐士的反对求仕相应。陈子昂在落第后的另一首诗（04426），表明他能够写出朴素平板而结构音律完美的律诗。[2]

---

[1] 参看海陶玮（James R. Hightower），《骈文的某些特征》，收《中国文学研究》，约翰·L. 比肖普（John L. Bishop）编（坎布里奇：哈佛大学，1966），页118—124。
[2] 要指出应试诗在什么程度上接近我们今天所谓的"完美"律诗（见附录二），是不可能的。明确的声调规范确实存在，但是后来的"违犯"声律，对于七世纪八十年代的考官来说，可能仅是听起来不和谐，其程度依差错的性质而变化。

第十二章　陈子昂的诗歌生涯

在683年，陈子昂回到长安，第二次应试，684年登进士第。这年初春，虽然武后已掌握了全部政权，中宗仍是名义上的皇帝。到了冬天，陈子昂解褐任麟台正字时，武后已正式以睿宗的名义摄政。六年后，即690年，她彻底废黜唐朝，建立自己的周朝。

前面几章已经谈到，对立诗论——现在可称为复古理论——的大部分支持者来自宫廷诗歌传统的外部。虽然陈子昂最后也熟练地掌握了宫廷风格，足以作出高雅的展示，但他未能成为宋之问、沈佺期那样的能工巧匠。[1]他曾在宫廷诗的竞赛中获奖，但此事很可怀疑，下一节将会讨论。在早期的旅行诗中，他有意识地将家乡与中国的中心区域加以区别。甚至在上引杜撰的轶事中，他也自称"蜀人陈子昂"。这不是说四川在七世纪不是一个文明的地区，而只是它五百年来未产生许多诗人及文化名人。四川曾经是汉代许多伟大作家的故乡，这也许是陈子昂将自己从属于文学传统而不是当代文学的部分原因，所谓"公生扬马后"。由于对地方特性的感觉，由于开始时受到京城中的文学独裁者的排斥，陈子昂转向对立诗论和复古理论是十分自然的。在这些理论中，他发现了对直率朴素风格的肯定，而他的早期诗作已经呈现了这一风格。

复古观点肯定获得了一些人的支持，而宫廷诗仍然无法提出反对的论点。下引诗篇及其著名序文无法确切系年，但显然写于陈子昂在洛阳时。陈子昂在序文中以新的活力和特点重申了对立诗论的传统论点。不过，我们应该看到，这篇文章并不是单纯的

---

[1]　如04448和04449。

理论阐述,而是写来恭维一位赏识他那一类作品的高级官员,希望赢得他的青睐。伴随着序文的诗较不著名,但也具有一定重要性,代表了与复古理论相联系的另一种诗歌:修饰的道德、政治寓意诗。

修竹篇

东方公足下:文章道弊五百年矣。汉魏风骨,晋宋莫传,然而文献有可征者。仆尝暇时观齐梁间诗,彩丽竞繁,而兴寄都绝,每以永叹。思古人常恐逶迤颓靡,风雅不作,以耿耿也。一昨于解三处见明公《咏孤桐篇》,骨气端翔,音情顿挫,光英朗练,有金石声。遂用洗心饰视,发挥幽郁。不图正始之音,复睹于兹,可使建安作者,相视而笑。解君云:"张茂先、何敬祖、东方生与其比肩。"仆亦以为知言也。故感叹雅制,作《修竹诗》一篇。当有知音,以传示之。

龙种生南岳,孤翠郁亭亭。
峰岭上崇崒,烟雨下微冥。
夜闻鼯鼠叫,昼聒泉壑声。
春风正淡荡,白露已清泠。
哀响激金奏,密色滋玉英。
岁寒霜雪苦,含彩独青青。
岂不厌凝冽,羞比春木荣。
春木有荣歇,此节无凋零。
始愿与金石,终古保坚贞。

> 不意伶伦子，吹之学凤鸣。
> 遂偶云和瑟，张乐奏天庭。
> 妙曲方千变，箫韶亦九成。
> 信蒙雕斫美，常愿事仙灵。
> 驱驰翠虬驾，伊郁紫鸾笙。
> 结交嬴台女，吟弄《升天行》。
> 携手登白日，远游戏赤城。
> 低昂玄鹤舞，断续彩云生。
> 永随众仙去，三山游玉京。（04387）

在太宗和虞世南的咏竹诗中，我们已看到一些有关竹子的恰当典故。这些典故产生自竹子在冬天常青的事实，由于具有这一"节"操，竹子有可能被黄帝的音乐家伶伦采割，加以雕凿（加以宫廷的磨炼），用来歌颂仙灵（宫廷中的人物）。可是，陈子昂对于这一主题的叙述性、寓言性处理，与太宗和虞世南仅暗示竹子的各个方面是很不相同的。陈子昂的诗更接近骆宾王的寓言诗《浮槎》，尽管两首诗都具有修饰的风格，蕴含于寓言中的伦理和政治信息，却将它们列入对立诗论的阵营。

或许正是陈子昂的"兴寄"观念将这两首诗从一般宫廷诗中分离出来。"兴寄"可意译为"较深刻的意义"，这类词语实际上无法从字面上翻译，大意是说，诗歌在表层上是一种表达感情的工具（"寄"），表达个人对某一事物（"兴"）的反应。这样，如同在寓言中，表层的逻辑从属于"意"。在《修竹篇》中，从咏物典故演变而来的叙述具有非常明显的自传寓意。陈子昂就是竹子，纯洁和坚贞的典范，确切地说，就是"龙种"。他被带入宫廷不是自己的要求,而是由于杰出的品德,在宫廷他受到了"雕凿"。他向东方虬暗示,希望能够在宫廷圈子里升得更高,接近"天庭"——皇帝(或在这里指武后,"嬴台女"是秦王的女儿,偕同善于吹箫的情人乘凤飞向天庭——帝王的位置,这一典故可能用来暗示武后)。

中国文学在一般诗歌与时事寓意诗之间有明确的区别,这一区别很有用,但不是绝对的。所有的时事寓意诗可以被当成一般诗歌,而许多一般的寓意诗也具有时事含义。在虞世南和太宗的诗中,竹子仅泛泛地象征正直品德;而在陈子昂的诗中,竹子象征特定个人的正直品德,这两者之间有着重要的区别。这种寓意处理的区别直接表现在序文对文学史的叙述上:时事讽喻繁荣于东汉和魏,接下来晋和刘宋则倾向于一般寓意。[1]因此,在宫廷诗的伟大时代里,事物的寓意通常从属于它在眼前的呈现(从"此物呈现"到"关于此物我们可以得出以下联系"),或者仅仅作为修辞练习的建筑材料。太宗和虞世南的咏竹诗正是如此,虽然其寓意是一般的而不是时事的。时事讽喻在唐代被有意识地用为古典化的技巧,并由于其古典性及儒家道德意义而受到推崇。

陈子昂在七世纪八十年代写于洛阳的作品,表现了对描写对句的日益熟练,不是上官体的严谨板滞形式,而是充满生气,这种生气有时与对偶句的内在节制形成对立。下引诗篇写于684至

---

[1] 最好的例子是下面两篇赋的区别:建安弥衡的《鹦鹉赋》,是时事寓意文,作者将自己在黄祖那里的处境与被捉的鹦鹉相比;西晋张华《鹪鹩赋》,是一般寓意文,鹪鹩代表道家无意义的价值观。那些试图对后文进行时事寓意的解释,都缺乏说服力。

689年间陈子昂任麟台正字时。

入峋峡安居溪伐木溪源幽邃林岭相映有奇致焉

啸徒歌伐木,骛楫漾轻舟。
靡迤随波水,潺湲泝浅流。
烟沙分两岸,露岛夹双洲。
古树连云密,交峰入浪浮。
岩潭相映媚,溪谷屡环周。
路迥光逾逼,山深兴转幽。
麏麚寒思晚,猿鸟暮声秋。
誓息兰台策,将从桂树游。
因书谢亲爱,千岁觅蓬丘。(04463)

"伐木"是《诗经》篇名(第165首),传统的毛诗解释成与寻求伴侣有关。第十一句主要指落日使他意识到必须返回,但在字面翻译上很难不将此译成直观的意象。

　　陈子昂的描写技巧比同时代人更具特色,更富有生气。正如我们在卢照邻诗中所看到的,诗人们日益倾向于按叙述的次序安排对句。陈子昂溯溪而上,越来越深入山中,直到天色已晚,仍依恋着不想转回。虽然这首诗按次序叙述,并透露了隐逸信息,其形式基本上还是三部式,不过开头及结尾反应各由一联扩展为两联。伴随着三部式的是迅速转换的情调,从轻快的速度,兴致勃勃的伴侣,转变到明媚然而孤寂的景象——烟雾弥漫的沙洲和闪闪发光的山峰和倒影,从这里再转换到隐士生活的忧伤情绪,以此表达诗人逃避人类社会的愿望。

陈子昂曾两度参加中国军队对北方游牧部族的战争。第一次战争发生于西北，从 666 年持续至 667 年；第二次是十年之后对北方及东北地区契丹族的战争。陈子昂的才能在战争诗中得到了更充分的发挥。尽管如此，他在第一次战争中写下的诗，和第二次所作的诗仍有着明显的区别。在 685 年战争中的诗较接近宫廷诗，写得缜密、矫饰，比对契丹之战的诗较缺乏激情，但在描写上却是初唐诗的出色代表。

度峡口山赠乔补阙知之王二无竞

峡口大漠南，横绝界中国。
丛石何纷纠，小山复龛岪。
远望多众容，逼之无异色。
崔崒半孤断，逶迤屡回直。
信关胡马冲，亦距汉边塞。
岂依河山险，将顺休明德。
物壮诚有衰，势雄良易极。
逦迤忽而尽，泱漭平不息。
之子黄金躯，如何此荒域。
云台盛多士，待君丹墀侧。（04396）

云台在京城，是为边塞将领举行庆功典礼的场所。初看似乎陈子昂把不协调的社交赞美添加在美丽的风景描写上，但实际上他是将谢灵运"阅景"的技巧转换进应景诗中。谢灵运在其典型的山水诗中观察景物,从景物结构中得出哲理结论,并在结尾对所发现的隐藏秩序作出个人反应。[1]在陈子昂这首诗中,诗人穿过越来越高的山峰,然后出山进入平坦的沙漠,这一旅程用中国的循环理论来加以解释:当事物发展到极端,就不可避免地转回"平"的状态。诗篇的正式"反应"是朋友们的命运与此相同,在经历艰巨的战争之后,将会恢复安定。

在689年,陈子昂任右卫胄曹参军的礼仪职务,仅比他原来在秘书省的位置稍高。在691年,他返蜀守母丧,693年重返京城。下引诗篇写于返京后,我们只要将这首诗的开头与较早的《入峭峡》相比,就可以看出他的应景诗在风格上几乎没发生什么变化。

万州晓发放舟乘涨还寄蜀中亲友

空濛岩雨霁,烂熳晓云归。
啸旅乘明发,奔桡骛断矶。
苍茫林岫转,络绎涨涛飞。
远岸孤云出,遥峰曙日微。
……(04462)

返京后陈子昂任右拾遗,官品虽低,却有接近皇帝的殊荣。在武后朝任职是危险的,在694年,陈子昂由于朝廷的派系斗争而被捕下狱,第二年获释。在696年,武攸宜任将军与契丹作战,陈子昂在其幕中任参谋。正是在这场战争中,陈子昂写下了许多最

---

[1] 关于这一点,我得感谢弗兰克·威斯特布鲁克(Frank Westbrook)教授。

优秀、最著名的诗篇。这些诗的风格指向盛唐诗的众多特色之一，与他的早期作品有着截然的区别。在这一变化中起作用的因素难以确指；卢藏用认为，陈子昂曾多次向无能的武攸宜警告即将到来的军事危机，结果遭到贬斥，诗人抑郁不平，写下著名的《登幽州台歌》。

《登幽州台歌》保存于卢藏用为陈子昂所写的传记中，可能是陈子昂最著名的作品。

前不见古人，后不见来者。
念天地之悠悠，独怆然而涕下。（04415）

后人记住陈子昂，主要是由于这些朴素的诗句，而不是其他所有雅致的风景描写。诗中直接感人地描写个人的孤独：他处于空间和时间之中，与过去和未来相脱离，在巨大无垠的宇宙面前显得十分渺小。诗人站在时间长河中，面对着过去，所以开头两句直译为："我看不见在我前面的古人，也看不见在我后面的来者。"怀古诗是陈子昂喜爱的诗体之一，这首诗称为怀古诗的变体最合适。有着许多历史联系的幽州，首先成为陈子昂表达怀古主题的场所："前不见古人。"但诗人对怀古主题的关注中心迅速地从消失了的辉煌过去转回孤独的现在，并以同样的方式从未来转回现在。所有人在永恒无限的宇宙和时空面前，都会不由自主地感到自己的渺小、短暂、微不足道。古老的"流泪反应"以其与简单朴素、深厚感情的联系，用在这里完全恰到好处。

虽然这首诗具有直率的美和忧伤，它却主要基于楚辞《远游》中的一段：

> 惟天地之无穷兮，哀人生之长勤。
> 往者余弗及兮，来者吾不闻。[1]

这位远游的诗人（陈子昂相信是屈原）通过遨游太空，达到超然物外的境界，解决了人生短暂的悲哀。陈子昂将自己安排在孤独而慷慨下涕的境界，这一境界由于《远游》的背景而增加了感伤的分量。不过，他舍弃了遨游太空的现成反应。

尽管陈子昂这四句诗中有三句可以追溯至《远游》的段落，此诗的影响并未因此而降低。与《远游》的段落相比，此四句独立成篇，未采用现成的反应，加上个人经历和历史场合的背景，使得这首诗发生了实质性的变化。这就好比一位画家以另一幅大型作品的细节为基础，形成了自己的一幅画的风格。前面已经指出，新的诗歌正是通过返回传统、运用和改造传统而创造出来的。

下引组诗作于同时，也被看成陈子昂脱离初唐风格的代表作。这里援引序文和前面两首。

蓟丘览古赠卢居士藏用七首并序

丁酉岁，吾北征。出自蓟门，历观燕之旧都，其城池霸业，迹已芜没矣。乃慨然仰叹，忆昔乐生、邹子群贤之游盛矣。因登蓟丘，作七诗以志之，寄终南卢居士。亦有轩辕遗

---

[1]《楚辞补注》(《四部丛刊》)，卷 5 页 2a。

迹也。

轩辕台

北登蓟丘望,求古轩辕台。
应龙已不见,牧马空黄埃。
尚想广成子,遗迹白云隈。(04388)

轩辕(黄帝)是神话中的皇帝,击败同样是神话中的叛匪蚩尤。轩辕台坐落在这一战场上。在这场战斗中,黄帝乘着一条有翼的龙。第四句用《庄子》二十四章中的一个故事:黄帝询问一位牧童应该怎样治理国家,牧童回答说,只要同牧马一样,不伤害马就行了。现在,在荒凉的战场灰尘里,再也见不到那提供了统治榜样的牧场。广成子是一位隐士,黄帝曾向他请教道的完善。诗人想像中应龙和牧马的消失,不仅暗示了怀古主题,而且指向了武攸宜的军事失败。组诗第一首可能特地写给卢藏用,因为他也是一位隐士,对黄帝会比对下面几首诗的历史迹象更感兴趣。结尾提到广成子,暗示虽然不再出现应龙来击败蚩尤——契丹,以广成子为代表的理想隐士,仍存在于当今如同卢藏用一类远在"白云隈"的人中。结尾更深的含义是武攸宜本应仿效黄帝,完善"道",而不是从事战争。这种精选的历史比拟符合陈子昂"兴寄"的主张。

燕昭王

南登碣石馆,遥望黄金台。
丘陵尽乔木,昭王安在哉。

第十二章 陈子昂的诗歌生涯

霸图怅已矣，驱马复归来。(04389)

这首怀古诗与《登幽州台歌》一样，以直率朴素而取胜。它被选入明代的选本《唐诗选》，确实是组诗中最著名的一首。燕昭王为其顾问邹衍建了碣石馆，并建了黄金台接纳其他顾问。此处陈子昂似乎再次有意识地模仿一首较早的诗——阮籍《咏怀》之三十一。在这首诗中，阮籍以战国时期的魏国比拟他所处的魏代。

驾言发魏都，南向望吹台。
箫管有遗音，梁王安在哉。
战士食糟糠，贤者处蒿莱。
歌舞曲未终，秦兵已复来。
夹林非吾有，朱宫生尘埃。
军败华阳下，身竟为土灰。[1]

阮籍的怀古明显地含蕴有当代的时事意义，而陈子昂的组诗除了一般的怀古主题，难以作其他解释。阮籍批评魏国过分奢侈，指出这是魏为秦灭的原因。这一道德批评显然针对他所处的魏代。

组诗其他几首也都涉及燕国及与其相关的著名人物。它们之所以能对后来的中国读者产生强烈的美学吸引力，靠的是文学历史的背景，这是无法通过翻译表现的。这些诗直抒胸臆，被看成令人信服的朴质风格，是中国诗歌中最重要的摹拟格式之一，即不是模仿行动和外界，而是模仿内在的情感状态。历史的联想使

---

[1]《全三国诗》，卷 5 页 4b。

得这些情感成为正统的、极其严肃的情感,而不是纯个人关注的细微情感。

陈子昂这一时期的应景诗较守陈规,应景诗往往如此。但是,即使在社交场合的背景下,我们仍然可以看到一定程度的怀古诗的激昂抒情风格。

登蓟丘楼送贾兵曹入都

东山宿昔意,北征非我心。
孤负平生愿,感涕下沾襟。
暮登蓟楼上,永望燕山岑。
辽海方漫漫,胡沙飞且深。
峨眉杳如梦,仙子曷由寻。
击剑起叹息,白日忽西沉。
闻君洛阳使,因子寄南音。(04408)

虽然社交应景诗的最后两句加上"口信"是完全合适的,但是这里显然用得不够自然贴切。客观景象后面紧接个人反应的三部式在诗中起了某些作用,但是当陈子昂在中间部分充塞了个人感情的抒写,结构的规范被打破了。

契丹战役后,陈子昂返回洛阳,在途中写下其最优秀的怀古诗之一。诗中提到秦国大将武安侯白起,他曾在长平大败赵国军队。在陈子昂之后一百年,李贺也访问了这一战场,写下著名的《长平箭头歌》(20843)。

登泽州城北楼宴

平生倦游者,观化久无穷。
复来登此国,临望与君同。
坐见秦兵垒,遥闻赵将雄。
武安军何在,长平事已空。
且歌玄云曲,衔酒舞薰风。
勿使青衿子,嗟尔白头翁。(04411)

《玄云》是汉代的一首仪式乐歌,庆贺皇帝选择贤明的辅佐之臣。《熏风》相传为圣君舜所作:

南风之熏兮,可以解吾民之愠兮。
南风之时兮,可以阜吾民之财兮。[1]

围绕这首诗的时事处境增加了诗的复杂性。在诗篇开头,陈子昂采取了"观化者"的超然物外的哲学视点。这种立场在陈子昂的应景诗中不常见,而在后面将要讨论的《感遇》诗中却十分突出。从这一超脱的视点,陈子昂看到了武攸宜今天的军事惨败与赵军长平之败的历史相似。而基于同一视点,他还看到了在事物的短暂性里,失败毫无意义。面对这一切,诗人的反应是劝告同伴唱两首歌。这两首歌提出了希望:皇帝(在此处或是皇后)将任用贤才,国家的问题将得到解决。他们不应该作为失败者而被

---

[1] 此诗保存在几种原始资料中,最完整的是《孔子家语》(《四部丛刊》),卷8 页7a。

怜悯,而是向下一代官员——"青衿子"显示出儒家的英雄主义。变化带来了失败,又以其永恒性使失败失去意义,并承诺了较好的时代。与《过峡口山》一样,这是一首复杂的、起安慰作用的社交应景诗,不仅是表示歌颂或同情。不过,与那首受谢灵运哲理山水诗影响的早期诗篇不同,这首诗是以怀古诗的悲壮风格产生慰藉作用的(悲壮是唐人常用的批评术语,与建安及魏代诗歌联系在一起)。

在697年的秋天,陈子昂回到洛阳,复任右拾遗。可能就在下一年,他以父亲衰病为理由,辞官返回家乡四川。

> 揽衣度函谷,衔涕望秦川。
> 蜀门自兹始,云山方浩然。(04395)

回乡后不久,陈子昂的父亲去世,他自己的身体也十分衰弱。他在最后几年的诗篇缺乏作于征契丹时期的作品的热情,但不少诗篇具有一种独特的力量,指向盛唐的另一方面。

卧疾家园

> 世上无名子,人间岁月赊。
> 纵横策已弃,寂寞道为家。
> 卧疾谁能问,闲居空物华。
> 犹忆灵台友,栖真隐大霞。
> 还丹奔日御,却老饵云芽。
> 宁知白社客,不厌青门瓜。(04459)

"灵台"指京城，这一联想可能产生自"闲居"一词，此词为晋代诗人潘岳（？—300）一首赋的题目，赋文中提及"灵台"。"云芽"是茶的隐喻语。"白社"在洛阳，晋人董京居住此地时，急于谒见当时的达官贵人；这里仅用来说明陈子昂曾急于仕进。"青门瓜"指东陵侯的故事，前面的注释中已提及。杜甫在著名的组诗《秋野》中，模仿这首诗的最后一句，用来肯定他自己的隐居：

秋风吹几杖，不厌北山薇。（11491）

"北山薇"指伯夷和叔齐的故事，他们的隐居比东陵侯更为坚定纯正，也更为不幸。

陈子昂卒于 702 年。根据他的朋友兼传记作者卢藏用的说法，他被一个地方官吏陷害下狱，这位官吏十分贪婪，企图夺取他的家产。但一些现代学者指出，由于卢藏用后来放弃了隐士生活，到京城追逐功名，因此他在这里掩盖了一桩由宫廷对立集团指使的谋杀事件。在 702 年，王维和李白都还仅是婴儿，而盛唐的到来还在几十年之后。

第十三章 《感遇》

杜甫在那首作于访问陈子昂故居的诗的结尾写道：

终古立忠义，感遇有遗编。(10709)

虽然陈子昂可能因激情洋溢的咏幽州台的短诗而著称，但有眼力的读者都将题为《感遇》的三十八首诗看作诗人最严肃的作品。这些诗属于那类作者在正史中的传记值得提到的作品，并被收入宋初重要的复古选集《唐文粹》。卢藏用为陈子昂的文集写的序最早强调这组诗："至于激昂顿挫，微显幽阐，庶几见变化之朕，以接乎天人之际者，则《感遇》之篇存焉。"[1]但是另一方面，在现存的唐人选唐诗中，《感遇》一篇都未入选。这是因为大部分选本都追随流行的诗歌趣味。

《感遇》被看成严肃的诗歌，不知是由于许多篇章中明显的哲理道德内容，还是由于后人对这些诗篇所作出的政治时事寓意的阐释。清代著名的讽喻家陈沆（1786—1826）解释杜甫的"忠义"一词，认为指的是杜甫从这一组诗中看出了对政治时事的评

---

[1]《陈伯玉文集》（《四部丛刊》），序。

论。[1]可是，我们也能够很容易地将杜甫的话解释成指陈子昂的一般特点。另一方面，卢藏用的评价倾向于对这些诗作出更一般的哲理解释，但也有可疑之处：他可能极力想掩盖《感遇》的政治时事意义。此外，"天人"一类的词语既可以指神仙，也可以指朝廷中的人。

人们通常将《感遇》与前面已讨论过的阮籍的《咏怀》相联系。最早提出这一联系的是八世纪后期的僧人皎然。[2]《咏怀》在唐代确乎被解释成政治寓意诗，但是如果我们细心地阅读《感遇》，就可以发现，即使陈子昂采用了《咏怀》，也仅是一种间接的运用。《感遇》中有一些诗篇几乎可以肯定是政治寓意诗，一些诗篇明显地不是，而大多数诗篇则介于困难的中间位置，我们只能逐篇辨别是否有时事寓意。

有无寓意的问题甚至牵涉到组诗的题目。讽喻家们将《感遇》解释成"感慨时遇"，将"遇"解释成"成功"的政治意义，也就是处于个人才能能够得到明君赏识的历史时机。其含义显然是陈子昂由于处于不利的历史时机而大发感慨。我们还可以如同解释《咏怀》一样，将《感遇》这一题目解释成《感慨我的遭遇》或《感慨我的经历》。

对这些诗篇所作的时事寓意解释，大部分都与传记有些不一致的地方，即使那些确认为寓意的诗篇也是如此。许多诗篇看起来确实像是谴责武后及其家族，但是我们不应该忘记，陈子昂曾

---

[1] 陈沆，《诗比兴笺》（序文作于1854，重印于台北：艺文印书馆，1963），卷3页2b。
[2] 同上书，卷3页4b引；又见于《十万卷楼丛书》五卷本《诗式》，卷3页1a—b。但此条未见于一卷本《诗式》，因此它的真伪尚有疑问。

写过《大周受命颂》,[1]他在大部分的仕途生涯中,一直是武后的忠臣。为了解决这一问题,人们总是假设这些谴责诗写于诗人生活的早期或晚期,或写于他受到统治集团排斥时。例如,陈沆就经常以最不可靠的根据进行这种推测。然而,除了少数例外,最成功的时事解释也仅是猜测。

与阮籍这样的魏代诗人相联系,对于探索陈子昂的复古渊源是有益的。《感遇》中有相当数量的诗在主题上属于东晋抽象难懂的玄学诗。大部分玄学诗已经散失,但从现存的诗篇中,已足以看出其主要特征是以高度抽象的术语进行玄学家的思索。[2]中国诗歌在长期的发展中形成了一种一致的特性,即喜爱具体形象甚于抽象事物。所以玄学诗在短暂的繁盛之后,就彻底失势了。除了江淹有几首古雅的拟玄学诗,宫廷诗人都小心地避开它。[3]早期复古理论家对玄学诗也很不客气,甚至陈子昂本人也在《修竹篇序》中谴责晋代诗歌。但是玄学诗是陈子昂可以采用的严肃哲理诗的惟一模式。玄学诗传统仅是诗人所汲取的重要源头之一,除此之外,他还模仿了郭璞的游仙诗、各种散文形式及传统的边塞诗,甚至乐府诗也曾在组诗的几句诗或整首诗中出现。

《感遇》的主题和哲理并不完全一致,儒家和道家的思想感情公然地混杂在一起。艺术上也未呈现整体的统一:第一首诗似乎是序诗,组诗中随处可看到相互关联的两首诗,但整组诗并没有统一的结构。这正好符合陈沆的论点,他认为这些诗并不是写

---

[1] 《陈伯玉文集》(《四部丛刊》),卷7页1a—3b。
[2] 例如,孙绰的诗,《全晋诗》卷5页12a—15a;及释支遁的诗,《全晋诗》,卷5页4a—b。
[3] 《江文通文集》(《四部丛刊》),卷4页9b—10a。

第十三章 《感遇》

于某一时期，而是贯穿于诗人的一生。[1]早期的传统说法坚持这些诗都是陈子昂年轻时的作品，但这种说法显然是错误的。与魏代的《杂诗》一样，这些诗可能代表陈子昂作品中"不分类"的部分，不是作于某一特定的场合，或其写作背景不便说明。

虽然《卧疾家园》一类诗与某些《感遇》诗十分相似，但《感遇》的整体风格与一般应景诗的风格相当不同。[2]一些《感遇》诗彻底排斥了宫廷诗正规的三部式结构，但许多诗篇仍以隐蔽的形式保留了这一模式。那些完全排斥这一模式的诗篇经常缺乏严谨的结构及微妙含蓄的联系，而较守陈规的诗篇就具有这些优点。

为了方便起见，我们将《感遇》分为两组：第一组由边塞诗和一小组禽鸟草木寓言及怀古诗组成，后一类诗通常与复古相联系；第二组诗包括了《感遇》的大部分，可以被划为"贤人失志"主题的各种变体。[3]这一主题基本上是写贤人观察、抛弃腐朽短暂的世界，或者直陈，或者寓意。他对所看到的现象感到忧愁和愤慨，谴责丑恶而短暂无常的世界，抒发自己的忧伤，并往往在最后表示退隐或求仙。这是中国文学中一个十分古老而复杂的主题，涉及到中国传统礼教的某些深刻本质及士大夫阶层的某

---

[1]《诗比兴笺》，卷3页4a—b。
[2] 与《感遇》风格相似的另一诗例是04443。
[3]"贤人失志"一词最早见刘歆《诗赋略》。在汉代，这一主题主要指政治失意，参看卫德明（Hellmut Wilhelm）《文人失意：关于一种赋的札记》，收费正清（J. K. Fairbank）编，《中国思想和制度》（芝加哥：芝加哥大学，1957）。虽然政治内容从未彻底离开这一主题，在许多唐代诗人那里，特别是在陈子昂的手中，"失志"变成较一般的、对于短暂腐朽的现实社会的幻灭感。

些重要心理特征。

儒家传统迫使年轻士人义无反顾地进入其社会模式，教导他们将各种道德标准运用于社会，但是这些道德标准最后可能变成他们逃避社会的工具。如果社会不符合这些标准，他们可以抛弃它，坚持自己的原则。或者如同通常的例子，如果社会抛弃了他们，如果他们在某些方面失败，他们就可以将失败转移到社会方面，从而认识到自身的价值。

贤人失志是一种复杂多变的思想感情，在中国思想史上经历了持久的变化，而从未能获得简单明晰的定义。春秋时期关于古代隐士拒绝为国家服务的传说，已经开始形成这一思想。孔子曾多次以称赞的口气谈及那些拒绝为黑暗统治时代服务的人。在公元前四世纪，这一思想与楚辞的各种主题结合起来，宣扬纯正的礼仪，谴责人世的腐朽，以及遨游太空。在汉代及宫廷诗出现前的分裂时期，贤人失志是最流行的主题之一，以各种世俗的、宗教的、寓言的形式出现。这一主题具有纯儒家和纯道家的形态，但最经常的是处于二者之间的模糊区域。尽管这一主题观念不明确，但由于它适应中国知识分子的各种经历，却几乎成为一种宗教式的主题。

那些进入贤人失志宽广范围的感遇诗，在处理主题上有时呈现出完全的形态——从谴责人世到逃离人世，有时则呈现某些部分。有些诗篇直接地、一般性地处理这一主题，另外一些诗篇则显然是时事寓意诗，指责武后时期的特定事件或人物。

从《感遇》之五中可以概观这一主题。与组诗中其他几首诗一样，这首诗可以分为两个相等的部分，前半部分代表否定的世界，后半部分代表诗人追求的理想世界。这种简单的结构对于宫廷诗的三部式是一种倒退，三部式容纳了各种复杂的关系：一联之间的关系，各联之间的关系，中间描写及结尾反应之间的关系。儒家思想家们总无法摆脱清楚的价值区分，这种对称的"褒贬"模式为道德的二分法提供了结构形式。这一结构的最终来源是先秦两汉时期关于"长短"对称的辩说，认为人们所赞成的论点与他们所反对的论点是平衡地相对的，对于此种观念陈子昂应该是熟悉的。

这首诗的最高价值是成仙。但是正如前面所指出的，此组诗中道家和儒家的价值观很少被明显区分，另一些诗篇则抛弃长生的追求，或指出求仙的虚妄。因此，更重要的是了解诗歌的评价态度，而不是其哲学内容。

市人矜巧智，于道若童蒙。
倾夺相夸侈，不知身所终。
曷见玄真子，观世玉壶中？
窅然遗天地，乘化入无穷。（04351）

儒家和道家都鄙视"市人"，"市人"代表了一个特殊的社会阶层。陈子昂的仙人比晋代的羽人更吸引人和更可信（晋代游仙诗特别盛行）。陈子昂的仙人冷静、漠然、窅远，与其说是实际的超然人物，不如说是一种观念的代表。这些仙人通常都是孤独的，只有渺小的躯体存在，与早期求仙诗的华美车辆、缭绕衣裳、五彩宫殿形成鲜明对照。盛唐诗人张志和可能就是从这首诗中采用了"玄真子"为号，此事可以作为这首诗一条有趣的脚注。

陈子昂特别擅长于猛烈抨击世俗的愚昧，这在诗歌传统上没有先例，倒是在东汉的讽刺赋中可找到源头，如赵壹的《刺世疾邪赋》。《感遇》之十是一首有趣的讽刺诗，这首诗的修辞影响了后来的复古诗人，如孟郊。

    深居观元化，悱然争朵颐。
    谗说相啖食，利害纷嶷嶷。〔1〕
    便便夸毗子，荣耀更相持。
    务光让天下，商贾竞刀锥。
    已矣行采芝，万世同一时。（04356）

与前引一诗相同，这首诗由一系列评价性并置构成：自然事物的冷静观察者与其所观察的竞争世界相对，古代隐士务光与商贾相对，邪恶微小的人类社会与最后的超脱时间相对。

  这些评价性并置可能是这首诗有意识的结构特色。但如果深入分析，就可以发现这一结构是较守旧的。"观化"一词出现在许多《感遇》诗的开头。这种《感遇》特有的抽象开头，与三部式宫廷诗的陈述背景内容的开头，所起作用是相同的。正如宫廷诗人在开头安排了中间对句所描写的自然景象的场合，陈子昂在开头也设置了他所观察的微小世界的条件。与宫廷诗中间部分所罗列的景物特征一样，陈诗所罗列的世俗邪恶也互不相关。"行

---

〔1〕 本文是"嶷嶷"，既不是现成复合词，也不合韵。这一复合词或许应是"疑疑"。如果设想陈子昂有意地用了词根的意义，他可能指的是"嘰嶷"，这一复合词见于《太玄》，意为"有声而无义"，这一意思用在这里是合适的，陈子昂可能记错了韵脚。我将其读为平声的"疑疑"。

采芝"的决定在作用上近似于三部式的个人反应,实际上正是诗人对所观察的一切的情感反应。这首与宫廷诗很不相同的诗,却是由修正了的旧三部式构成。陈述的方式变化了,"语法"却保持不变。

在《感遇》之二十四中,陈子昂把抨击的笔锋转向了更特殊的对象——朝中的大臣:

> 挈瓶者谁子?姣服当青春。
> 三五明月满,盈华不自珍。
> 高堂委金玉,微缕悬千钧。
> 如何负公鼎,被夺笑时人。(04370)

"微缕悬千钧"的想像出自汉代的一篇书信,用来描绘极端危险的境况。"负公鼎"指这些丞相被托付的重大责任。这种讽刺在中国的社会批评传统中仅是次要的特点,作家们更经常的是以同情的笔调描写那些遭受黑暗统治的不幸者。

陈子昂的才能在《感遇》中的一个表现,在于他往往不用人们在中国诗歌中所期待的对于实际世界的复杂描写,就能创造出有效的诗篇。大部分中国短诗都通过感官向头脑呈现直观景象,很少出现纯属想像的景象,只有咏史诗和高度程式化的主题如边塞乐府诗是例外。从程式化的寓言诗如《修竹篇》开始,陈子昂创造出了高度想像的寓言诗,如下引《感遇》三十八的结尾:

> 仲尼探元化,幽鸿顺阳和。
> 大运自盈缩,春秋迭来过。

> 盲飙忽号怒,万物相分劘。
> 溟海皆震荡,孤凤其如何?(04384)

"幽鸿"指的是冬天的自然力量,"阳和"指春天。虽然我们现在认为孔子主要是社会哲学家,但传统上却把《易经·十翼》归于他的著作。《十翼》以注释的形式探索宇宙的运行轨道,所以陈子昂想像孔子正在探讨宇宙的秩序。这首诗似乎论及宇宙秩序的大动乱。世界上洪水泛滥的设想,长期以来就是诗人们喜用的意象,用来表现宇宙的崩溃动乱,或从不同的观点看,表现自然运动的肯定意象。受到明确限制的水体如江河及其渡口可以象征儒家的道,而道家通常喜欢无区别的大海,用来象征超越价值观的原始混沌,与儒家有区别、有秩序的价值观相对。陈子昂依据这一传统创造了想像的、寓言式的景象:世界的秩序和道德分崩离析,变成汹涌澎湃的大海,而作为圣人象征的凤凰孤立无助地徘徊其间。

《感遇》二十二的结尾出现了相似的意象,也是一种孤独的动物徘徊于猛烈混乱的海洋风暴中。但是在这首诗中,分崩离析的不是宇宙而是四季,因为这是一首"秋思"诗。秋天传统上与毁灭和分解相关,这首诗最后的意象暗示:宇宙的道德崩溃,与秋天衰落带来的自然界的物质崩溃,二者之间有着密切的联系。在贤人失志主题中,邪恶与无常奇特地联系在一起,隐士仙人在逃避前者的同时,也逃避了后者:

> 微霜知岁晏,斧柯始青青。
> 况乃金天夕,浩露沾群英。

第十三章 《感遇》

> 登山望宇宙，白日已西暝。
> 云海方荡谲，孤鳞安得宁？（04368）

"鳞"指的是普通的鱼，还是龙或鲸，无法确定。

在《感遇》诗中，诗人特别喜爱巨大无垠的宇宙全景，这正是超然物外的"观化者"的视觉范围。诗人在这里并不关心自然界的各种奇异形式，而这恰是宫廷诗人在对偶句中捕捉的对象。相反地，他所观察的是秋天风景中的一般现象。这种观察范围及对短暂无常主题的选择，与建安及魏诗人对于秋天的处理方式相一致。不过，虽然陈子昂可能试图获得建安及魏诗歌的某种风貌，却从未真正体现出这一风格。建安及魏诗人只是根据近乎现成的模式，将各种固定的要素组合起来，构成秋天的景象。而陈子昂却是一位自觉的诗人，创造性地运用材料进行构造。

在修辞方面，结尾两句诗运用了三部式的一种标准反应方式，但它同时还是一个能够引起读者反应的结尾意象。这首诗及前一首诗都将一个单独的动物安置于巨大动荡的景象之中，从而使其显得渺小无助。将某物孤立地放在巨大的无生命的景象中，使其显得渺小无助，这种技巧能产生强烈的艺术效果，后来成为杜甫喜爱的一种结尾方式。这里仅举出两个最著名的诗例，《旅夜书怀》：

> 飘飘何所似，天地一沙鸥。（11433）

及《秋兴》之七："江湖满地一渔翁"（11554）。虽然用的是同一手法，但陈子昂的处于寓言式风暴中的寓言式动物，与杜甫的想像式象征又有很大不同。

尽管陈子昂强烈要求革新，但《修竹篇》中并没有多少真正的"新"意（或者用陈子昂的话来说，由于十分古老而看起来又像是新的）。他将这首寓言诗时事化和个性化，但这种修饰的寓言诗从未在宫廷诗时代彻底消失，如骆宾王就写了不少这样的诗。另一方面，上引二首寓言诗却是真正创新的，在少数当代人及许多后来读者头脑中留下了深刻印象。不是《修竹篇》而是《感遇》被人们记住。陈子昂的想像有时陷入狂热的激情，如《感遇》二十：

> 玄天幽且默，群议曷嗤嗤！
> 圣人教犹在，世运久陵夷。
> 一绳将何系？忧醉不能持。
> 去去行采芝，勿为尘所欺。（04366）

这里我们再次看到诗人对强烈并置的喜爱：上面是神秘的、不可知的天空，下面是丑恶的、嘈杂的、混乱的人世。在这个不稳定的世界里，惟一持久的是圣人的模式和变化规律本身（"圣人教"还可能特指《易经》注释中的宇宙论）。

陈子昂这种突然转换的主题，及发出短暂光彩的动人意象，提供的是一幅精神不平衡的画面，而不是恰当的控制。从诗人较守陈规的作品中，我们可以看出这是一个假设的角色，而不是其作品的必备条件。这种虚构人物继承了圣人"贤明的狂语"的传统，即贤人似乎由于时代堕落而失去平衡。最著名的一个例子出

第十三章 《感遇》

于《论语》(18.5)：

> 楚狂接舆歌而过孔子，曰："凤兮凤兮，何德之衰。往者不可谏，来者犹可追。已而已而，今之从政者殆而。"孔子下，欲与之言，趋而辟之，不得与之言。

这种贤明的狂人及其对时代的激烈谴责，属于儒家学说中一个较不重要然而持久的传统，与贤人失志的主题有一定关系。这种不平衡的贤人与旧道家的狂热人物密切相关，一般认为，在他们表面的愚蠢和狂言乱语后面，隐藏着深刻的智慧。

宫廷诗要求只描写眼前景物，诗人一旦摆脱这一束缚，就可以运用各种幻想形式。旧的主题如精神遨游太空，以新的姿态重新出现。如下引《感遇》三十六：

> 浩然坐何慕？吾蜀有峨眉。
> 念与楚狂子，悠悠白云期。
> 时哉悲不会，涕泣久涟洏。
> 梦登绥山穴，南采巫山芝。
> 探元观群化，遗世从云螭。
> 婉娈将永矣，感悟不见之。(03482)

诗中复活了在梦中进行精神遨游的主题，后来成为八九世纪诗歌的重要主题。不过，虽然主题本身保持不变，每个诗人的处理方式却高度个性化：李白的梦中飞升五彩缤纷，眩人耳目，并得到充分发展。与八世纪对同一主题的处理相比，陈子昂的诗篇显得简短而刻板抽象。这首诗的结尾具有高度独创性,并由于突然出现而加强了艺术效果。

唐代诗人恢复了许多中国文学的旧主题,经常将之理性化,以适应新的时代。前面谈到,陈子昂的仙人与其说是具体的道教人物,不如说是代表一种思想状态(虽然可以指出,李白的仙人是相当具体的)。精神遨游太空与古代楚国的巫术相联系,被理性化为梦中遨游。陈子昂确乎追求某种超脱的形式,但他似乎不能像某些早期诗人那样相信神仙。

这种幻想的理性化可以同应景诗的非虚构性联系起来,后者在前几世纪中曾经成为诗歌的主要方式。宫廷诗坚持诗人只关注眼前的世界,不是从想像中而是从实际世界中寻求"奇"。这种非虚构的设想是后期中国诗歌的重要特点,正是基于宫廷诗的实践。寓言诗和乐府诗这类有意虚构的诗歌,则需要为它们找出历史的、非虚构的参照框架,由此引出后来的时事解释。寓言诗和乐府诗都为虚构想像提供了重要的用武之地,但是即使在《感遇》诗的出色幻想中,也经常需要将幻想建立在实际的场景之上,需要以"我梦见……"开头。梦幻具有场合的、历史的真实性,这是直接幻想所缺乏的。

《感遇》的抽象思索有时达到晦涩难解的地步。下引组诗之八在大量运用佛教术语方面是独一无二的。虽然陈子昂推论佛教虚无主义可以使人从堕落的世界解脱出来,这首诗却与前几首诗一样,留给读者宇宙动乱的感觉:

　　吾观昆仑化,日月沦洞冥。
　　精魄相交构,天壤以罗生。

第十三章 《感遇》

> 仲尼推太极，老聃贵窅冥。
> 西方金仙子，崇义乃无明。
> 空色皆寂灭，缘业亦何成！
> 名教信纷籍，死生俱未停。（04354）

昆仑是西北一座实际的山，但在这里主要是作为神仙的住所，特别是伟大的女神西王母，曾经在这里接待过西游的周穆王（我们将会在另一首《感遇》中看到同样的描写）。诗篇开头描写直观景象，但很快就转为幻象，设想宇宙在明与暗、阴与阳的交构中产生。"精魄"在这里特指月亮的明暗部分。以西方仙人面貌出现的佛，将诗篇引向对超越的预期召唤，但这里的目标是佛家的寂灭，超越生和死。陈子昂显然喜欢罗列抽象术语，在这些术语后面，尽管论点实际上相当简单，其含义却显得十分神秘。[1]

尽管上一首诗似乎赞同地运用佛家思想，组诗之十九却是真正的嘲讽，攻击佛教的世俗财产。诗人所用的是反佛教论辩的标准论点，但是这些论点在诗中的有效运用却是崭新的。

> 圣人不利己，忧济在元元。
> 黄屋非尧意，瑶台安可论！
> 吾闻西方化，清净道弥敦。
> 奈何穷金玉，雕刻以为尊？

---

[1] 讽刺和模仿式嘲弄靠的是对所论述内容是否适当的敏锐感觉。陈子昂这里过度运用佛家术语，似乎接近于模仿式嘲弄的边缘，但如果这是嘲弄，末句的"名教"将反过来嘲讽地指前面的抽象术语。

> 云构山林尽，瑶图珠翠烦。
> 鬼功尚未可，人力安能存？
> 夸愚适增累，矜智道逾昏。（04365）

"黄屋"（华盖）是帝王的标志之一，与瑶台相比仅是中等的奢侈。瑶台是商代最后一个暴君纣王建造的。武后特别信佛，因此这首诗可能具有时事意义，不仅是一般地批评佛教的世俗财富。

从上引诗的庄严开端，我们可以看到作者试图在诗中重建古典散文所具有的道德权威。诗中公开的社会批评也很突出，代表了复古理论家们在诗歌中长期探索的伦理核心。辛辣的讽喻使这首诗幸免于成为诗体抗议书。陈子昂再次运用了"褒贬"结构，先在前面提出理想，紧接着进行攻击。

这首诗所包含的社会现实批评是明显的，而在另一些诗中，诗人对宇宙变化及超越变化的思索似乎既有一般意义，又有时事意义。以宇宙象征帝王朝廷的手法，使得时事政治的解说特别可信。这些诗篇有意地写得模糊，如组诗之八，能够有效地使诗人避开较直接批评的后果。由于武后控制了朝廷，其后又称帝，这就很容易从宇宙二元性别的薄纱下寻找寓意对象，如组诗之六：

> 吾观龙变化，乃知至阳精。
> 石林何冥密，幽洞无留行。
> 古之得仙道，信与元化并。
> 玄感非蒙识，谁能测沦冥？

> 世人拘目见,酣酒笑丹经。
> 昆仑有瑶树,安得采其英?(04352)

"丹经"是道家论求仙的书。此诗大部分无法做出寓意的解说,但开头两句的"龙变化"及"至阳精"却很难被讽喻家忽略。由于有一位皇后(代表女性的阴律)在帝位,涉及男性阳律的一切都变得可疑了。我将全文援引陈沆对这首诗的解释,作为他运用于全组诗的时事讽喻解说的范例:

> 此言天命之终必复也。尺蠖有时屈伸,神龙莫测变化,自古以喻当阳受命之君,此则以指唐室国祚也。其潜蛰跃见,非群阴所能留阻;其应运中兴,皆天命,非人力。正犹仙人之得道上升者,皆与造化合一。世俗目见之徒,不知天命,但知去衰附盛。语之以此,方笑而不信。安得一日飞龙利见,万物咸睹,复都昆仑而游太清乎。[1]

我们不必将此位清代学者的解释当成特别的权威。在前面所述的诗篇中,我们已经看到陈子昂善于抒写关于变化和永恒的非时事的一般思索。我们知道《感遇》中可能有时事寓意诗,但往往无法确定哪一首属于这类诗。即使能肯定某首诗为讽喻诗,但要确定讽喻的对象甚至更困难。从时事解说中得出的惟一事件并不等于是真实。时事解释与大多数其他形式的解释不同,它需要一种意图的、历史的合法性。传统象征往往具有多种含义:龙可能指

---

[1]《诗比兴笺》,卷3页7a。

李唐王室,也可能指有野心的大臣,或者将这一隐喻扩大,适应异常的政治环境,指武后本人。如上引诗中,龙(皇帝)的转变可能指武后,她离开隐蔽的"阴"——女性的地位,表明她自己事实上就是"至阳精"。

有些诗不稳定地处于时事寓意诗和感怀短暂无常的诗之间,如《感遇》之七。

>　　白日每不归,青阳时暮矣。
>　　茫茫吾何思,林卧观无始。
>　　众芳委时晦,鹈鴂鸣悲耳。
>　　鸿荒古已颓,谁识巢居子。(04353)

"无始"是道家术语,指天地开创之前无始无终的状态。"鸿荒"不是特定的道家术语,但也指的是与"无始"大致相同的境界。巢父是神秘的圣君尧时代的著名隐士。

讽喻家们总是将太阳与皇帝相联系,忽视了它的一个甚至更一般的作用:标志着白日的消逝,从而成为短暂无常的象征。在讽喻解说中,春天的代称"青阳"具有特别的意义,"阳"总是与失位的男性皇帝联系在一起。但是,由于下一个季节夏天是"阳"的全盛期,这就很难将这首暮春诗与阴的力量的上升联系起来。根据《离骚》的讽喻解释,鹈鴂与春花的委落相关,还暗指佞臣和毁谤者。[1]结尾成为隐士的决心,也存在同样的问题,我们无法肯定诗人所逃离的是短暂无常的世界,还是朝廷中的

---

[1]《离骚》,卷1页151。

恶人。

建安及魏诗歌的重要主题之一是感慨现象世界的短暂无常。在《修竹篇》序中,正是这类诗被提出作为理想的风格。虽然这类诗未必受贤人失志主题的限制,诗中对短暂的感怀仍然可能讽喻文士对政治道德堕落的幻灭反应。在《离骚》中,屈原先悲叹统治者——"美人"抛弃了他,然后抱怨时间流逝。香花是具有美好声誉——芳香的君子,恶草是奸佞的朝臣。一些关键词语的相互关系,往往指示读者诗中是否包含讽喻。前引诗中的鹈鴂就是这类词语,可以引导我们重新评价诗篇第一部分的自然描写。这首诗的鹈鴂可以大致肯定不含讽喻意义,仅从表面上模仿《离骚》中鹈鴂与春花委落的联系。世界的短暂无常本身就是一个重要的主题。

庄子的道家乐观地认为,在永恒的变化中,死亡毫无意义。陈子昂诗中未表现这一思想(《感遇》之八是例外)。与之不同,他所看到的是统一的、衰落的世界,这一世界促使他追求超脱,也就是下引诗中的"无生"。这首诗是组诗的第十三首,可能写于诗人最后几年居四川时。

> 林居病时久,水木淡孤清。
> 闲卧观物化,悠悠念无生。
> 青春始萌达,朱火已满盈。
> 徂落方自此,感叹何时平。(04359)

陈子昂曾在一些雅致的对句中大量描绘他所见的风景,与之不同,这首诗把自然分解成各种构成要素——木、水、火,并描写了这些要素的变化过程。在冷静的观化者的理智幻象中,这种要素的景象是十分自然的。诗人所观察的或许是人类社会的纷争世界,或许是自然界的内在混乱,从这些观察中他感受到隐含的恐惧,与观化者的超然态度形成了一种张力。

这首诗可能与《卧疾家园》写于诗人生命中的同一时期,风格也十分相似。很难说为什么这首诗是一首《感遇》诗,而《卧疾家园》却不是。在《感遇》中,时而可看到应景题材以新的面貌出现。第三十二首表现思念旧友的情绪,这是极其普通的抒情主题,但陈子昂将其放置在感怀短暂无常的《感遇》氛围中。

> 索居独几日,炎夏忽然衰。
> 阳彩皆阴翳,亲友尽暌违。
> 登山望不见,涕泣久涟洏。
> 宿昔感颜色,若与白云期。
> 马上骄豪子,驱逐正蚩蚩。
> 蜀山与楚水,携手在何时。(04378)

陈沆将这首诗解释成思念统治者的寓意诗,但诗中显然并不存在此种政治寓意。与其他许多诗篇一样,陈子昂以超然的观化思索开头,但变化过程在这里具有特定的含义,指的是与亲友的隔离。值得注意的是这组诗第六句与组诗之三十六的第六句完全一样,陈子昂在整组诗中运用了重复和相似的词语。这种重复的作用或许与建安及魏诗歌的抒情惯用语相似。眼泪流淌是那一时期最陈旧的诗歌反应,但一般放在诗的结尾,而不是中间。

陈子昂喜欢突然转换主题,这种写法使得诗篇的某一部分难

第十三章 《感遇》

以解释。我们看到他正在思念四川的亲友,想像他们由于与他分别而日益衰老,这时却突然插入"马上骄豪子",使得我们感到迷惑,不知他指的是自己年轻时的生活圈子,还是当前与他格格不入的骄奢青年。前一解释似乎更有可能,但陈沆明确地赞同后者,认为这一形象指的是那些争权夺利的人。

表现人类社会的怀古诗与表现自然界短暂事物的诗正好相配。人类历史被解释成循环变化的周期,其规律可从自然界观察。我们在前面已经看到,怀古主题与复古理论有着密切的联系。与前引几首诗的季节意象一样,历史事件的运用可以有多种方式,其范围包括较长诗篇中的说教性故事,对当代事件的比拟,及对历史本身感兴趣的纯怀古诗。陈子昂在大部分诗篇中用的是哀伤的笔调,这就说明,不论诗中所写的历史事件可能有什么典范的、比拟的作用,诗篇的情感中心仍是在历史本身。

《感遇》之二十七和二十八代表了两种不同的怀古诗:第一种是场合的怀古,诗人在个人经历的背景下(旅行经过巫山)缅怀古事;第二种是较地道的咏史诗。两首诗都与古代的楚国相关,并都引喻了巫山神女的著名故事。

> 朝发宜都渚,浩然思故乡。
> 故乡不可见,路隔巫山阳。
> 巫山彩云没,高丘正微茫。
> 伫立望已久,涕落沾衣裳。
> 岂兹越乡感,忆昔楚襄王。
> 朝云无处所,荆国亦沦亡。(04373)

根据这首诗的朴素风格和情景，可以将其系于 681 年陈子昂第一次赴洛阳的旅途中。这首诗比后来的许多《感遇》诗写得散漫，没有那些刻板的、迅速转换的意象。当陈子昂沿长江而下，经过巫山时，他回顾家乡，却发现视线被巫山挡住了。由于巫山进入诗人的视野，他开始缅怀神女的传说。"朝云"暗示了短暂的、无法再次获得的艳遇，但诗人将这一意象与楚国本身结合起来，楚国的存在现在看来也是转瞬即逝的。第六句的"高丘"是神女告诉楚襄王她所居住的地方，但还指帝王的冢墓。在诗人所想像的云烟弥漫的远处，这两种情境是交织在一起的。陈沆认为，这首诗写放纵的情欲导致了楚国的覆灭，并暗示高宗与武后的关系，这种说法是毫无根据的。

另一方面，《感遇》之二十八运用了章华台的典故，章华台是楚灵王纵酒狂欢的地方。[1]在这方面，边让的《章华台赋》已经开了通过历史比拟批评时政的先例。《后汉书》评价边让的赋是"同于司马相如之讽"，也就是说，边让通过楚灵王的形象批评了汉灵帝。陈子昂对此一定很熟悉。

> 昔日章华宴，荆王乐荒淫。
> 霓旌翠羽盖，射兕云梦林。
> 揭来高唐观，怅望云阳岑。
> 雄图今何在，黄雀空哀吟。（04734）

这可能是一首时事寓意诗，但结尾表现了怀古的哀悼，与卢照邻

---

〔1〕《国语》17《楚语》1。

咏司马相如琴台诗（02781）的结尾极其相似，虽然两首诗的鸟不是同类。除了隐含在开头两句的批评，这首诗与陈子昂的许多怀古诗一样，将过去的繁盛与现在的衰败相对照，并以典型的怀古情调进行反应："雄图今何在？"

《感遇》中有几首咏史诗无法避开时事解释。如第二十一首，尽管缺少充分恰当的根据，但当时的读者难于避开诗中所写与武后近似的情况。秦昭王的妻子宣后曾设法使她的许多亲戚获得高位，如封其弟魏冉为穰侯。这一情况显然与武后类似，她同样任用了自己的许多亲戚为高官。在宣后的事例中，来自东方的说客范雎游说秦昭王，讽刺他在诸侯中的宠内名声。秦昭王被激怒，授与范雎权力，控制宣后及其亲属的滥权。如果我们假定这首诗写于陈子昂年轻时，那时高宗还在位，有可能控制武后的权力，这样这一比拟就十分完美了。不过，我们也还可以认为，这首诗是诗人回顾高宗在控制武后权力上的失败。

> 蜻蛉游天地，与物本无患。
> 飞飞未能去，黄雀来相干。
> 穰侯富秦宠，金石比交欢。
> 出入咸阳里，诸侯莫敢言。
> 宁知山东客，激怒秦王肝。
> 布衣取丞相，千载为辛酸。（04367）

最后一句是设想这首诗有时事寓意的根据：诗人现在之所以感到"辛酸"，是由于古代的范例未能在唐代重演。

这首诗开头用了蜻蛉的故事，这一故事与其他部分的关系，或许是这首诗最有趣的地方。建安及魏诗歌偶尔也使用这种简短的寓言式开头,与诗篇主体部分相应或对照。这一寓言出自《战国策》(卷17,楚4)的一个复杂比喻。庄辛告诉楚襄王一组动物和人的故事,这些动物和人都缺乏警惕,随意游玩,结果被更有力者毁灭了。这些比喻警告楚襄王必须贬斥他的两个宠臣,否则将在秦国的手中遭受同样的命运。当时正是穰侯受秦国委派,给楚襄王带来毁灭性打击。

诗中一方面明显地引申了《战国策》的比喻,使得最后的消灭者穰侯自己也被消灭;另一方面,陈子昂将这一比喻复杂化。蜻蛉比喻穰侯,二者都是骄傲的、无所顾忌的,都被更有力者毁灭了。通过这一比喻,我们对蜻蛉的自然同情转换为对穰侯的同情。但是这种比喻式的同情与穰侯的历史评价及诗篇结尾相冲突,从而产生了一种奇特的效果:既同情一位权贵的失败,又从道德上否定他,这在其他七世纪诗歌中找不到相应的例子。

陈子昂通常较直接地运用历史典范,遵循儒家作者高度评价的直言不讳原则。在《感遇》之四中,每一个范例都清楚地表现了道德意义,并通过并置形成复杂性。

> 乐羊为魏将,食子殉军功。
> 骨肉且相薄,他人安得忠。
> 吾闻中山相,乃属放麑翁。
> 孤兽犹不忍,况以奉君终。(04350)

与前面几首《感遇》诗一样,这首诗也由两种均等而对立的情境组成,在这里是以历史事例形成对照。第一个故事是魏将乐羊,他进攻中山国时,儿子正在那里当人质;中山王烹了他儿子,把羹送给他,他勉强吃了下去。第二个事例是中山相孟孙,他捕获了一头小鹿,派一个老人将鹿送去他家以便烹煮,母鹿跟随着小鹿啼号,老人怜悯地放走了小鹿。两个故事完全相配,这正是文章论辩中常可见到的成对的范例。在两个例子中,子女都受到死亡的威胁,但长辈的反应却不同。在第一个例子中,表面上看似极端忠于统治者的人,却是可疑的;在第二个例子中,看似违背上级命令的人,实际上却是具有内在品德的榜样,有可能表现出更高的忠诚。这首诗也可以进行时事解说,陈沆认为写的是武后杀害太子李弘之事,但情况似乎还要复杂些。

组诗之二十六是用来进行时事寓意解说的好例子。这首诗似乎直接反对皇帝因皇后而冷落了其他宫女。如果这一说法可信,那末这首诗可能作于高宗时期,但也可能写于中宗第一次统治时期,高宗死后他曾与武后共掌国政数年。诗中借用周穆王访问西王母的传说作为工具进行政治讽刺。西王母住在昆仑山顶的"层城"中。由于周穆王性耽游玩,他的宫女难免产生怨旷。

> 荒哉穆天子,好与白云期。
> 宫女多怨旷,层城闭蛾眉。
> 日耽瑶台乐,岂伤桃李时。
> 青苔空萎绝,白发生罗帏。(04372)

"白云"特指西王母在瑶池与穆王共宴时为他唱的歌:

> 白云在天,丘陵自出。

> 道里悠远,山川间之。
> 将子无死,尚复能来。[1]

"瑶池"是西王母住所的一部分,但"瑶台"却经常用来指一般的仙殿,或特别地与商代暴君纣王所建之台的名称联系在一起。桃李代表短暂而美丽的事物,在这里指穆王的宫女。鲜花和美女都应该在盛时被欣赏,但周穆王却由于贪得无厌的求仙要求,失去了他所拥有的这些美丽而短暂的事物。陈子昂再次修正了一种充分建立起来的主题——宫怨。这一主题在复古作家中并不流行,现在加入了时事讽喻,就显得高雅了。

在690年,武后废除唐朝,建立新王朝——周朝。下引《感遇》之十四显然是时事诗,应该写于690年之后。这首诗以箕子的故事为基础。箕子是殷商王朝一位品德高尚的王子。殷亡后,在往周朝的路上(周与武后所新立的朝代是同一个字),箕子经过殷故都的废墟,看到上面长满了野谷,十分感伤,写下一首《麦秀》诗。[2]伊和榖是洛阳附近的两条河;鼎是王朝的象征。瑶台、西山隐士(伯夷和叔齐)及东陵侯前面都已提及。

> 临歧泣世道,天命良悠悠。
> 昔日殷王子,玉马遂朝周。
> 宝鼎沦伊榖,瑶台成故丘。

---

[1] 《穆天子传》(《四部丛刊》),卷3页1a—b。
[2] 《史记》,卷38。这一故事显然与《诗经》(第65首)的毛传相联系,这首诗被解释成对周故都的哀悼。

第十三章 《感遇》

西山伤遗老，东陵有故侯。(04360)

尽管用了一大堆历史典故，这首诗仍十分动人，表现了在武后完全撕下支持唐朝的伪装、建立她自己的王朝后，士大夫所面临的矛盾。与大部分朝臣一样，陈子昂选择留在武后朝廷。箕子的榜样为诗人提供了某些安慰，而更高的榜样伯夷、叔齐、东陵侯却可能引起诗人不安与内疚。

诗人为新朝服务是道德上的妥协，而逃离这一妥协的诱惑日益增加，促使诗人提早解职，追求隐士生活和求仙。通过放弃仕宦生涯，他不仅解决了由于武后篡位造成的实际道德问题，而且也克服了自己未能获得重用的失败感觉。这是贤人失志主题的最后阶段：生活在日益堕落的罪恶世界里，对于贤人来说，惟一可行的是彻底抛弃这个世界。世界日趋腐败及道正在丧失的观念，在中国思想史上已不是新事，但许多唐代复古作者表现得特别强烈。这种普遍堕落的观念扩大了怀古诗的范围，使其经常超出对事物无常的简单感伤。

直谏历来是赞扬儒家大臣的最高价值观之一。唐太宗虽然不一定喜欢这一点，但仍然忍受了许多直率的批评。以实际上相同的意思，他指出能忍受直谏是贤君的标志。武后虽然忍受了某些批评，但是她为了篡权而容许了许多丑恶的罪行，这些罪行是不能被提及的。于是直谏不再是美德，谄媚之人蜂拥而现。

《感遇》之十八指出，在不能容纳诚实行为的世界里，只好拒绝出仕。陈仲子住在齐国于陵，楚王曾派人请他去当官。他问妻子对这件事的看法，妻子劝告他说，靠近君王的正直之人都不能长久存活。于是他谢绝来使，并逃走。最后一句提到的张挚

(张长公)由于耿直而被迫辞职。

> 逶迤势已久,骨鲠道斯穷。
> 岂无感激者,时俗颓此风。
> 灌园何其鄙,皎皎于陵中。
> 世道不相容,嗟嗟张长公。(04364)

尽管诗人向往超脱的思想和长生的追求,但在多数诗中,他并不能完全接受这些观念以获得安慰。第十一首赞美了典范的隐士鬼谷子,但诗篇却结束于求仙无效的评论。

> 吾爱鬼谷子,青溪无垢氛。
> 囊括经世道,遗身在白云。
> 七雄方龙斗,天下乱无君。
> 浮荣不足贵,遵养晦时文。
> 舒之弥宇宙,卷之不盈分。
> 岂图山木寿,空与麋鹿群。(04357)

"七雄"指战国,第九、十两句的"之"指道。虽然结尾两句作出了相反的论述,但对隐士的赞美仍在诗中占上风。这首诗的处理方法与许多同一主题的盛唐诗相同。首句的坦率宣言在几十年后为孟浩然(07764)和李白(08153)所模仿。句法是直接的,诗中自由地运用虚词,避免工整的对偶。这种处理方法产生了自然真切、生气勃发的艺术效果,这正是许多盛唐诗人所追求的特质。对于西方人来说,"气"可能是一个特别难以捉摸的概念,

第十三章 《感遇》

但是传统的中国诗歌批评却非常重视这一概念，区分出许多不同的形式——沉郁，豪放，悲壮。这些术语分别描绘了贯注诗篇的某一类可区分的感情特质。

这首诗是《感遇》中最具肯定意义的一首，但结尾仍表现了绝望的语调。《感遇》中充满悲观的调子：风暴怒吼，自然界崩溃，人类社会丧失了正直之道。陈子昂宽广的哲学视野包括了整个宇宙，而他所看到的宇宙处于不断趋于混乱的状态。《感遇》之十七是组诗中最有力的一首，诗中简短地评述中国历史，表明起支配作用的是趋于混乱的原则。陈沆将诗中所写的循环衰落解释成复辟的预言。循环理论确实预示了衰亡之后将出现繁盛，但是陈子昂的眼光似乎仅盯住衰亡。

> 幽居观大运，悠悠念群生。
> 终古代兴没，豪圣莫能争。
> 三季沦周赧，七雄灭秦嬴。
> 复闻赤精子，提剑入咸京。
> 炎光既无象，晋虏复纵横。
> 尧禹道既昧，昏虐世方行。
> 岂无当世雄，天道与胡兵。
> 咄咄安可言，时醉而未醒。
> 仲尼溺东鲁，伯阳遁西溟。
> 大运自古来，孤人胡叹哉。(04363)

秦王室姓嬴；秦国征服了战国七雄。汉属火德，所以称为"赤精子"和"炎光"。汉分裂为三国后，晋短暂地重新统一中国，但不久就丧失了北方,让一群少数族在北方建立国家。尽管这类诗与宫廷诗大相径庭,但只要透过表面的信息,就可以看出诗中也是首先陈述环境,然后列举了一系列历史范例,最后以个人反应结束全诗。

从《修竹篇》的序文中,我们知道寓言式的咏物诗与复古理论有着密切关系。作为这类诗的描写对象的各种植物和动物,已经具有各种严格固定的联系,因此寓言式的咏物诗成为最程式化的复古题材。组诗之二是传统咏物寓言诗的出色范例。

> 兰若生春夏,芊蔚何青青。
> 幽独空林色,朱蕤冒紫茎。
> 迟迟白日晚,嫋嫋秋风生。
> 岁华尽摇落,芳意竟何成。(04348)

兰若象征在荒野中度过一生的贤明之人,他们的美德从未受到赏识。"芳意"指人的高尚意图。

《感遇》之二十三是一首鸟的寓言诗,阐述了道家多美带来危险的箴言。

> 翡翠巢南海,雄雌珠树林。
> 何知美人意,娇爱比黄金。
> 杀身炎州里,委羽玉堂阴。
> 旖旎光首饰,葳蕤烂锦衾。
> 岂不在遐远,虞罗忽见寻。
> 多材固为累,嗟息此珍禽。(04364)

第十三章 《感遇》

《感遇》中有五首边塞诗。正如我们已经看到,边塞诗出现于整个宫廷诗的时代,与复古理论没有特别的联系。这些诗在《感遇》中的出现,不能不使我们对组诗的认识进一步复杂化。如果说那些论宇宙变化的诗与任何通行题材都有所区别,这些边塞诗和咏物诗则与一般题材相通。陈子昂的集子中没有乐府诗,这一点很重要,边塞诗本来最容易进入乐府的范围。虽然《感遇》诗也可以有场合的、时事的出处,但它们和乐府诗一样,倾向于讲述类型的、一般的情境,而不是特定的场合。与大部分乐府诗不同的是,《感遇》诗在一般处理上增加了道德、政治、哲理的范围。《感遇》中的边塞诗也是如此,这大概是由于它们被囊括进这一组诗的缘故。

《感遇》之三直接描写了中国军队在边塞的遭遇:

> 苍苍丁零塞,今古缅荒途。
> 亭堠何摧兀,暴骨无全躯。
> 黄沙漠南起,白日隐西隅。
> 汉甲三十万,曾以事匈奴。
> 但见沙场死,谁怜塞上孤。(04349)

传统的乐府诗关注的是死于沙场的人,而陈子昂似乎与之相反,把注意力转移到那些孤独地存活于塞上的人。"孤"字面上指孤儿,但无法确定所指到底是真正的孤儿,引出社会问题,还是比喻的孤儿,即战争的幸存者。诗中号召并给予死者情感反应,但陈子昂将此含义延伸,回复到现存世界来。

组诗之三十四是另一首描写边塞战争失败的诗,写一位热情的年轻人奔赴边境,与少数族作战,希望获得功名,结果只赢得满头白发。这样的人物在陈子昂的时代已经是现成角色,但他对于主题的处理既独特又感人。

> 朔风吹海树,萧条边已秋。
> 亭上谁家子,哀哀明月楼。
> 自言幽燕客,结发事远游。
> 赤丸杀公吏,白刃报私仇。
> 避仇至海上,被役此边州。
> 故乡三千里,辽水复悠悠。
> 每愤胡兵入,常为汉国羞。
> 何知七十战,白首未封侯。(04380)

在所有《感遇》诗中,这首诗在精神上最接近乐府。前一首以无时间限制的一般情况的处理方式以达到普遍意义的目标,这一首则以典型人物的手段接近普遍性。

在另一首边塞诗中,陈子昂采用了第一人称的角色。这样的诗很容易被看成纯个人诗,但是当我们读诗时,会发现诗中的角色仍然是典型人物,并不比前两首诗缺少普遍意义。

> 本为贵公子,平生实爱才。
> 感时思报国,拔剑起蒿莱。
> 西驰丁零塞,北上单于台。
> 登山见千里,怀古心悠哉。
> 谁言未亡祸,磨灭成尘埃。(04381)

这是《感遇》之三十五，诗中留下了许多言外之意："怀古"表明主人公关注历史宿命论，感到一切都是无效的，这一感觉经常出现于《感遇》诗中。他将得不到功名，边境将永无宁日，这种宿命论暗中降低了为国献身的意义，如《感遇》之二十二所说：

> 岂无当世雄，天道与胡兵。

结尾两句指出勇气的可惧之处，这种肯定是必要的：他必须解释他的忧伤是由于无效的感觉，而不是由于胆小。边塞诗的勇气与怀古诗的忧伤是不和谐的。

《感遇》之三十七表现了优美的思索：文明和野蛮在实际地理上十分靠近，但却又是根本对立的。

> 朝入云中郡，北望单于台。
> 胡秦何密迩，沙朔气雄哉。
> 籍籍天骄子，猖狂已复来。
> 塞垣兴名将，亭堠空崔嵬。
> 咄嗟吾何叹，边人涂草莱。（04383）

"天骄子"指少数族，一位单于曾经傲慢地回复：如果中国的皇帝是"天子"，那么他们就是"天之骄子"。道路不仅是文明的实际标界，而且是"道"的具体体现，向人们指示应该怎样走。在这一野蛮的北方与以秦为代表的中国的交界处，文明的力量正在消失，道路上长满了野草。物质世界和精神世界之间没有明显的区别,这是中国诗歌的普遍特点,唐诗尤其突出。人们可以从物质的世界中看到思想的呈现,从道路中看到"道"。陈子昂成功地开创了运用抽象观念的动人诗歌,但是唐诗的真正前途正在于物质世界和精神世界的一致。大多数宫廷诗表现的是纯感觉的世界,只要设法使感觉的世界具有意义,就可以改造宫廷诗。

第四部分

武后及中宗朝的宫廷诗：680—710

引　子

沈宋裁辞矜变律，王杨落笔得良朋。
当时自谓宗师妙，今日惟观对属能。
李商隐《漫成》之一（29538）

初唐数百名诗人中，只有寥寥几个名字为八九世纪的诗人和诗论所注意："初唐四杰"（王勃、杨炯及其"良朋"卢照邻和骆宾王）大概总是最先想到的；紧接着是陈子昂，他拥有不容置疑的复古作家信誉；在他们之后将是武后的两位宫廷诗人宋之问和沈佺期，他们被认为将律诗定型（"变律"）。像李商隐这样复杂精致的晚唐诗人，在回顾初唐诗人时，甚至将最优秀的诗人也看成仅是有才能的工匠——"对属能"。在他眼里，初唐诗人的作品显得空洞无物，初唐的诗体和意象经过两个世纪的运用，已经变得陈旧了。

后代人很少赞美他们的先辈，除非这些先辈已经离开得足够遥远，不致对现在产生威胁。在李商隐这首苛刻贬低的讽刺短诗的洋洋自得后面，隐含着初唐诗许多成分的基本延续。八九世纪产生了比七世纪更伟大的诗人，但七世纪为他们提供了形式、主题及诗体惯例。初唐不仅创造了律诗，而且形成了八九世纪大部分重要应景题材的成熟形式和惯例。李商隐之所以能够感到自己及同时代诗人写得更好，是因为他们在某些基本方面正写着与初唐相同的诗歌。

从武后统治的最后几年到其继承者中宗和睿宗的第二次统治，在这一时期中，宫廷诗及其惯例的图像最清晰。最简单的理由是这二十年中的诗歌作品保存下来的比七世纪的多。这一图像不仅较清晰，而且较吸引人：它正在发生某种通向盛唐风格的变化和发展。宫廷诗的这些变化可能受到文学社会学某些因素的影响。与南朝宫廷诗相关的许多持续事物消失了：南方文学大家族在太宗朝产生了许多高官和诗人；随着武后擢用出身寒微的士人任朝廷要职，这些文学大家族逐渐消失了。不但延续的文学世族中断了，延续的"诗人世系"也被打破了。有前途的年轻诗人一度总是赴京获取赏识，成为某位声名卓著的长辈诗人的门生，这一事实将被正式写入他们的传记里。太宗朝许多诗人的文学世系可以追溯至梁代。虞世南年轻时曾受到徐陵和江总的激赏，而徐陵和江总年轻时同样曾分别得到某位名人的青睐。虽然这种记载是传记的惯例，但的确代表了对于文学延续性的真正兴趣。在武后朝，年轻诗人开始依附宫廷宠臣，如张易之，这类人不可能像虞世南那样具有精妙典雅的识别力。"遗传才能"的旧传统仅留下一个有趣的现象：上官仪的孙女上官婉儿成为宫廷诗歌竞赛的裁判。

宫廷诗的延续性在七世纪中期开始受到破坏，不可避免地导致个人风格侵入宫廷诗。早期的宫廷诗具有严格的法则和典范的惯例，要求机械的技巧，摒弃个性。王勃和卢照邻显示了某些个人特点，骆宾王和陈子昂具有鲜明的个人风格。另一因素是在这一时期里个人诗和日常应景诗的数量日益增加。[1]这些反过来影响了宫廷的趣味。在七世纪最后几十年及八世纪开头十年里，正规的宫廷诗和应景诗虽然仍占主导地位，但与上官仪之前延续了一个半世纪的无个性差异的宫廷风格相比，已经发生了微妙的变化。

---

[1] "正规"应景诗与"日常"应景诗的区别不是牢固不变的。但是，它体现了风格的、往往是题材的实际区别。当送别一位中级官员赴任地方官时，社交习惯对诗歌的要求，并不少于出席安乐公主的宴会，但赠诗对象的地位不同，措辞方面也有很大的区别。

第十四章 文学机构

在《全唐诗话》及《唐诗纪事》中,我们见到708年朝廷文学机构修文馆学士的完整名单。[1]虽然这一名单遗漏了一些重要人物,其中有些卒于708年之前,并包括了一些无关紧要的人物,但它仍然是研究武后统治后期及中宗朝的重要文学人物的最好资料。修文馆的前身是稍前一章曾提到的弘文馆,也叫崇文馆,它属于门下省,应该与翰林院区别开来。翰林院较不正规,不完全是文学机构,但影响很大,玄宗朝有几位最好的诗人曾在此供职。

修文馆的最高等级是四位大学士:李峤、宗楚客、赵彦昭及韦嗣立。韦嗣立是韦后的亲戚,中宗朝一位宰相的兄弟,他有一座著名的别墅,在那里曾举行过多次宫廷出游。李峤(644—713)是大学士中最重要的文学人物,或许是这一时期宫廷诗的最突出代表,他从六世纪七十年代起就声名卓著。

下面一级是八位学士:李适、刘宪、崔湜、郑愔、卢藏用、李乂、岑羲及完全无名的刘子玄。其中最值得注意的是李适

---

[1]《全唐诗话》,收《历代诗话》,卷1页20a—b;《唐诗纪事》(《四部丛刊》),卷9页1b—2a。

(663—711)、崔湜（671—713）及李乂（647—714）。卢藏用在前一部分是陈子昂的隐士朋友兼传记作者，在这里摇身一变成了高雅的宫廷诗人。

最后一级是十二位直学士：薛稷、马怀素、宋之问、武平一、杜审言、沈佺期、阎朝隐、韦安石、徐坚、韦元旦、徐彦伯及刘允济。其中有三位被公认为这一时期最好的诗人：宋之问（656？—712）、沈佺期（656？—714）及杜审言（648？—708）。他们的作品一般来说范围较广，比同时期的其他诗人包含了更多个人诗。徐坚（659—729）可以作为玄宗初期的《初学记》的编者而被记住。

除了修文馆成员外，还有其他一些卒于708年之前的重要诗人：崔融（653—706）、苏味道（648—705）及四杰中的第四位杨炯（约650—693稍后）。有些诗人的作品则跨越了中宗朝及玄宗朝初期，如苏颋（670—727）、张说及张九龄。张说将在第十五章讨论。前面已经提及的上官婉儿（昭容）是武后朝和中宗朝的宠儿。[1]

修文馆诗人的全部诗歌作品，加上崔融、苏味道及杨炯的诗篇，共约一千首。其中李峤、宋之问、沈佺期及杜审言的集子占

---

[1] 还有许多作家并称，大多采用这样的习语"文学甲（数词）乙（描写词，如'才子'或'友'）"。这些并称很成问题：我们不清楚它们被用在哪一时期，也不清楚它们是文学的，还是社交的，或仅是由于那些诗人碰巧是某一时代最著名的诗人（如"初唐四杰"）。武后后期最有意义的一个诗人群是珠英学士，卫德明（Hellmut Wilhelm）在一部未发表的论稿中对此详细进行了探讨。卫教授重组了这群学士，他们为武后编纂了宗教类书《三教珠英》；他还将他们作为诗人群来研究，因为他们的作品被收入崔融所编的《珠英学士集》一卷，此集已逸。

了约六百首。不过,这并不是这一时期的诗歌总数,还有许多次要诗人,有的属于宫廷诗人,有的在宫廷圈子之外。此外,在苏颋、张说及张九龄的较大文集中,相当大的部分属于这一时期,陈子昂的一百三十多首诗就更不用说了。

第十五章 在 708 年怎样写宫廷诗：形式、诗体及题材

如同我们在稍前一章已经探讨，宫廷诗是一种规范化的艺术，体现在结构、主题范围、词汇范围及摒弃强烈的政治道德和个人感情。这种规范化主要是宫廷应景诗写作背景的产物。前几世纪存留的宫廷诗创作资料十分零碎，但是中宗的第二次统治时期（705—710）却留下了丰富的资料，包括诗篇、完整的组诗及轶事，足以构成相对完整的图像。

宫廷出游诗的制作并不是与个人无关的事情。根据久已建立的宴会传统，在这种场合里最后成诗的朝臣要罚饮一定数量的酒。虽然这种处罚实际上十分温和，但受罚者肯定会因诗思迟钝而相当难堪。宫廷出游记录的确指明了最先成诗与最后成诗的人。因此，为能够承命迅速写出雅致的诗篇而设立了一笔奖赏。而要做到迅速制作，最有效的办法莫过于储存大量合适的惯例，及采用一种编排这些惯例的现成形式。

这一要求表现在三部式上。首先是开头部分，通常用两句诗介绍事件。接着是可延伸的中间部分，由描写对偶句组成。最后部分是诗篇的"旨意"，或是个人愿望、感情的插入，或是巧妙的主意，或是某种使前面的描写顿生光彩的结论。有时结尾两句

仅描写事件的结束。律诗理论家对这三部分做了更复杂的细分，但是这些后来的划分是描述出来的，而不是约定俗成的。[1]较基本的三部式先于律诗形成，并超越了律诗的范围。这一时期的很大一部分诗篇（虽然不是全部）运用了三部式；在甚至更大的范围里，三部式成为诗歌变化和发展趋向的标准。

律诗形成的过程，是普通的八句诗、音调和谐的一定规律及三部式结构逐渐融合的过程。完美的律诗如王绩的《野望》，出现于整个七世纪，但形式一直未严格确定，直到武后及中宗朝的某一时候才最后完成。在那时发展出这一诗体的最后要求：一联诗之间的两种基本音调格式确立了，这两种格式在整首诗四联之间的交替规则也确定了。在此之前已经有了这种音调交替的趋势，但还未成为固定的要求。发展中的排律通常也遵循三部式，除了中间描写对句超过两联外，其形式与律诗完全相同。

为了方便起见，我们在本书中将用"律诗"这一术语称呼所有的早期律诗形式，包括完善的和未完善的形式。但需要强调的是，在初唐的任何时候提及律诗，严格地说在时间上都是不正确的。律诗后来形成有意识的、正式的诗体，而在当时仅是各种规范的混合体。由于许多诗篇力图符合这些规范，可以从形式上判断其符合这些规范的程度，结果就产生了一种未经言明的诗体，这一诗体在八世纪开头十年定型，成为后来的自觉诗体律诗。不论是较早的松散形式，还是后来的固定形式，早期律诗都与忽视及避免各种规范的诗歌相对。后一

---

[1] 例如，范况的《中国诗学通论》（香港：商务印书馆，1959）页252—256。

第十五章 在708年怎样写宫廷诗：形式、诗体及题材

种诗歌与南朝之前的诗体相关，后来成为另一种自觉的诗体古诗。

三部式不仅在早期律诗中占主导地位，而且还运用在许多发展中的古诗中。当三部式未被准确地遵循时，它通常仍然保持其形成诗歌结构的力量：诗篇中间部分的联句可能是非描写和非对偶的，但这些联句经常与描写对偶联句一样被依次罗列，形成内容的主体，成为结尾一联或更多联句的反应对象。古诗开始发展，是在南朝宫廷诗体各种规范开始形成之后。这两种诗体的发展，可以说是既分道扬镳，又并肩而驰：当诗人开始意识到诗歌日益规范化，他们就反对它，这就是复古的动力。他们通过有意避免正规应景诗的声律，寻找古朴和自然的风格。陈子昂一类的诗人虽然在诗歌中试用了不同的结构法则，但是在宫廷诗的全部规范中，三部式最难避开。在九世纪，这种背景、景象及反应的同一模式仍然威力强大。因此，像李商隐这样的诗人本来应该看到，他这一代人与初唐的关系是"发展的"，而不是"不同的"。

三部式在中国诗歌中的发展，是五言诗自产生以来的历史的一部分。最早的要素是将结尾作为前面所述事物的情感反应的构思。在建安及魏诗歌中，结尾的特征是个人激情的陈述，或表示愿望，或悲哀地叹息。诗人们先从许多习惯性开头中选择一种，接下来通常罗列一连串抒情惯用语，最后在结尾诉说由这种境况触发的忧伤或激情。一种较积极的结尾是说出诗人希望自己能够如何或做某事来排解忧伤。曹植的《杂诗》之一是早期阶段的出色范例，诗的结尾由于采用了愿望和忧伤陈述这两种手法而复杂化。诗人希望鸿雁带去他的思念信息，当希望落空时，他表示了

忧伤的情绪。

> 高台多悲风，朝日照北林。
> 之子在万里，江湖迥且深。
> 方舟安可极，离思故难任。
> 孤雁飞南游，过庭长哀吟。
> 翘思慕远人，愿欲托遗音。
> 形影忽不见，翩翩伤我心。[1]

在曹植这样一位重要诗人的手中，乐府主题"慕远人"的抒情惯例被处理得精致复杂，富有个性。"伤我心"及希望鸟传递思念信息是诗篇结尾的典型词语。此外，第六句是另一个"反应"句，在诗中标志着重要的转折。

到了魏代后期及晋代，对偶及词语修饰在诗中起着日益重要的作用。一联诗正在成为自我包含的单位，而对偶句倾向于聚集在诗篇的中间部分。这样做的美学动机是不难推测的：结尾如运用均衡对称的对偶句，强烈的情感反应将被削弱；首联对偶虽然很普遍，但往往使诗篇显得板滞。阮籍著名的《咏怀》之一是完整三部式的早期范例：

> 夜中不能寐，起坐弹鸣琴。
> 薄帷鉴明月，清风吹我襟。
> 孤鸿号外野，翔鸟鸣北林。

---

[1]《全三国诗》，卷 2 页 13b。

第十五章 在708年怎样写宫廷诗:形式、诗体及题材

> 徘徊将何见,忧思独伤心。[1]

这首诗的长度及对偶句的位置,都偶然地接近律诗,这或许是它在其后的年代里流行的部分原因。我们在这里发现了背景、景象及反应的标准结构:第一联不对偶,通过描写诗人无法解释的不安状况,设置了经历的背景;中间两联对偶,相对客观地描绘景物,第一联是室内之景,第二联是室外之景;然后是情感反应,与曹植的诗一样用了"伤心"一词。诗人在首联和尾联十分活跃地出现,在中间二联却"未出现"。

在接下来的几世纪中,优秀的诗人们学会了掌握这一结构以适应各自的需要。山水诗人谢灵运在景象和反应之间插入对于山水风景的哲理思考,从而阐明二者的联系。他的《入彭蠡湖》由两部分组成,运用结尾反应作为标志诗篇方向转换的方式。[2] 鲍照在《冬日》诗中,对于短暂景象的反应是安慰和忍耐,取代了通常的绝望涕泣。[3] 反应方式可以增加和复杂化,但仍然是对于前述景象的个人反应。

到了梁代,不论是在宫廷应景诗还是在其他题材的诗篇中,三部式已经日益定型,我们从几百首诗中挑出一个范例:庾肩吾的《从皇太子出玄圃应令》。

> 春光起丽谯,展步陟山椒。

---

[1]《全三国诗》,卷5页1b。
[2]《全宋诗》,卷3页14a。
[3] 同上书,卷4页26b。

> 阁影临飞盖，莺鸣入洞箫。
> 水还登故渚，树长荫前桥。
> 绿荷生绮叶，丹藤上细苗。
> 顾循惭振藻，何用拟琼瑶。[1]

最后一联可以意译为："遵照您的命令，我回顾并描写了这些景象，但是与殿下琼玉般的诗篇相比，我对自己浅薄的才能感到羞惭。"开头一联是对偶和描写，但描写的是总的地点和时间，与中间各联特定的细节描写不同。我们在这里看到了将描写分裂成一连串互不相关的碎片的倾向，这正是宫廷诗的特点。当诗人进入结尾的反应时，他表现了宫廷诗人新的艺术自觉：他将自己的诗作为一首诗对之反应，而不是作为景象本身。他不仅是在"言志"，而且正在创造一件艺术品，它将在与其他同类作品的比较中获得评判。

大约一百五十年后，上官仪写的宴会诗在风格上与庾肩吾的诗无法区别：

安德山池宴集

> 上路抵平津，后堂罗荐陈。
> 缔交开狎赏，丽席展芳辰。
> 密树风烟积，回塘荷芰新。
> 雨霁虹桥晚，花落凤台春。
> 翠钗低舞席，文杏散歌尘。

---

[1]《全梁诗》，卷 7 页 8b。

第十五章 在708年怎样写宫廷诗：形式、诗体及题材

方惜流觞满，夕鸟去城闉。[1]

这首诗的开头比庾肩吾的诗更清楚，结尾则结合了预期的情感反应（"方惜"）和宴会诗结尾的变体（天色已晚，宴会结束了）。平津馆系汉代公孙弘所建，用来接待贤人学士。第十句用歌声激荡起梁上灰尘的典故。

王勃和卢照邻一类的诗人开始写较具个性的诗，但并未脱离三部式。甚至咏京城的长篇歌行也运用了这一模式的变体。直到陈子昂的《感遇》，才开始有意地尝试脱离三部式。可是，当陈子昂试图彻底抛开三部式时，诗歌的结构往往变得呆板和不自然，如《感遇》中一些褒贬式的诗篇。如同我们已经看到，在比较成功的《感遇》诗中，陈子昂经常运用旧形式的变体，如以历史范例取代描写对句。《感遇》之二十九直接反对蜀地的一场战争，与前引上官仪的宴会诗形成强烈的对照。这首诗符合对立诗论的目标，以道德态度处理时事主题。虽然如此，三部式仍然构成了陈子昂议论的基础，促使这首诗成为最出色的《感遇》诗之一。

丁亥岁云暮，西山事甲兵。
赢粮匝邛道，荷戟惊羌城。
严冬岚阴劲，穷岫泄云生。
昏曀无昼夜，羽檄复相惊。
攀跻竞万仞，崩危走九冥。

---

[1] 将"已"校为"去"。

> 籍籍峰壑里，哀哀冰雪行。
> 圣人御宇宙，闻道泰阶平。
> 肉食谋何失，藜藿缅纵横。（04375）

泰阶是星宿名，象征王朝的社会秩序，泰阶平表明天下安定太平。首联明显地交代了背景，中间各联不对偶，基本上按叙述次序排列，但仍然构成实际的"景象"，成为结尾反应的对象。最后，代替宴会诗结尾优美的抱怨和文雅的惋惜，陈子昂充满义愤地批评统治者，但这仍然是诗篇的"旨意"，是诗人对前面景象的内在反应。

八九世纪大多诗人继承了三部式，通常把它运用在律诗中，并以较松散的形式运用在其他诗体中。与陈子昂一样，他们学会融合这一结构，避免这一模式降低为一组缺乏联系的碎片的趋向。他们有时在中间联句安排叙述次序，如上一首诗；有时让一联诗与另一联诗相对立——三部式是开放的，可以成功地进行各种变化。他们还发展了诗歌结尾的新形式，如以客观景象引起读者方面的反应，我们在王勃的诗歌中已见到这一形式。但三部式仍保留在中国抒情诗的核心，通常被看成在构造的"景象"（景）后面跟随情感的"反应"（情）。

在宫廷诗中，对偶句是诗体的兴趣中心。"对属能"是迅速作诗的首要必备条件，一旦掌握了这一技巧，朝臣们就能很快地写出中间部分，把精力用来写出精巧的结尾。运用这一技巧只需技术性地修正对偶，创造能力是难于用在对偶中的，并且是超越法则的。

许多重要的文学在发展过程中，都曾经在韵律上运用对句

第十五章 在708年怎样写宫廷诗：形式、诗体及题材

法，但从未像中国文学这样严肃地将其复杂化、规范化和合理化。在早期的文章中，对偶被用来加强类比争论的模糊逻辑。对偶适合中国人对平衡和对称的喜爱，刘勰在《文心雕龙》中，确实以自然界的两两对称论证了对偶的合理：

> 造化赋形，支体必双。神理为用，事不孤立。夫心生文辞，运裁百虑。高下相须，自然成对。[1]

刘勰自己写的是漂亮的骈文体。他不仅以自然的两两对称比拟对偶，而且还运用了另一个更微妙的论点，阐述中国哲学思想中的一个重要方面：与"高"和"下"的观念一样，一切事物只能在与另一事物的联系中得到解释，它们在同一时刻既是不同的，又是相应的。对偶句的两句诗分别强调对方同和异的方面，通过这种相互关系表现了景象。

这种复杂的对偶理论对于诗人们来说，远不如实际的对偶练习重要。刘勰自己设置了一个四重的对偶分类：（1）语词，（2）历史或神话典故，（3）直接，（4）相反。前面谈到，上官仪被认为提出了六重和八重的分类系统。但这些练习规则都是总结出来的，而对偶是在实践中产生的。实践产生了各种习惯，如"天"与"地"相配，描写山景的诗句与描写水景的诗句相对。因此，如果诗人仅仅要求技巧上"准确"，许多现成的对偶都是可用的，一个五言描写句实际上是为另一句配对而写。

在五言诗发展的初期，对偶通常不过是形式上的手法，如

---

[1]《文心雕龙》，卷7页8a。

《咏怀》之一第二联：

> 薄帷鉴明月，清风吹我襟。

由于两句诗中的相应词语对得不工，后来的批评家可能不承认这种句法的对应是"真正"的对偶，但它对对偶的推动是明显的。明月和清风是阮籍从"秋天模式"中抽出的现成要素，但二者不能相互说明，所以也不存在必然的联系。而下一联的孤鸿也是"秋天模式"的一部分，这一联的对偶较复杂，两句诗中相应词语的联系，更接近于后来所谓"真正"的对偶。

> 孤鸿号外野，翔鸟鸣北林。

清高的孤鸿与普通的鸟相对。既然是夜晚，这些鸟本来应该栖息了，但仿佛是过路鸿雁的叫声惊动了它们，使它们意识到秋天及移栖时间的到来。这一切都与诗人自己的不安情绪相应。在一定范围内，对偶句一联之间的较复杂联系，基于同类相配的技巧要求。"薄帷"与"清风"的相对并不属于同一范围，不能提供像"孤鸿"与"翔鸟"的相对那样清晰的相互解释。

对偶变得越复杂，就越需要读者来完成省略的部分，解释隐蔽的联系。对偶产生了一种特殊的读诗方法，即从景物的相互对应中找出相同和差异。在前引上官仪的诗中，我们读到：

> 雨霁虹桥晚，花落凤台春。

"虹桥"一语本身无法做出明确的解释，上官仪所描写的可能是一道似桥的虹，也可能是一座似虹的桥。这一疑问逗留在读者的脑海中，直到他读了"凤台"一语，才恍然大悟："凤台"要求对联的第一句所写的是真正的桥。从"是虹还是桥"到"是桥"的转换，是一个伴随着对句的主要进展而直观呈现的过程。从这一具有双重联系的例子中，我们可以推知，每句诗都是含蓄的条件结构：由于雨过天晴，所以我们可以看到虹桥耸立在暮色中；由于花从树上纷纷飘落，所以我们可以看到凤台呈现出春天气象。两句诗中的其他要素放在一起，有时仅表现"春天傍晚"，有时要复杂些，如同我们将雨和落花联系起来，两者既可以表示运动的起因，也可以表示平行的运动。

宋之问有一首《陆浑山庄》，是他最好的诗之一。中间二联可作为创造能力在对偶中的作用的范例：

> 源水看花入，幽林采药行。
> 野人相问姓，山鸟自呼名。（03252）

宋之问此处的音调格式是可接受的变格。这两联可以译为：

> 由于看花，我进入水的源头；
> 为了采药，我行走在幽静的树林。
> 山野的人们打招呼，交换姓氏；
> 但山鸟却呼叫它们自己的名字。

对偶对中国诗歌的语言有两个最重要的贡献：其一是使句法实验

成为可能，其二是使词类转换便利，及物动词、不及物动词、使役动词、形容词、副词、名词等都可以根据它们在句子中的位置而自由转换词类，这是中国文学语言的奇特现象。首先，上引第一联诗运用了句法的曲折。第一句最自然的解释方式是："我看着花，进入泉水中。"但第二句必须读为："我走在幽林中采药。"因此，读者只好重新解释第一句："我进入（即进入树林的深处）泉水的源头看花。"一联诗中通常有一句意义明确，它的句式可以用在较成问题的配对句上。有时如同上述的情况，涉及重新解释一句诗；有时如同上官仪的对句，需要限定模棱两可的意义。在简单的形式中，直陈的诗句出现在难解的诗句前面，这样就允许读者在自然的阅读过程中进行调整。在较复杂的例子中，如同这一首，决定的诗句跟随在难解的诗句后面，这就迫使读者回过头来，对两者的关系产生疑问，校正第一次阅读。在后来的对句大师如杜甫的手中，两句诗可能都是困难的，或一句诗将不可能的解释强加于另一句。

必须强调的是，在大部分重新解释或限定多义性的例子中，其过程都不是有意的。上述阅读第一句诗必须做的调整并不是激烈的，熟悉对偶句的读者可以自动进行调整。这种模糊意义对读者意识的影响，仅是使他感到诗句的不确定性。但我们在后面将会看到，这种模糊意义是实有意义的，因为诗人还看到花落入泉水中。这种对偶方式经常导致中国诗歌语言的一种奇特试验：将事物呈现，但其相互之间的关系却是可变换的、未加限定的。

重新建立了第一句诗的意义后，我们让诗人进入了（树林），到达水源。这一行为可能是有目的的（以便去看花），也可能是漫不经心的。"入源"含有沿溪而行的意思，其中还有一个隐蔽的原因,即他知道在源头会找到花树——他追随落花的痕迹上溯,从水上漂浮的花朵推测出前面有花树。这里反过来模仿了陶潜的"桃花源"故事,其中的渔夫正是沿着桃花的痕迹溯流而上,发现了一个乌托邦式的村庄。当然,诗人"入"到水源时,他发现花朵落"入"泉水中——这正是读者被迫放弃了的第一种解释。

这一联诗涉及隐居,与象征性的"归"家及个人的"归"回本性联系在一起。这首诗未引录的首联特别提到"归",它与泉水之"源"有着隐含的联系。隐蔽的地方将人们与人类社会的世界隔离开来,通过它人们洗净了社会生活的错误动机。"源"是"归"的目标。这一回归过程如何实现在对句的结构中?

两个人类行为的动词"看"和"采"安排在相对的位置上。这种并置加强了两个动词的不同方面:"看"是被动的行为,由某人从自然界的外部实行这一行为,他观察景象,但并未置身其中;"采"较主动,是人与自然界的相互作用。这种转变是"回归"过程的一部分,本联诗并置的第二对动词"入"与"行"之间的转变也是如此。"入"隐含了一个处于自然之外的前位置,人们从那里进入自然界,变成与世隔绝;"入"是目标明确的活动,与之相反,"行"并没有直接的空间目标,而是自由自在的移动。在这首诗后面的对句中,随处可看到含有目标的动词与未指明自然行为的意旨的动词并置在一起,其主题与第二联是一致的。

第一句的"花"与第二句的"药"也发生类似的转变,花传统上象征短暂的美,药草则用来调制长生不老药。与贤人失志主题一样,这里的隐居和求仙也联系在一起。这种短暂和永恒的并置关系,由于桃花源的主题而增加了深度。在唐代作家的手中,桃花源中的居民被处理成仙人。这样,两句诗中的并置所包含的转变就意味着从自然界的外部进入隐居,归回本"源",希望在那里生活得更加健康快乐。

在这种自然状态中,诗人遇见了隐士及其他林中人物——"野人"。这些偶然的相逢是新鲜的,因为他们总是陌生人,他必须"问他们的姓"。与官场社会的公开世界不同,他不需要知道他们的地位或官职。但下句诗的转变甚至更为新鲜自然。首先,宋之问的巧妙构思基于这样一个实际情况:许多鸟的俗名是模仿它们的叫声得出的拟声词,如英语中的"whippoorwill"(夜莺)和"bobwhite"(鹑)。这样,这些鸟呼叫自己的"名",既是一般的"名",又是个体的"名字"。"名字"与前一句的"姓"是巧妙的对偶,而一般的"名"只表示鸟的啼声。这一联表现了从相对自然的行为到真正自发的行为的转变:隐士需要被问名,而鸟儿却自发地告知自己的名;隐士仅说出姓,而鸟儿却自发地、亲密地把"名字"告诉诗人。

在这一点上,多疑的读者肯定要问,这种解释究竟含有多少诗人的"本意"?首联第一句的模糊意义及次联的巧妙构思肯定是有意的,至于我们所讨论的首联的各种微妙并置,则可能出于无意,但对句正是通过这些并置,表现了从自然界外部进入隐居的转变。这一类对句超过了大部分宫廷诗人的力量,其中所建立的复杂并置指向最出色的盛唐诗。诗歌语言正变得日益充满思想的和情感的联系,而对偶并置能使人注意到那些内涵丰富的词语的各种联系。因此,不论这些复杂意义是否出于作者本意,都不可避免地成为阅读过程的最后结果。

第十五章 在708年怎样写宫廷诗：形式、诗体及题材

了解了三部式及对偶句，我们就可以考察完整的宫廷诗。下面引用一首七言律诗，这一诗体的产生发展虽然没有五言律诗久，却与之同时在八世纪的开头十年定格。这是沈佺期的《兴庆池侍宴应制》，作于710年四月六日。

  碧水澄潭映远空，紫云香驾御微风。
  汉家城阙疑天上，秦地山川似镜中。
  向浦回舟萍已绿，分林蔽殿槿初红。
  古来徒羡横汾赏，今日宸游圣藻雄。（05060）

宫廷宴会诗的恰当开头方式之一是皇帝的威严光临，经常运用形容帝王威仪的现成词语，如以"动地"描写帝王的到来（如03701）。沈佺期这首诗的开头富有戏剧性，平静的水池倒映着虚空，但随着帝王紫光及香车的到来，这里突然充满了色彩和动态。沈佺期运用了最流行的惯例，把帝王及朝臣描写成天上的神仙。当诗人俯视池中的倒影时，他"错"把他们的出现当成天上神仙的形象。皇帝驾"云"出现在虚空的倒影中，他的车"御风"，这一词语出自《庄子》，用来描写羽化成仙的列子。

接下来，宫殿群倒影的出现使得凝视水池的诗人产生了一时的错觉：由于宫殿群的倒影添加在天空的倒影上，他错认为它们是天上的宫殿，但又"纠正"了自己的比喻，指出它们是"汉家城阙"。诗人的视界逐渐充实和扩大，从空澄的水池到皇帝一群的来临，再到宫殿群，这一切都是从水中倒影看出来的。接着诗人又从他的"镜子"中看到了京城地区的全景。我们在《感遇》中已看到，旧的虚构需要加以合理化，在这里是宫廷和天的同

一；解决办法是一种在唐诗中流行的比喻形式——"迷惑的比喻",诗人含蓄地或明确地承认比喻的虚构性,他不说"甲是乙",却说"在我看来"、"我误认甲是乙"。

开头四句写得直率自然,具有戏剧性的秩序和宏壮的音调,接近于盛唐风格。第三联描绘的是狭小的特定景象,这在早期宫廷诗及盛唐诗中都可见到。诗人此时抬起头来,先看到水池周围的景象,然后看到远处的树林。第六句描写耸立于树林中的宫殿,但有一部分被盛开的木槿树遮住了。请注意沈佺期与陈子昂一样也用了"分"这一动词,描写打破视觉延续的某事物的出现。在宫廷诗中,时节经常根据植物的花序确定,如这首诗,一种植物"已"呈现某种状态(此处为"绿"),而另一种则是"初"——开始开花。另一种流行的时序平衡法,是在对句中以"已"和"未"相对。

最后一联指汉武帝的《秋风歌》,写于他在汾阴祭祀后土的一次快乐出游中,前引李峤的歌行描写了这一事件。

> 秋风起兮白云飞,草木黄落兮雁南归。
> 兰有秀兮菊有芳,携佳人兮不能忘。
> 泛楼船兮济汾河,横中流兮扬素波。
> 箫鼓鸣兮发棹歌,欢乐极兮哀情多,
> 少壮几时兮奈老何。[1]

沈诗最后一联对中宗诗的高雅评价,回到了帝王主题上。但是,

---

[1]《全汉诗》,卷1页2a。

诗人不仅是一般地将中宗与汉武帝相比,而是认为中宗诗的"雄"超出了汉武帝。一千多年来,许多帝王试图获得汉武帝横济汾河的同等乐趣,但只有唐中宗成功。第三联精致小巧的泛舟画面超过了汉武帝的强烈感情。从中宗现存诗篇的质量来看,沈佺期的恭维是言过其实的。

唐诗的基本题材在南朝几乎都已完备。[1]只有几种流行于盛唐的诗歌题材在八世纪前罕见,如在路上与某人相逢,彻夜的聚会,私下访问各种亭台楼阁和山川别墅,等等。但是,在所有题材中,个人诗和日常应景诗的比例在八世纪初显著地增加了。此时相对地有较大诗集传世的诗人是李峤(209首)、宋之问(196首)、沈佺期(159首)及杜审言(43首);如果除开这些诗集,武后及中宗朝现存的诗篇大部分是描写帝王出游、宴会、送别仪式的应制诗。李峤有一个大的咏物诗集,是特殊的例子。宋之问、沈佺期及杜审言的非宫廷诗不少写于贬逐南方时。因此,虽然大部分日常应景题材都有着持久然而断续的传统,宫廷场合仍然是诗歌创作的主要中心。

除了宫廷应景诗,最流行的形式是咏物和乐府,这两类诗各有着较为狭窄的、固定的主题范围。虽然它们都属于最古老的诗歌范畴,但它们在这一时期保持的是产生于南朝的主题和处理方式。许多事物从未被用作咏物诗的题目,其他有些事物也很少用到。非宫廷宴会诗也运用宫廷宴会诗的惯例,但语言风格依参加者的地位,及场合的正规程度,而有较大变化。诗体信(寄、

---

[1] 我用 subgenre(题材)一词指诗歌内容和场合的分类,用 genre(诗体)一词指形式的和格律的分类。

赠、答等）也有悠久的传统，其中呈献给高级官员的诗最因循守旧，最讲究修饰。送别诗从建安以来一直持续不断，但在这一时期大量增加，后来成为唐代最流行的应景题材。各种哀悼诗是另一组古老而程式化的题材。其他题材如咏寺庙、音乐等保留了下来。所有的题材都能"步韵"，即一位诗人用与另一位诗人相同的韵脚或韵部。这一时期最具个性的或许是旅行诗，这一题材可以追溯至晋代，但即使在旅行诗中，诗人们也容易由于出色的描写能力而忘乎所以。

最后一点，武后似乎特别喜欢七言歌行。一些歌行写于宫廷场合，而其他许多歌行则是个人创作。这些歌行是此时最有意义、最生动活泼的诗歌，对于开创盛唐诗风起了重要的作用。虽然各种题材之间有一定的交叉，但每一种题材都有自己的风格范围，都有自己的一套惯例。的确，在整个宫廷诗时代，除了几位落落出俗的作者，如王绩、骆宾王及陈子昂，创作题材化的风格比个性化的风格要容易得多，并较合时宜。

第十六章　宫廷生活中的诗歌

《唐诗纪事》在列举了修文馆成员之后，紧接着是一段关于中宗的诗歌游赏的简短描写。那位不知名的作者以钦慕和指责的双重语气写道：

> 凡天子饷会游豫，唯宰相直学士得从。春幸黎园，并渭水祓除，则赐柳圈、辟疠。夏宴蒲萄园，赐朱樱。秋登慈恩浮图，献菊花酒称寿。冬幸新丰，历白鹿观，上骊山，赐浴汤池，给香粉兰泽，从行给翔麟马，品官黄衣各一。
>
> 帝有所感，即赋诗，学士皆属和，当时人所钦慕。然皆狎猥佻佞，忘君臣礼法，惟以文华取幸。若韦元旦、刘允济、沈佺期、宋之问、阎朝隐等，无他称。[1]

这些应景组诗采用了各种形式。通常似乎是展开竞赛，以速度或质量为目标。如果批评尺度是文学质量，评判标准就是极端的精致。得胜者的奖赏通常是一匹锦，所以在后来的诗歌语言中，"得锦"一语意谓获得诗歌名誉。失败者则被要求饮一定数量的

---

[1]《唐诗纪事》(《四部丛刊》)，卷9页2a—b。

酒作为惩罚。

这类诗通常标明"应制",有时朝臣"奉和"皇帝的诗,有时由皇帝出题,把不同的韵脚分给各位诗人,包括他本人,这叫做"分韵"。所有的组诗原来可能都加有序文,有一篇中宗所写的序文今存。这类序文一般总是描绘场景,提出一些诗中所用的典故,并列举与会诗人的名单。

我们不知道诗篇写出来后是否经过高声朗诵,还是仅呈上等待评判,但是在许多组诗中的诗篇看来是相互呼应的。例如,这些诗篇经常包含这样的对句模式:"谁说是甲(组诗中的一首诗提到的事物)?我们认为是乙。"这就暗示诗篇写成后是经过诵读的。由于整组诗都运用同样的神话、典故及主题,因此如果善于窃取同组诗人的东西,肯定能够加快制作速度。

修文馆成员的名单,以及中宗出游的记载,都出自《唐诗纪事》中诗人李适名下的一段长文。这段文章包括于此处,并没有明显的理由。文中在已经引述的段落后面,还按照时间顺序,简要记载了708至710年之间四十余起宫廷轶事。除了标明时间和事件,时而还加上一联值得称赞的诗句,或指出最先和最后成诗的人。这些事件中保留下来的诗篇,比唐代任何类似的宫廷事件都要多。几乎这些事件中所有幸存的诗篇都保留在《唐诗纪事》和《文苑英华》中。《文苑英华》的编者和作于十二世纪的《唐诗纪事》的著者计有功似乎都利用了一个宫廷唱和诗集,所收诗作于708至710年间,上引段落很可能就是这一诗集的序文。

这类组诗有不少写得太长,无法全部引出,有些又仅存几首诗。这里翻译七首题为《初春幸太平公主南庄》的诗篇。这组诗写于709年2月11日,共存八首。我采用《文苑英华》(卷176

页 9a—10b）的次序和归属，这一次序至少大致按参与者在修文馆的地位排列，也可能表明创作的次序是按地位排列的。未引用的一首兼归于韦嗣立（04838）和赵彦昭（05242）二人名下。

李峤：
  主家山第接云开，天子春游动地来。
  羽骑参差花外转，霓旌摇曳日边回。
  还将石溜调琴曲，[1]更取峰霞入酒杯。
  鸾辂已辞乌鹊渚，箫声犹绕凤凰台。（03701）

第四句的"日"可能指真正的太阳，也可能指皇帝。"霞"被认为是能够使人长生的奇异食物，李峤设想皇帝一群在饮酒时把云霞在酒中的倒影也吸了进去。

苏颋：
  主家山第早春归，御辇春游绕翠微。
  买地铺金曾作埒，寻河取石旧支机。
  云间树色千花满，竹里泉声百道飞。
  自有神仙鸣凤曲，并将歌舞报恩晖。
     （05056 归于沈佺期）

请注意苏颋采用了李峤诗开头两句的词语。第三句的"金"所指

---

[1]"石溜"一语应指"石地"，但从上下文看来，李峤显然指的是水流过石头的声音。

不清,但可能指花。石头"支机"的典故好几首诗中都用到,简短地说,这一故事讲的是某人曾经想探寻黄河源头,遇到一位浣纱的姑娘。他问她那是什么地方,姑娘回答说是银河,并送他一块石头。他回去后,向卜者严君平询问那块石头,严君平告诉他那是织女用来支起织机的石头(织女是人格化的星宿)。由于太平公主与"天"——宫廷相关,所以能使用这样的石头。这一故事基于古代的信仰:海水流上天空,进入银河,然后又流回西方,形成黄河和长江。组诗中有几首用了另一个相关的故事,并与前一故事混合起来。这后一个故事说,某人住在长江边上,每年八月都看到浮槎从他眼前浮过,漂向大海。有一年他乘槎而去,看到了天上的住宅和居民,但并不知到了什么地方。他返回四川,向卜者严君平打听他怎样到达那里,严回答说,他记得那一年有一客星进入牵牛宿。那人这才恍然大悟,明白自己漫游了银河。

第八句的凤曲指秦穆公女儿弄玉和吹箫者的故事。那位吹箫者教弄玉吹奏凤凰曲,召来了一只凤凰,二人一道乘凤私奔上天。李峤诗中的"凤台"也可能指的是同一故事。这样,美妙的音乐将把苏颋及其诗友带上"天庭"。

沈佺期:
  主第山门起灞川,宸游风景入初年。
  凤凰楼下交天仗,乌鹊桥头敞御筵。
  往往花间逢彩石,时时竹里见红泉。
  今朝扈跸平阳馆,不羡乘槎云汉边。(04030 归于苏颋)

沈佺期用了更神奇的故事：传说中的织女（得到支机石的故事已提到）和牛郎（乘筏上银河的故事已提到）是一对恋人，一年只被允许相会一次，届时喜鹊搭起一座桥，使他们穿过天空相会。此处这一对恋人可能指太平公主及其夫定王。"红泉"指飘满落花的溪水。平阳侯韩寿是汉武帝的姐夫，这里显然用来指定王。

宋之问：
青门路接凤凰台，素浐宸游龙骑来。
涧草自迎香辇合，岩花应待御筵开。
文移北斗成天象，酒近南山作寿杯。
此日侍臣将石去，共欢明主赐金回。（03312）

第二联出语巧妙，先是基于一个视觉的观察：植物"合"——倒伏，似乎在向皇帝车驾致礼；接着以"开"为双关语，既指开花，也指摆开筵席。第五句意思模棱两可，可能是说皇帝是朝臣诗篇的中心对象，也可能是说皇帝的诗作（已佚）为朝臣的和诗树立了榜样，就像是北斗决定了其他星辰的位置。这一句袭用《论语》（2. 1）："子曰：为政以德，譬如北辰，居其所而众星共之。"南山是长寿的传统象征，大概当时全体朝官举杯朝着南山，为皇帝祝福。

李乂：
平阳馆外有仙家，沁水园中好物华。
地出东郊回日御，城临南斗度云车。

风泉韵绕幽林竹,雨霰光摇杂树花。
已庆时来千亿寿,还言日暮九重赊。(04875)

在第一联中,李乂创造性地写入了京城地区的第三条河,以改变沈佺期的灞水和宋之问所提到的浐水,但太平公主山庄的水流肯定远没有诗中描绘的那么多。第三句写长安南面山峰高耸,挡住太阳车子的道路,迫使其回转,并俯视着星宿。最后一联在"九重"一词上做文章,既指天庭,也指皇宫。

李邕:

传闻银汉石支机,复见金舆出紫微。
织女桥前乌鹊起,仙人楼上凤凰飞。
流风入座飘歌扇,瀑水侵阶溅舞衣。
今日还同犯牛斗,乘槎共逐海潮归。(05522)

这里用了与前几首诗相同的典故,另外增加了紫微宿,这是传说中天上宫殿的所在地。

邵升:

沁园佳丽夺蓬瀛,翠壁红泉绕上京。
二圣忽从鸾殿幸,双仙正下凤楼迎。
花含步辇空间出,树杂帷宫画里成。
无路乘槎窥汉渚,徒知访卜就君平。(03907)

蓬莱和瀛洲是东海上的两座仙岛,"二圣"指中宗和韦后,"双仙"指太平公主及其夫定王。在这些动人的诗句后面,我们应该记得,太平公主及其夫是这一动荡时代所产生的一对混世魔王。中宗的主要才能是求生,对于当时的李唐王室成员来说,这种才能并非耻辱,他能够幸存于他的母后的统治时期,确实可以称为"神仙"了。

这一组唱和诗显然重复运用了某些词语及有限的几个典故。其中有五首诗的首联设立场景,点出皇帝的访问,大多采用了相同的词语。另外两首诗以一般的景象描写开头,并以某种方式将景象与"神仙"(王室)的出现联系起来。这些诗篇三、两成组。前面三首诗的第一句都有"主家山第"一词的变体。从沈佺期开始,出现了几条河的名,每个诗人都试图在首联写出京城的一条不同的河流。这里显然并没有遵循严格的法则,每一首诗似乎都拾取前面诗篇的一个或更多部分,直到其旨意已不能再用为止。值得注意的是,邵升这一位在与会者中最无名气的诗人,打破了三部式:先描写自然景物,然后在次联介绍皇帝的访问。邵升仅有这首诗存世,诗中在许多方面有毛病:开头用了陈旧的"夺",结尾词不达意。他的本意可能与沈佺期的结尾一样,想说人们用不着访问天庭,因为在人间这里就与天庭一样快乐。但他不知怎么说错了话:人们无法到达天庭,因此只能徒然地访求严君平。

这些诗的中间二联都是描写性的,第三联似乎特别要求进行某种处理,提到下列几种要素:竹、云、泉、花树、石头。只有宋之问出色的、修饰的第三联脱离了这一模式。大部分诗篇都以某种巧妙的曲折结尾,至少有三首诗提到皇帝的回驾,这是合适的宴会诗结尾。

李峤与宋之问的诗形成鲜明的对比。李峤是重要的宫廷老诗人，而宋之问是较年轻的一代。李峤的诗写得优雅温和。第三联的妙语并没有妨碍诗篇的流畅，读者可以预期水声与宴会音乐和谐地混合，并熟悉于倒影的巧妙构思。最后一联留给读者仙乐缭绕空中的微妙感觉，及牛郎织女、弄玉箫史的主题的轻微暗示。李峤把早期宫廷诗的全部规则运用到新的七言律诗上来。宋之问的诗表现了更多的精巧，第二联以极其曲折的句法描写植物和花倒伏，宴席铺开。第三联也需要读者经过脑力训练，才能领悟出比喻的含义。最后，宋之问创造性地将对帝王赏赐的恭维融进"将石去"的典故中。当然，妙语在一定程度上是受到宫廷诗欢迎的，但是读者不难感觉到，诗人正在进行真正的竞争，拒绝在无个性特征的规范中丧失自己的个性。

应制诗并不限于宴会，公事送别及其他场合也是侍从朝臣们施展才华的题目。甚至怀古也能成为组诗的题目，如《幸长安未央宫》，这组诗写于 708 年 12 月 30 日。未央是汉宫，彼时已成废墟。

李峤：
旧宫贤相筑，新苑圣君来。
运改城隍变，年深栋宇摧。
后池无复水，前殿久成灰。
莫辨祈风观，空传承露杯。
宸心千载合，睿律九韶开。
今日联章处，犹疑上柏台。（03705）

"九韶"是圣君舜的音乐,这里说成由中宗创造。前面已提及,汉武帝及其朝臣曾在柏梁台举行过一次著名的宴会,宴会上皇帝和朝臣每人各写两句七言诗,这是中国文学中"联句"诗的开始(李峤应该相信这一传说)。

赵彦昭:
凤驾移天跸,凭轩览汉都。
寒烟收紫禁,春色绕黄图。
旧史遗陈迹,前王失霸符。
山河寸土尽,宫观尺椽无。
崇高惟在德,壮丽岂为谟。
茨室留皇鉴,薰歌盛有虞。(05245)

赵彦昭以说教的态度开头,为后面的几首诗所撅取。第三句以围绕着某一星辰的紫烟指围绕着皇帝的紫气,而当他出游时,紫气也散开了。下一句的"黄图"是描绘宫殿群中建筑物吉祥地排列的图形。"薰风"前一章已提到,与陈子昂的一首诗相关联,相传为圣君舜所作的歌,歌中表示了对人民的关心。最后一句可能是说,中宗如果要维持统治,就应该留心舜的古老典范;也可能暗示朝臣们的诗就像古老的"薰风",进行了同样的说教。这后一种解释,明显地出现在刘宪的反应中(如果我们接受《文苑英华》的排列次序):

汉官千祀外,轩驾一来游。

> 夷荡长如此，威灵不复留。
> 凭高睿赏发，怀古圣情周。
> 寒向南山敛，春过北渭浮。
> 土功昔云盛，人英今所求。
> 幸听熏风曲，方知霸道羞。（03942）

"熏风"在这里可能指中宗的首唱诗，也可能指赵彦昭的说教诗。刘宪似乎正在责备赵彦昭对"霸符"的评论。从上下文看来，赵彦昭用"霸符"一词，可能不是怀疑汉王朝的正统性，而仅仅是指其强大国力。但这一词语有着很不好的道德含义，指依靠强力统治而不是依靠正义。刘宪则优雅地指出，如果唐王朝想达到汉朝或超过它，就必须反对"霸道"。赵彦昭和刘宪的说教似乎激怒了宋之问：

> 汉王未息战，萧相乃营宫。
> 壮丽一朝尽，威灵千载空。
> 皇明怅前迹，置酒宴群公。
> 寒轻彩仗外，春发幔城中。
> 乐思回斜日，歌词继大风。
> 今朝天子贵，不假叔孙通。（03319）

宋之问在几个方面对前二诗作出反应。宋之问提醒大家，虽然汉代可能以正义统治，但当这一座宫殿建成时，汉朝尚在进行战争。他接下来重述了繁盛和突然衰败的主题，并指出在这短暂无常迹象的表面，宴会的快乐正"回斜日"。《大风歌》是汉高祖的诗，表现了对新帝国及权力的自满。叔孙通是汉代的礼学家，是促成汉高祖推尊儒家的主要人物；我们应该还记得，魏徵曾经以叔孙通为榜样向太宗进谏，使之不快——宋之问也可能记得此事。赵彦昭和刘宪刚开始要像魏徵那样说教，宋之问谴责了他们，提醒他们说，在这样一个场合里，应该如同汉高祖那样歌颂帝王荣耀。中宗已经代表了儒家美德的化身，不需要这一对叔孙通向他提醒美德之路和霸道的错误。

从这一交锋，我们可以看到宫廷文学中某种围绕儒家道德的张力。怀古这种与复古观念密切相关的题材，使得赵彦昭不由自主地进行说教。道德评价的调子一旦开场，就难以逃避。刘宪被引向"纠正"赵彦昭对"霸"一词的不慎重使用。宋之问试图结束这一争论，以一种最古老的论点反对持续不断的说教，即某种场合只适合于娱乐。他谨慎地将这一论点放在免受攻击的形式里：中宗与伟大的汉高祖一样怡然自乐，他已经具备道德，不再需要道德家和"史鉴"。

朝臣们不仅在儒家老调的范围竞争，而且在美学上竞争。一个明显的例子是在描写对句中将"寒"与"春"相对。赵彦昭的对句写得修饰而呆板：

　　寒烟收紫禁，春色绕黄图。

刘宪既然"纠正"了赵彦昭的术语，也不能不在对句上超过他：

　　寒向南山敛，春过北渭浮。

宋之问也争着炫耀,不仅在创新上超出刘宪,而且将这一对句放在与刘诗相同的位置上:

> 寒轻彩仗外,春发幔城中。

用"轻"表现寒,比"收"和"敛"更生动合适。而且这一对句较具有内在的一致性:皇帝的光辉及侍从的色彩鲜亮的仪仗,使得营帐中出现了春天的温暖圈子,寒冷逃走了。

这组诗现存的最后一首出自李乂之手,诗中用了大量的典故,这里略而不述。李乂将组诗作为整体来评价,似乎企图缓和宋之问咄咄逼人的辩驳:

> 代揖孙通礼,朝称贾谊才。(04883)

这组诗很值得注意,从中我们可以看到现成题材的惯例所起的作用。这些同样的诗人,本来习惯于写诸如访问太平公主山庄一类的宴会诗,现在却将其注意力转向从长安的汉都废墟中寻找道德法则和"史鉴"。七世纪七十年代的京城主题带着与怀古相联系的复古说教闯进了宫廷诗。由于怀古诗适合于相对朴素的风格,这些诗舍弃了宫廷诗标准的曲折迂回表达,获得了庄严素淡的突出效果。

在关于诗歌竞赛的记载中,依质量评判少于依创作的速度评判。《唐诗纪事》中一段有趣的记载,可以告诉我们这类竞赛的情况:

第十六章 宫廷生活中的诗歌

> 中宗正月晦日幸昆明池赋诗,群臣应制百余篇。帐殿前结彩楼,命昭容选一首为新翻御制曲。从臣悉集其下,须臾纸落如飞,各认其名而怀之。既进,惟沈、宋二诗不下,又移时,一纸飞坠,竞取而观,乃沈诗也。及闻其评曰:"二诗功力悉敌,沈诗落句云:'微臣雕朽质,羞睹豫章材。'盖词气已竭。宋诗云:'不愁明月尽,自有夜珠来。'犹陟健举。"沈乃伏,不敢复争。[1]

唐代关于诗歌的评判和描写式评语,经常使我们感到出奇的精练,虽然比起日本和歌竞赛游戏的细致评判,唐代的评判相对地粗糙些。八世纪、特别是九世纪的类似诗歌评判传统很可能正开始于宫廷诗人的竞赛。从这一段记载我们还可得知,尾联是十分重要的,是全诗的重点。两位诗人相敌的"功力",可能指声律正确,也可能指中间对句的精巧。只要"功力"完备,诗篇结尾的巧妙曲折就更有利于评判。

---

[1]《唐诗纪事》,卷3页6b。

第十七章　高氏林亭的一次私人宴会

到了七世纪末，中国宴会诗的传统已经十分古老。传说使得这一传统追溯至楚襄王与其花言巧语的朝臣宋玉的宴会，但这一传说大部分是从作于汉代的赋的结构中想像、推测出来的。汉初梁孝王及其从臣邹阳、枚乘、庄楚及司马相如形成了另一个传说中的宴会团体。无论他们的聚会可能有多大的真实性，他们的欢宴全部经过后人添油加醋的夸大。甚至还有一个杜撰的短篇咏物赋集，被说成作于他们的宴会上。[1]

可确信的最早的宴会诗集是三世纪初的《邺中集》，曹丕作序。集子本身已佚，但谢灵运的拟作存于《文选》卷四十。如果谢灵运忠实于原作的形式（这是很可能的），那么我们就可以知道，宴会诗集的基本要素在三世纪已经具备：前面是一篇序文，接下来是一组诗，与会者每人一首。在谢灵运的拟作中，那些诗篇用的是不同的韵脚，这是宴会诗的一般特点，但可能到南朝才出现。

晋代产生了两个以序文而著名的集子：《金谷园诗》，石崇作序；《兰亭集》，著名的书法家王羲之作序。其中有几首诗存世。

---

[1]《西京杂记》（《四部丛刊》），卷4页3a—6a。

第十七章 高氏林亭的一次私人宴会

这类宴会集的序文经常成为比诗歌本身更长寿的文学作品,因为人们在邀请朋友参加宴会时,并不会考虑他们的诗歌才能,但是却要从与会者中选择最有才华的人撰写序文。这些序文的形式通常总是先叙述事件,然后描写宴会的快乐,接下来经常感怀他们正在享受的美景和乐趣不能长久,希望在作品中保留这些欢乐时刻,结尾则详述与会者的名字或人数,较后期的序文还写明所用韵部。《金谷园诗》和《兰亭集》的序不但是后代序文的原始模式,而且为序文和诗歌本身提供了众多的成语典故。这里节选《金谷园诗序》作为例子:

> 余以永康六年,……有别庐在河南县界金谷涧中,……有清泉、茂林、众果、竹柏、药草之属,金田十顷,羊二百口,鸡猪鹅鸭之类,莫不毕备。……其为娱目欢心之物,备矣。时征西大将军祭酒王诩当还长安,余与众贤共往涧中,昼夜游晏。屡迁其坐,或登高临下,或列坐水滨,时琴瑟笙筑,合载车中,道路并作。及住,令与鼓吹递奏,遂各赋诗,以叙中怀,或不能者,罚酒三斗。感性命之不永,惧凋落之无期,故具列时人官号姓名年纪,又写诗著后。后之好事者,其览之哉。凡三十人。[1]

《金谷园诗》属于宴会集的一个重要小类——送别宴会集。宴会集通常总是感怀世界的短暂无常,但它们本身也以短暂为特征。

---

[1] 《全晋文》,卷33页13a。参看卫德明(Hellmut Wilhelm),《石崇和他的金谷园》,《华裔学志》,第18期(1959),页315—327。

从散佚的序文和诗篇,我们可以知道,有唐一代曾经有过成百上千的此类宴会及送别集。这类集子极少能够广泛流传。此类应景诗大部分质量不高,故这类集子的失传是不足惜的,但它们仍然是唐诗创作中的一个重要事实。如果我们能得到原来的集子,现存的曾收于这些集子中的送别诗和宴会诗就会容易理解得多。这里要再次感激《唐诗纪事》,它为我们保存了一个这样的集子,虽然这一集子也独立地保存了下来。[1]此集由作于三次宴会上的作品组成,这些宴会都在高正臣的林亭举行,陈子昂作序。

晦日宴高氏林亭并序

夫天下良辰美景,园林池观,古来游宴欢娱众矣。然而地或幽偏,未睹皇居之盛;时终交丧,多阻升平之道。岂如光华启旦,朝野资欢。……列珍羞于绮席,珠翠琅玕;奏丝管于芳园,秦筝赵瑟。冠缨济济,多延戚里之宾;鸾凤锵锵,自有文雄之客,总都畿而写望,通汉苑之楼台,控伊洛而斜□,临神仙之浦溆。则有都人士女,侠客游童,出金市而连镳,入铜街而结驷。香车绣毂,罗绮生风,宝盖雕鞍,珠玑耀日。于时律穷太簇,气淑中京,山河春而霁景华,城阙丽而年光满。淹留自乐,玩花鸟以忘归;欢赏不疲,对林泉而独得。伟矣!信皇州之盛观也。岂可使晋京才子,孤标洛下之游;魏氏群公,独擅邺中之会。盍各言志,以记芳游。同探一字,以华为韵。(04445)

---

[1] 《四库全书总目》,卷186页11a—13a。《总目》编者解释说,这个集子未被早期的书目所著录,是由于宴会集是由私人收藏的。

我将只援引现存诗中的几首,第一首为高正臣所作:

正月符嘉节,三春玩物华。
忘怀寄尊酒,陶性狎山家。
柳翠含烟叶,梅芳带雪花。
光阴不相借,迟迟落景斜。(03952)

陈子昂:
寻春游上路,追宴入山家。
主第簪缨满,皇州景望华。
玉池初吐溜,珠树始开花。
欢娱方未极,林阁散余霞。(04445)

崔知贤:
上月河阳地,芳辰景物华。
绵蛮变时鸟,照曜起春霞。
柳摇风处色,梅散日前花。
淹留洛城晚,歌吹石崇家。(03954)

韩仲宣:
欲知行有乐,芳尊对物华。
地接安仁县,园是季伦家。
柳处云疑叶,梅间雪似花。
日落归途远,留兴伴烟霞。(03958)

虽然这些诗不似上官仪或宋之问的作品那样精致，但仍不可避免地与宫廷宴会诗有相似之处。这些诗的语言较朴素，典故范围较狭窄，而且不十分讲究精巧。这几首诗，连同其他作于高氏的三次宴会上的诗，作为文学社会学的文献资料，远比作为文学作品来得重要。它们代表了唐代一般水平的应景诗的特点：有足够的赋诗能力，但却完全缺乏灵感。参与构成这一宴会诗集的三组诗的大部分诗人都没有其他诗篇传世。显然，他们都是一般的文人和中层官吏，肯定不是宫廷竞赛中的那类人物。他们被邀请参加宴会，被期望写出一首诗。他们匆匆穿过一个现成意象和构思的基础，这一基础在此之前已经产生过好诗，在此之后也将产生好诗，但他们都未利用这一现成基础为自己的目标服务。除了陈子昂的诗，每首诗的第三联（包括组诗中的其他诗），都以一句咏柳和一句咏梅相对，柳叶总是含着烟雾或如烟似雾，梅花总是如同雪花。如果我们讨论了这组诗中的所有诗篇，就可以抽出全部的陈词滥调，保留某些对句中的某些旨意，把它们随意摆在一起，凑成一首可以在同组诗中乱真的作品。

　　陈子昂的诗篇表明，他这样一位大诗人，在宴会上却写出与其他官员一样枯燥乏味的作品。这首诗并不包括在陈子昂最早的文集中，而是收于附录中，其资料来源很可能就是这个宴会诗集。虽然诗人们保留了许多应景诗，他们很可能乐于让其中的大部分消磨于时间中。不过，这类诗歌向我们显示了题材对于创造性的破坏力，它能够将才华洋溢的诗人和无能的诗人拉成大致同一的水平。的确，在流荡着谐和一致的平淡乏味音调的整组诗中，一件由宋之问之类的诗人所创造的艺术品只会成为不谐和的音调。

第十八章 宫廷咏物诗

咏物是最稳定持久的诗歌题材之一。由于咏物诗与赋的关系比任何题材都来得密切，它承袭了咏物赋的各种严格惯例。在六朝前半期，寓言成分在咏物诗中占优势。但是到了五世纪后期诗人的手中，如谢朓（464—499），事物之间的传统寓意联系降为仅是事物本身的特点。咏物变成单纯的描写诗，例如，竹子不再象征某人的正直坚贞，这些联系只在对竹子的描写中起作用。寓言性咏物诗虽然还存在，但仅是相对次要的传统。在六至七世纪，咏物诗往往作为修辞练习，经常写得很有趣。随着七世纪后期诗歌范围的扩大，旧的咏物传统也派上了新的用场。陈子昂转向了寓意，其他诗人也从严格的描写惯例下解放出来，创作出了想像性的咏物歌行。卢照邻《行路难》中对枯树的处理，就是其先声。另外有些诗人继承了咏物诗应有的精巧风格，并试图使其既有娱乐性，又有思想意义。

咏物诗为诗人提供了炫耀才智的好机会，在这方面甚至超过了宴会诗。诗人们经常被要求对某种事物即席赋诗，以试验其才能，这一类轶事在有唐一代不乏记载。下引有关苏颋的轶事不一定可靠，但也说明了咏物诗所要求的那种巧妙构思。

（苏）瓌初未知颋。一日有客诣瓌，候于客次。颋拥彗庭庑间，遗落一文字。客取视之，乃咏昆仑奴诗云："指如十挺墨，耳似两张匙。"异之良久。瓌出，与客淹留言咏，以其诗问瓌何人，岂非足下宗庶之孽也。瓌备言其事，客惊讶之，请瓌加礼收举，必苏氏之令子也。瓌稍稍亲之。有人献兔，悬于廊庑，瓌召令咏之，曰："兔子死兰弹，将来挂竹竿。试将明镜照，无异月中看。"[1]

兔子是月亮中几位神秘的居住者之一；它是一个兔子的形体，而不是被看成是一个"老人"。月中兔的作用是捣制长生不老药。镜中死兔与月中兔的比拟是十分巧妙有趣的——月亮经常被比成镜子，或反过来。但这一比拟并未在诗中起更复杂的作用。玩耍用的死兔变成捣长生药的仙兔，这一构思本来具有潜在的丰富讽刺意义，但诗中却未加以挖掘。如果这一记载可信，此诗可能写于七世纪八十年代末或九十年代初。我们可以将它与另一首《题友人云母障子》比较，这首诗作于713年，作者是十五岁的王维。

君家云母障，持向野庭开。
自有山泉入，非因采画来。[2]

---

[1]《唐诗纪事》(《四部丛刊》)，卷10页24a—b。
[2] 王维的集子标明了这首诗的时间。但是，这也可能是诗人后来的编订，以显示自己的年轻才华。

与苏颋的年少诗作一样,王维这首朴质的诗靠的是巧妙的曲折:屏风上的风景画十分逼真,以致和真实的风景相混,成为其中的一部分。这种观念在中国艺术理论中并非新创,后来成为咏画诗的陈套。但在这首诗中,这种巧妙构思发挥了有效的作用,与苏颋诗的妙语不同。最好的艺术被认为失去了人工痕迹,融入真实的世界。前面谈到,在写景对句中,空间的延续经常以动词"入"来表达。王维把生命力注入了这个板滞的隐喻性动词——"融合"字面上即"进入",仿佛真实山水的轮廓主动地与屏风上画的山水连接起来。风景主动地"来",与屏风融为一体,因为它没有意识到屏风的非真实性。同样地,在这首诗中,初唐妙语的造作痕迹也消失于王维对艺术和自然的评论中。

在初唐,各种咏物题以各种预定的方式加以表现。描写技巧最重要,其中最通用的有四种:一,列举事物特性,在对句中配成双,这是最简单的技巧。二,描写相似物,运用隐喻或表示相似的丰富词汇:如、似、若、类、同、疑("疑非……"或"似……")。三,描写事物的环境,从特定背景中寻找事物不平常的"奇"。四,描写事物的功用,在这种情况下通常隐去事物的名称。在对句中,这些描写技巧可划分为累积描写(甲及乙),和转折描写(甲,然后乙)。这两种形式在大部分对句中是难以区别的,不过转折描写经常运用成对的现成语法虚词,如"乍……还……"(突然地似乎是甲,但其后还似乎是乙)。

第二种重要的表现技巧是运用特定事物的各种联系:历史、神话、思想等。某些普通题目各有一套牢固的联系,如果不运用这些联系,诗篇就似乎缺少了什么。例如,竹子与正直相联系,因此应该指出竹子在冬天仍保持青翠的事实,经常用双关语"节"("竹节"或"正直")来表现。又如接下去将要谈到的,咏露诗一定要提到金铜仙人像及其承露盘。这些老一套的联系组成文学典故群,整齐地陈列于各种类书中,如《初学记》。偶然地诗人也抛出与所咏事物有关的特别罕见的资料,以炫耀他的博学。常见的情况是,在对句中运用合适的典故,并混合上述各种描写技巧。大部分咏物诗仅一至二联诗包含典故,但有些诗也完全由历史和神话传说的联系组成,如骆宾王的许多咏物诗。

这些表现技巧一直持续到八九世纪,但是在较优秀的诗中,它们与对事物的整体说明结合起来。比较之下,初唐咏物诗偏于罗列事项,用互不相干的描写和联系填满所需的篇幅。在九世纪,这种罗列技巧以咏物诗的一种派生形式重新出现,最著名的例子是李商隐的《泪》(29411)和《牡丹》(29260),这些诗十分接近骆宾王的咏物诗,但稠密的风格被运用于更复杂的文学目标。

初唐咏物诗在其后几个世纪中还有一种派生形式,整首诗都由所咏之物的功用组成。这种诗有点像西方中世纪的谜语诗,在中国的先例则可追溯至荀子的一些赋。下引例子系李峤所作:

风
解落三秋叶,能开二月花。
过江千尺浪,入竹万竿斜。(03729)

一般说来，七世纪后半叶的咏物诗比前半叶更稠密、修饰、不自然。可想而知，在这些咏物诗中，骆宾王是第一位出现这一风格的诗人。他有一组咏物诗，另有一些原来可能是组诗，也可能不是。这些诗是初唐稠密、矫饰修辞的典型代表，如下引诗：

雪

龙云玉叶上，鹤雪瑞花新。
影乱铜乌吹，光销玉马津。
含辉明素篆，隐迹表祥轮。
幽兰不可俪，徒自绕阳春。（04193）

下面是此诗的释义：

> 龙形的云（或伴随龙的云）与玉叶相似，冉冉升起；其后雪以花片的新鲜形态出现，状如玉符或祥瑞。这是一场"鹤雪"，与374年那场雪相似，当时有两只乌鸦在桥下聊天，一只乌鸦告诉另一只："今年与尧死的那年一样冷。"（这是一种道家的笑话：长生不死的鹤可以比较两千五百年的天气。）雪花的影子零乱地散落于朝廷观天台的铜乌风标上。但是，明亮的雪花碰到诸如白马津的水后就融化了（此处称为白玉马津，以更好地与"铜乌"相对偶）。雪花散发出来的反光可以照亮写于白绢上的篆字，使得孙康得以阅读，因为孙家十分贫穷，无力提供灯油，他只能借助反射于

雪上的月光在夜间学习。当太阳的祥瑞轮形出现时,这就表明雪花的痕迹消失了。当雪出现于题为《白雪》的古歌中,不能如同宋惠连的《雪赋》及较早的宋玉的《讽赋》那样,将雪与幽兰之曲相配,因为这样做是错误的,《讽赋》的背景是色情,而《白雪》是一首高尚的古歌。此外,实际的白雪和幽兰并不属于同一季节。另一方面,《白雪》徒然无效地试图避免与《阳春》配对,这两首歌经常被相提并论,因为两者都是高尚的古歌。《白雪》试图避开它,因为"阳春"将使雪融化。

诗中将复杂的典故、联系、妙语、隐喻交织在一起,这正是骆宾王的突出特色,虽然煞费苦心,但也表现了才气。诗的各部分并未构成统一的整体,诗人实际上也没打算这样做。诗篇的意义只在于以一行一行的句子使读者目眩眼花。他那构成《秋晨同淄川毛司马》的九首诗(04196—04204)是同样的曲折引喻的代表作品,咏述了九种秋天事物:风,云,蝉,露,月,水,萤,菊及雁。

初唐诗人的名字中,与咏物诗关系最密切的要数李峤。李峤有一个独立的咏物诗集,共一百二十首,题为《杂咏》。《杂咏》大致按照类书的分类系统排列:天的现象,地的现象,"香草","美树","奇鸟"及"吉兽"。《杂咏》独立地保存于日本,并有一篇张庭芳作于747年的序文。[1]张庭芳这篇序文表现了盛唐作家对宫廷诗人作品的评价,是十分罕见的。他从诗

---

[1] 重印于《佚存丛书》,页1882。

歌的修辞、措辞及音调等方面称赞这一集子，并强调其在教学方面的价值：

> 庶有补于琢磨，俾无至于疑滞。且欲启诸童稚，焉敢贻于后贤。[1]

宣告一部作品只是献给学生，而不是给有识别力的读者，这是序文的习语（例如，李白的《大鹏赋》序），但只用于将自己的作品呈献公众时，而不是用在别人的作品。此处张庭芳似乎是认真的。其中的含义是，作为可学习的技艺的诗歌是适合于学生的，而献给成熟的读者的严肃作品则要求更多的东西。

李峤可能不是第一位拥有这类集子的诗人，董思恭的一些诗似乎也是咏物集的散篇。董思恭活动于七世纪六十年代和七十年代。他这组诗包括了天部的多种事物：日，月，星，风，云，雪，露，雾及虹（03781—03789）。鉴于李峤也活动于同一时期，两组诗可能大致同时，李峤《杂咏》中的咏物诗看来很像年轻时的习作，没有他在中宗朝作品的成熟和雅致。董思恭的咏物诗普遍地略胜一筹。两个集子可能都具有练习本的性质，或试图写出某一范围的全部咏物题目，或为其他诗人树立一组教材的典范。很可能与宴会诗集一样，当时曾出现过许多咏物诗集，而现在仅存留零散的诗篇。

这里援引三首咏露诗，作者分别是骆宾王、董思恭及李峤。三首诗都用了金铜仙人像的典故。金铜仙人系汉武帝所立，它们

---

[1] 重印于《佚存丛书》，序。

的手中都托着一个盘子,用来承接露水,以调制长生不死药。骆宾王的诗云:

>　　玉关寒气早,金塘秋色归。
>　　泛掌光逾净,添荷滴尚微。
>　　变霜凝晓液,承月委圆辉。
>　　别有吴台上,应湿楚臣衣。(04199)

在描写了露水逗留的形态之美后,最后一联引进了一幅有关露水的警告幻象。这是用伍被的故事:伍被是汉淮南王的从臣,淮南王谋叛,伍被警告他说,他梦见王宫里长出荆棘,露水打湿了他的旧袍。董思恭的诗云:

>　　夜色凝仙掌,晨甘下帝庭。
>　　不觉九秋至,远向三危零。
>　　芦渚花初白,葵园叶尚青。
>　　晞阳一洒惠,方愿益沧溟。(03787)

在诗中所用的陈语典故中,"甘露"是上天的恩惠和皇帝的仁慈的迹象。晞露的阳光也是皇帝恩惠的象征。三危是地名,传说那里有世界上最美丽的水流。李峤的诗云:

>　　滴沥明花苑,葳蕤泫竹丛。
>　　玉垂丹棘下,珠湛绿荷中。
>　　夜警千年鹤,朝晞八月风。

愿凝仙掌内，长奉未央宫。(03586)

首联写露水的功用，二联运用隐喻，尾联化用传统典故，第五句的仙鹤被露水惊动，因为露水与衰亡的秋天相联系。在尾联中，如果露水凝结了，就不会蒸发，这就接近于它能赋予长生的说法。"长奉未央宫"可能仅扩大前一句的长生意义，也可能指汉武帝时未央宫曾经降落甘露之事。这是表示上天恩惠的吉兆，汉武帝因此而宣布大赦天下。"甘露"是露的另一常用联系，见于《初学记》。

骆宾王的诗最具独创性，也最博学。尾联变换露水的前景，"应"表示推测，提供了诗人方面的个人反应成分。董思恭和李峤的诗较守成规，尾联都是咏物诗结尾的一般变化，表现所咏事物方面的愿望。

到了宋之问的时候，我们可以看到新的象征手法代替了旧的修辞练习。与陈子昂有意识地写得古拙的寓意诗不同，象征的咏物诗既不离开所咏之物的本性，又另有更多的含义。宋之问的《题张老松树》是这方面的优秀典范。松树历来就是孤直的象征，但宋之问以特别的力量处理这一主题。

> 岁晚东岩下，周顾何凄恻。
> 日落西山阴，众草起寒色。
> 中有乔松树，使我长叹息。
> 百尺无寸枝，一生自孤直。(03189)

这样的诗在五十年后将是不起眼的，但在当时的背景下却十分出众。前二联遵循了三部式,但宋之问在第三联插入了个人反应,并在结尾运用一种引发读者反应描写对句。宋之问有效地运用了朴素的风格,与前述各诗的修饰形成鲜明对照。

比起较长的咏物诗,咏物绝句更多地依赖妙语。在七世纪的最后几十年和八世纪的开头十年,咏物绝句也呈现了这种复杂象征的趋向。归属于郭震(?—713)的七首特别优秀的绝句标志着这一转变。[1]下引三诗中,每一首都表现了失意者的美德的一个方面,这是贤人失志主题的一部分。

萤

秋风凛凛月依依,飞过高梧影里时。
暗处若教同众类,世间争得有人知。(03844)

蛩

愁杀离家未达人,一声声到枕前闻。
苦吟莫向朱门里,满耳笙歌不听君。(03845)

野 井

纵无汲引味清澄,冷浸寒空月一轮。
凿处若教当要路,为君常济往来人。(03847)

在下引描写云的出色诗篇中,郭震将复杂的视觉景象与几种传统

---

[1] 这些绝句保存于《万首唐人绝句》,其风格十分先进,因比我对它们的真伪尚有怀疑。

主题的运用完美地融合，其中最重要的是孤独的游子如云的意象。

云

聚散虚空去复还，野人闲处倚筇看。
不知身是无根物，蔽月遮星作万端。（03846）

第十九章　其他应景题材

作于武后及中宗朝的日常应景诗大部分已经散失，幸存的诗篇主要见于李峤、宋之问、沈佺期等人较大的集子中，小部分见于杜审言、杨炯、崔湜及其他诗人较小的集子中。许多文学人物曾经有过十至二十卷的文集，其中至少应该有几卷是诗，而现在存诗却不上二十首。这些存诗大部分是宴会诗和应制诗。《文苑英华》是这一时期许多诗篇的原始出处，但编者在选录这一时期诗歌时，明显地偏爱宫廷诗，对日常应景诗不感兴趣。这与其选择八九世纪诗歌的做法恰恰相反。

送别诗是合适的、有趣的例子，因为这一题材在《文苑英华》的诗歌类中占了最大篇幅。在这一部分，初唐送别诗与八九世纪的作品相比，少得可怜。然而唐代送别诗的基本特点，正形成于初唐。送别诗（包括送、别、留别、饯别）是最早形成特性的题材。五言律诗及其早期的"未完善"形式，是这一题材喜欢采用的诗体，其数量比其他所有诗体加起来还略多。送别诗的风格多种多样，可以设想，送别场合越正规，送别对象的地位越高，诗歌风格也就越精致。十分正规的送别诗则多用古诗或排律。

后来唐代送别诗的许多惯例发展于680至710年的三十年间。三部式在这类诗中十分明显。与宴会诗一样，送别诗开头的最普通方式是一般地描写场面。但这一题材还发展了自己的一些开头惯例,所有这些惯例为诗中其余细节安排了不同的背景。下面是一些较具普遍性的开头:

一、离别的原因:

> 北狄愿和亲,东京发使臣。
> 　　　　　　　　杜审言《送高郎中北使》(03753)

> 帝忧河朔郡,南发海陵仓。
> 　　　　　　　　宋之问《送姚侍御出使江东》(03271)

二、此与彼相对——出发点与旅行目的地相对:

> 歧路三秋别,江津万里长。
> 　　　　　　　　杨炯《送临津房少府》(03164)

三、前去旅程的艰难:

> 借问梁山道,嵚岑几万里。
> 　　　　　　　　宋之问《送杨六望赴金水》(03330)

四、分别时刻的慰藉:

> 歧路方为客,芳尊暂解颜。

李峤《又送别》(03560)

送别诗的中间对句通常描写眼前与离别情绪相关的特殊景物。但还有更自由的方式，如探究在场诸人的情绪，细致说明旅行原因，或推测未来的情况。少数习惯性的并置开始出现，如在律诗的第三联以酒与歌或离别诗相对。

诗歌结尾的变化比开头的惯例更不胜枚举，往往更与特定的情况相关联。例如，即将出任地方官的人被鼓励以善政（03264），即将出使或出征的人被祝愿成功完成任务（03721，03733），或凯旋归来，载歌载舞地入关或入京（03262，03715）。传统的流泪反应是送别诗结尾的流行形式，如杨炯《送李庶子致仕返洛》：

> 灞池一相送，流涕向烟霞。(03173)

我们应该还记得，王勃曾在一首著名的送别诗中将流泪反应翻新：

> 无为在歧路，儿女共沾巾。(03456)

从这里我们可以看到，惯例是怎样产生发展的：王勃创造性地将一个非常陈旧的反应翻新，但这一创新本身又成为结尾的惯例，通常以劝慰的形式出现。沈佺期曾以很不恰当的幽默劝告一位军官不要为其甲衣落泪（05095）。后来的诗还细致地写出结尾劝勉的原因，如高适的一首诗：

> 有才无不适，行矣莫徒劳。(10445)

这种劝告可以被转用到其他题材，如韩愈的：

> 无为儿女态，憔悴悲贱贫。(17811)

结尾还可写旅行者消失在视线之外后，朋友们仍凝视着空荡的风景，如李峤的：

> 别后青山外，相望白云中。(03714)

骆宾王在较早的一首送别诗中看见了同样的情景：

> 还望青门外，空见白云浮。(04185)

当然，这些都是对送别情景的自然而然的反应，但并不是惟一可能的反应。一些本来可能出现的反应如"何时我才能再见到你"，却直到盛唐才成为送别诗的习惯结尾。

由于许多旅行者乘船旅行，因此水的各种隐喻很自然地成为送别诗的普遍结尾形式。这些隐喻用得十分成功，以致旅行者不论是否走水路，都会被用到。流水的无情东逝，象征着短暂无常及可能再也见不到朋友的想法。流水永不停息，就像人们悠长的离愁别恨。由于离人可能沿流水的任何一端分别而去，于是流水又象征"分路"及古老的主题"歧道"：

> 太息东流水，盈觞难再持。
> 　　　　　　沈佺期《送友人往括州》(04969)

> 别恨应无限,门前桂水斜。
>
> 杨炯《送杨处士》(03168)
>
> 殷勤御沟水,彼此各东西。
>
> 李峤《送李邕》(03359)
>
> 离亭不可望,沟水自东西。
>
> 杨炯《送刘校书从军》(03170)

月光是另一种通行的结尾意象。诗人可以设想他至少可与离人共享月光(03553),也可以将月光与水的意象结合起来:

> 送君还旧府,明月满山川。
>
> 杨炯《夜送赵纵》(03183)

诗体信在内容上比送别诗较少特性,主题范围却更为宽广,包括详尽的自传性素描、求官、赞美、自辩、呈献公卿大夫或寄赠同等地位的朋友。《文选》传统在这一题材里特别牢固,尤其是在那些精致的呈献高官的诗里。不过,有些诗体信中,个人情感所占的篇幅比散文信来得多,从中可以发现一些这一时期最优秀的诗篇。郭震在去官后写道:

寄刘校书

> 俗吏三年何足论,每将荣辱在朝昏。
> 才微易向风尘老,身贱难酬知己恩。
> 御苑残莺啼落日,黄山细雨湿归轩。
> 回望汉家丞相府,昨来谁得扫重门。(03830)

最后一句表现既谴责又后悔的微妙心理，接近于最优秀的盛唐诗。续任者因扫门而获得成功，诗人对此感到诧异，怜惜自己无效的努力，并怀疑自己如果继承扫门者，能否在"朝昏"获得成功。

由于诗体信十分适合于抒发强烈的个人感情，因此当诗人们需要传达严肃的个人情况时，这类诗的质量就大为提高。705年就出现过这种情况。中宗重新即位后，武后的佞臣张易之兄弟失势。此时大部分最好的诗人都曾结交张易之兄弟，结果都因从佞而受到清洗，苏味道、崔融、杜审言、宋之问及沈佺期都被贬逐到边远的南方，从而使得南方增加了许多有诗歌天赋的地方官。幸存于艰苦旅途中的诗人很快就被召回，但在五年后又被流放。后面几章将讨论他们的一些诗体信。

旅行诗经常也是诗体信，但很多是写给诗人自己看的。与诗体信一样，旅行诗也成为推动个人诗发展的重要形式。本来平庸的诗人也可能偶然写出优秀的旅行诗，直学士刘允济就是很好的例子。他的集子原有十卷，现在仅存四首诗，其中有两首是旅行诗。虽然在仅存的四首诗中进行比较不太合理，但这两首旅行诗确实都很出色。下引诗篇算不上这一题材的典型，但其不平常的题目却值得提及。

  见道边死人[1]
 凄凉徒见日，冥寞讵知年。
 魂兮不可问，应为直如弦。（03797）

---

[1] 这首诗的归属尚有问题。

他的另一首旅行诗表现了另一极端,那是一首长达九十六句的宏伟的正规描写诗,但实在太长,这里无法援引。

虽然旅行诗可以像宫廷诗那样进行精致的描写,但我们也经常从这一题材中发现重新获得建安及魏代朴素风格的复古企图。陈子昂的不少复古诗就是地道的旅行诗。直学士薛稷(649—713)是典型的例子。他的诗现存十四首,大多是宫廷诗及宴会诗。但杜甫在《观薛稷少保书画壁》一诗的开头写道:

> 少保有古风,得之陕郊篇。
> 惜哉功名忤,但见书画传。(10715)

我们很少有足够的资料来准确说明理论上的"古风"由什么构成。杜甫所指的诗是薛稷《秋日还京陕西十里作》:

> 驱车越陕郊,北顾临大河。
> 隔河望乡邑,秋风水增波。
> 西登咸阳途,日暮忧思多。
> 傅岩既纡郁,首山亦嵯峨。
> 操筑无昔老,采薇有遗歌。
> 客游节回换,人生能几何。(04914)

最后一句有意地用了建安及魏诗歌的惯用语。傅岩的典故发生于商王武丁朝(公元前1324—前1265),武丁梦见一位贤人,自称名字为说,于是派出使者寻访这位老人,结果发现他正在傅岩,与一伙带着镣铐的人夯土筑城。武丁让他当了宰相。"采薇"是

第十九章 其他应景题材

伯夷和叔齐唱的歌，他们拒绝为周朝服务，选择在首阳山上吃薇以至饿死。两个典故合在一起，表示诗人感到升官无望，同时正由于为新朝服务而烦恼。新朝几乎可以肯定是指武后的周朝，虽然也有可能指唐王朝在705年的复辟。这种关于个人政治地位的思考，不适合大部分的应景题材，而旅行诗的孤独却很适于容纳此类思考。

此处我们没有空间探讨其他较旧的题材，如哀悼诗，而许多较新的题材，如访问诗和题咏诗，此时尚未形成牢固的题材惯例，在八世纪初，需要诗歌反应的场合增加了：题画、赞赏朋友所拥有的某种物品，酬谢，访问某人而不遇，等等。所有这些题材最后都形成了自己的现成主题和词汇范围。

第二十章　武后朝的新歌行

七言诗比五言诗较"通俗",较少文学联系。盛唐之前,七言诗的语言一般较少修饰,句法较直接,并常用乐府题材。虽然正如我们在京城诗中看到的,它也易于容纳词藻富丽的描写。在初唐的最后几十年,七言诗闯入正规宫廷诗,这表明了宫廷趣味的普及化。在中宗朝,七言律诗得到广泛的运用,并受支配于与五言宫廷诗相同的修辞风格。但是甚至在此之前的武后朝,七言诗就以歌行的形式流行,并往往掺杂着三言和五言句。现存的一些轶事表明,武后特别喜欢七言歌行,这是不足为奇的,因为她缺乏那些有造诣的朝臣的文学修养,自然偏爱七言歌行的蓬勃生气,不喜欢僵硬呆板的五言宫廷诗。

这里有一首歌行记述了武后访问龙门佛教寺院建筑群的事件。这首应制的七言歌行在这一时期很特别,但相随的一则记录却表明,它是一组同题诗中的一首。

> 武后游龙门,命群官赋诗,先成者赐以锦袍。左史东方虬诗成,拜赐坐未安,之问诗后成,文理兼美,左右莫不称

善，乃就夺锦袍衣之。[1]

可惜东方虬的诗已佚。具有讽刺意味的是，东方虬在文学史上的地位，竟是由陈子昂在严厉谴责宫廷风格的《修竹篇序》中加以肯定。宋之问的诗现存：

龙门应制

宿雨霁氛埃，流云度城阙。
河堤柳新翠，苑树花先发。
洛阳花柳此时浓，山水楼台映几重。
群公拂雾朝翔凤，天子乘春幸凿龙。
凿龙近出王城外，羽从淋漓拥轩盖。
云跸才临御水桥，天衣已入香山会。
山壁崭岩断复连，清流澄澈俯伊川。
雁塔遥遥绿波上，星龛奕奕翠微边。
层峦旧长千寻木，远壑初飞百丈泉。
彩仗霓旌绕香阁，下辇登高望河洛。
东城宫阙拟昭回，南陌沟塍殊绮错。
林下天香七宝台，山中春酒万年杯。
微风一起祥花落，仙乐初鸣瑞鸟来。
鸟来花落纷无已，称觞献寿烟霞里。
歌舞淹留景欲斜，石间犹驻五云车。
鸟旗翼翼留芳草，龙骑骎骎映晚花。

---

[1]《唐诗纪事》(《四部丛刊》)，卷11页18a。

> 千乘万骑銮舆出，永静山空严警跸。
> 郊外喧喧引看人，倾都南望属车尘。
> 嚣声引飚闻黄道，王气周回入紫宸。
> 先王定鼎山河固，宝命乘周万物新。
> 吾皇不事瑶池乐，时雨来观农扈春。（03222）

几个词语需要解释。"黄道"是太阳的轨道，因此也就是帝王之道。"鼎"是王朝正统的象征。"瑶池"是周穆王与西王母欢宴的地方，这里暗示过度奢侈或纵欲的要求。

宋之问赞美武后的出游，用了许多较早的京城歌行的技巧，但他将夸张的描写诗句连接成近于叙述的形式，显得更加复杂。七世纪七十年代的京城诗人从京城赋中借来结构，以某种讽喻或否定的反应修饰他们对声色之美的赞扬。这种结尾在这里显然是不合适的，甚至是危险的，可是，诗人仍然需要以某种道德评论结束诗篇，所以宋之问在结尾赞美了武周政权的正统性及道德力量。

这首诗不时出现宫廷宴会诗的惯例。最先出现的两句七言诗（第五、六句）不对偶，但是随着诗人开始描写风景，各联诗就完美地相配了。诗人也未放弃宴会结束的长段描写，落日和淹留的快乐都写得与宴会诗一样得体。这种华美的描写风格一定曾经具有极大的吸引力，当杜甫在安禄山叛乱后，回忆唐朝失去的繁盛时，常常哀伤地模仿这种宫廷描写风格。

在一则相当有趣的轶事中，宋之问的另一首七言歌行获得了武后的直接赞赏。这首诗常被选入选集，题目为《明河篇》，明河指银河。诗中运用了宫廷与天庭等同的惯例。

之问求为北门学士,天后不许,故此篇有乘槎访卜之语。后见其诗,谓崔融曰:"吾非不知其才,但以其有口过耳。"之问终身耻之。[1]

明河篇

八月凉风天气晶,万里无云河汉明。
昏见南楼清且浅,晓落西山纵复横。
洛阳城阙天中起,长河夜夜千门里。
复道连甍共蔽亏,画堂琼户特相宜。
云母帐前初泛滥,水精帘外转逶迤。
倬彼昭回如练白,复出东城接南陌。
南陌征人去不归,谁家今夜捣寒衣。
鸳鸯机上疏萤度,乌鹊桥边一雁飞。
雁飞萤度愁难歇,坐见明河渐微没。
已能舒卷任浮云,不惜光辉让流月。
明河可望不可亲,愿得乘槎一问津。
更将织女支机石,还访成都卖卜人。(03221)

这首诗虽然充满了典故和传统寓意,却仍然生动地描写出京城上空的银河景象。宋之问是最富有创造力的宫廷诗人,他出色地在诗中运用了河的隐喻。例如,云母帐前反射的月光变成"泛滥"的"河水"。由于诗人是失望地离开京城的,他运用了传统的隐喻,以被遗弃的情人比喻寻求统治者赏识的人:鸳鸯象征"婚

---

[1]《唐诗纪事》(《四部丛刊》),卷11页17b—18a。

姻"幸福,"鹊桥"使得牛郎通过银河与织女相会,但诗人就像孤雁,只能从桥边飞过。最后他用了两个乘槎上天的故事,这些故事已在稍前一章中访问太平公主山庄的诗篇出现过。

如果上引与此诗有关的轶事属实,这首诗应写于《龙门》之前。虽然它的描写对象与京城诗不同,但基本上袭用了同样的惯用语。结尾与骆宾王的《帝京篇》一样,表现求官的愿望,而不是进行说教。诗歌风格也在许多方面接近骆宾王:丰富的典故,复古隐喻的运用(如处于复杂环境下的孤雁),及稠密风格与个人表现的特殊结合。因此,《明河篇》可以说是处于七世纪七十年代的歌行与七世纪后期、八世纪初期的歌行之间的过渡性作品。

诗歌结尾的含义虽然需要依不同情况而变化,但赞美后面加上讽喻的旧形式依然存在。下引诗篇系沈佺期所作,题目十分奇特,它是一首历史诗,与卢照邻和骆宾王的京城诗相似。但是,此类历史诗的传统使得沈诗中所指的事物明显地与时事有关,涉及武后或中宗宫廷的某种无节制的行为。

七夕曝衣篇

君不见昔日宜春太液边,披香画阁与天连。
灯火灼烁九微映,香气氤氲百和然。
此夜星繁河正白,人传织女牵牛客。
宫中扰扰曝衣楼,天上娥娥红粉席。
曝衣何许瞩半黄,宫中彩女提玉箱。
珠履奔腾上兰砌,金梯宛转出梅梁。

第二十章 武后朝的新歌行

绛河里,碧烟上。
双花伏兔画屏风,四子盘龙擎斗帐。
舒罗散縠云雾开,缀玉垂珠星汉回。
朝霞散彩羞衣架,晚月分光劣镜台。
上有仙人长命络,中看玉女迎欢绣。
玳瑁帘中别作春,珊瑚窗里翻成画。
椒房金屋宠新流,意气骄奢不自由。
汉文宜惜露台费,晋武须焚前殿裘。(04987)

七月七日是传说中的牛郎织女相会之夕。沈佺期描写"银河"及宫女们的鲜艳衣服,这些衣服形成"云雾",像星星一样闪光,呈现出天庭的场面,随意地改变了时节。在这些眼花缭乱的华丽描写后面,诗人却加上要求俭朴的结尾,显得极其不和谐。人巧能够改变自然秩序(如第二十三、二十四句),这是中国文学中的一个复杂主题,有时表示艺术及人类创造的力量,但更经常的是暗示一种危险的反常。在这首诗中,这一主题的运用是微妙的、模棱两可的,处于赞赏的描写和道德的谴责之间。下引富嘉谟的诗也表现了同样的颠倒自然秩序的主题。

富嘉谟确乎是初唐最奇特的诗人之一,他仅有一首《明冰篇》(曾有十卷的文集)存世。这是一首十分奇异的七言歌行。富嘉谟和他的朋友吴少微被认为开创了一种独立的诗风,与宫廷诗的风格相对立。这两位诗人虽然并未完全处于宫廷诗人的圈子之外,却似乎与对立诗论有着密切的关系。张说(下一部分将讨论他的作品)对富嘉谟的风格作了优美的印象主义的鉴赏:

> 如孤峰绝岸,壁立万仞,浓云郁兴,震雷俱发,诚可畏也。若施于廊庙,骏矣。[1]

张说以险要陡峭的地势比喻异常雄壮的诗风,这一比喻后来成为诗歌批评的套语。吴少微作品的遭遇比较著名的富嘉谟要好些,他的十卷文集存留了六首诗。其中有两首乐府诗富有浪漫色彩(04940,04941),与刘希夷的同类诗十分相似。另一首《过汉故城》(04939)是古城传统的好诗。还有一首哀悼富嘉谟,吴少微在诗中称赞朋友是儒家的复兴者。富嘉谟的《明冰篇》一方面是宫廷颂歌,另一方面又具有象征意义,冰的阴性暗示武后,因此这首诗可以看成是含蓄的批评。

明冰篇

> 北陆苍茫河海凝,南山阑干昼夜冰,素彩峨峨明月升。
> 深山穷谷不自见,安知采斵备嘉荐,阴房涸冱掩寒扇。
> 阳春二月朝始暾,春光潭沱度千门,明冰时出御至尊。
> 彤庭赫赫九仪备,腰玉煌煌千官事,明冰毕岁周在位。
> 忆昨沙漠寒风涨,昆仑长河冰始壮,漫汗峻嶒积亭障。
> 嗈嗈鸣雁江上来,禁苑池台冰复开,摇青涵绿映楼台。
> 豳歌七月王风始,凿冰藏用昭物轨,四时不忒千万祀。

(04935)

表面上看,这首诗生动地描绘了藏冰以备春天的活动。可是,在

---

[1]《唐诗纪事》(《四部丛刊》),卷6页12a—b。

表面的描写后面还隐藏着时事的矛盾冲力,如第十二句的"周在位",可以解释为"一直在位",但也可以相当明确地解释成"周朝在位"。《诗经·七月》(第154首)确实谈到凿冰和藏冰,但《诗经》"王风"第一首却是一首哀悼周故都的诗。而且,"凿冰藏用"明明破坏了季节进程,怎么能"昭物轨"呢?这一短语在第二十句是不和谐的,正如"王风始"在前一句一样。这样做的目的是试图使对句的每一半与另一句诗相对的另一半呼应:"昭物轨"与哀悼周故都相应,或通过藏冰知道春天必定到来,从而"昭物轨"。这一点加上诗中隐含的另一根据,都强烈地指向时事解释。但这首诗显然令人迷惑不解,我们无法确定它是赞美周朝,还是预言周朝的垮台,或是赞扬中宗收回武后的政权,就像人们在春天藏起阴性的冰。这首诗的另一突出特点是其不同寻常的形式:三句一转韵。

《明冰篇》基本上是一首咏物诗。这一时期最优秀的一些咏物诗是以七言歌行的形式写下的。七言歌行的传统允许更多的自由和想像,诗人们运用这一形式,就能够摆脱五言咏物诗的严格表现技巧。李峤在独立的咏物集中对《剑》的呆板处理(03618),与他在下引七言歌行中同一对象的充满活力的处理形成鲜明对照。

宝剑篇

吴山开,越溪涸,三金合冶成宝锷。
淬绿水,鉴红云,五采焰起光氛氲。
背上铭为万年字,胸前点作七星文。

> 龟甲参差白虹色，辘轳宛转黄金饰。
> 骇犀中断宁方利，骏马群骓未拟直。
> 风霜凛凛匣上清，精气遥遥斗间明。
> 避灾朝穿晋帝屋，逃乱夜入楚王城。
> 一朝运偶逢大仙，虎吼龙鸣腾上天。
> 东皇提升紫微座，西皇佩下赤城田。
> 承平久息干戈事，侥幸得充文武备。
> 除灾辟患宜君王，益寿延龄后天地。（03534）

这首诗充满了剑的典故。诗中把剑描写成（或等同于）传说中欧冶子锻打的三把剑之一（欧冶子是古代东南地区一位著名铁匠）。这把剑有英雄伍子胥剑上的七星文；它又像神话中著名的白虹剑；它即使被掩埋起来，精气仍直透天上，显示了预兆，雷焕就曾因此而找到两把古剑。虽然较正规的咏物诗也运用这些历史和传说的典故，但却无法用得这样生气勃勃。第十一和十二句十分"相似"，但由于语调激烈活泼，与较正规的五言咏物诗的"相似"有所区别。如李峤的五言咏剑诗，描写剑的光辉是：

> 锷上芙蓉动，匣中霜雪明。（03618）

在歌行开头，李峤描写想像中剑的冶炼过程，接着描绘剑的形状。诗人接着叙述它的奇幻历史，它成仙上天，经历了几位天上皇帝的手，达到了顶点。其后诗人又让剑回到了地面，并让它与人类文明道德妥协。诗人雅致地解释，由于剑接受了宫廷的规矩教育，它能够辟除灾难，因此可以延长皇帝的生命。

郭震的咏物绝句前面已讨论过,他也写有一首充满活力的咏剑歌行。这首诗曾受到杜甫的特别赞赏(10714),并因武后的喜爱而驰名天下。[1]

古剑篇

君不见昆吾铁冶飞炎烟,红光紫气俱赫然。
良工锻炼凡几年,铸得宝剑名龙泉。
龙泉颜色如霜雪,良工咨嗟叹奇绝。
琉璃玉匣吐莲花,错镂金环映明月。
正逢天下无风尘,幸得周防君子身。
精光黯黯青蛇色,文章片片绿龟鳞。
非直结交游侠子,亦曾亲近英雄人。
何言中路遭弃捐,零落漂沦古狱边。
虽复尘埋无所用,犹能夜夜气冲天。(03828)

这首诗与前首诗都用了雷焕的故事:晋武帝时,天上出现紫气,雷焕认出这是被遗弃掩埋的宝剑的光辉。雷焕从丰城县的监狱下挖出一双古代最著名的宝剑,龙泉和太阿。在初唐诗人中,郭震的作品最显著地预示了盛唐风格。在和平时期赞扬宝剑的价值是矛盾的,与李峤不同,郭震并不试图调和这一矛盾。他在第十句开始了与李峤相似的解决方式,但很快就转移开,让宝剑因受挫折而光辉冲天。

从下引宋之问的乐府诗《王子乔》中,我们可以明白唐代诗

---

[1] 《唐诗纪事》(《四部丛刊》),卷8页10b。

人为什么强烈地感到他们的诗恢复了古风。创始的古辞可能产生于五世纪,有趣地描写了仙人王子乔在云层中上下遨游,参加一次神仙宴会。[1]这首古辞是三、七言相杂的形式。南朝宫廷诗人江淹和高允生各有一首拟作,用五言写成,十分枯燥乏味。两首诗都表现了作诗的能力,中间部分对偶工整,并用了与题目相关的所有诗歌典故,描写王子乔羽化登仙。北朝诗人高允也有一首拟作,用了古辞的不规则句式,恢复了古辞的一些活力,但也与南朝诗人一样,用了大量遨游天空的典故。宋之问在诗篇的开头部分恢复了古辞的全部活力,但结尾却以唐诗的特殊方式,使主题复杂化。

王子乔

> 王子乔,爱神仙,七月七日上宾天。
> 白虎摇瑟凤吹笙,乘骑云气吸日精。
> 吸月精,长不归,遗庙今在而人非。
> 空望山头草,草露湿人衣。(03224)

古辞写王子乔在访问天神之前,在天上"戏游遨"。高允把王子乔上天旅行明确地处理成登仙。宋之问恢复了古辞的随意性,写王子乔仅是去"宾"天,偶然地一去不复还。可是,结尾的人间视境改变了诗意,使之复杂化了。露水是短暂的传统象征,它打湿了人的衣服,以寒冷提醒凡人与神仙的区别。

宋之问和沈佺期都开始用七言歌行写个人诗和应景诗。宋之

---

[1] 《乐府诗集》(《四部丛刊》),卷29页11b—12a。

问有一首五、七言相杂的诗,记叙释放一只白雉的事件。沈佺期用七言写了一首田园诗般的旅行诗。

入少密溪

云峰苔壁绕溪斜,江路香风夹岸花。
树密不言通鸟道,鸡鸣始觉有人家。
人家更在深岩口,涧水周流宅前后。
游鱼瞥瞥双钓童,伐木丁丁一樵叟。
自言避喧非避秦,薜衣耕凿帝尧人。
相留且待鸡黍熟,夕卧深山萝月春。(04988)

这样的诗已经完全是盛唐诗了。沈佺期在诗中袭用了一些田园主题,最主要的一个是陶潜的《桃花源记》,虽然村民矢口否认("非避秦"),诗中仍处处蕴含着这一主题。

诗歌中的音乐描写传统十分古老,它在赋中已充分建立。后来在八、九世纪,音乐诗特别流行,其中有一些达到唐诗的最高水平。由于音乐不是语言艺术,诗人可以广泛运用想像的比喻来描写音乐,表现由乐声引起的情感和景象联想。与梦幻诗一样,音乐诗产生于"真实"的场合,这种场合的性质要求加以想像的处理。沈佺期是第一位充分开拓这一题材的唐代诗人,下引七言歌行描写一位琴师的演奏激发起雷霆。《霹雳引》本是梁代乐府题,描写的是真正的霹雳。与宋之问的《王子乔》之回归乐府古辞不同,沈佺期对乐府主题的处理是彻底创新的。

霹雳引

岁七月，火伏而金生。
客有鼓琴于门者，奏霹雳之商声。
始戛羽以骚耆，终扣宫而砰骖。
电耀耀兮龙跃，雷阗阗兮雨冥。
气鸣唅以会雅，态欻翕以横生。
有如驱千旗，制五兵，
截荒虺，斩长鲸。
孰与广陵比，意别鹤俦精而已。
俾我雄子魄动，毅夫发立，
怀恩不浅，武义双辑，
视胡若芥，剪羯如拾。
岂徒慷慨中筵，备群娱之翕习哉。（04989）

在沈佺期的笔下，琴师召来了一场雷阵雨，激发起听众的雄心壮志，这种音乐与嵇康或神仙的高雅音乐完全不同。演奏结束时，听众似乎都准备奔赴战场，消灭帝国的敌人，报答皇恩。

宫体诗和乐府诗都有一种值得研究的常见主题，其最常见的形态是专门描写妇女，包括弃妇，宫女，正在边塞作战的征人之妻，及其他较不常见的次主题。这一主题相当流行，特别是在七言歌行中，如沈佺期就有两首这样的诗（04985、04986）。乔知之的作品与这一主题相当一致。乔知之是陈子昂的同时人及朋友，他有一首《拟古》诗赠陈子昂。这首诗虽然确实表现了与陈子昂有关的"古风"，但诗中仅是老一套地感怀军事作战的艰苦。

乔知之得名于他和他的妾碧玉的悲剧经历。武后的亲戚武承嗣看中了碧玉，把她抢走。乔知之将下引诗篇寄给碧玉。碧玉读了此诗，就自杀了，诗篇留在她的尸体上。武承嗣发现了诗，就谋杀了乔知之，作为报复。乔知之诗中所写的女主人公绿珠是晋代文士石崇的妾，石崇就是金谷园宴的主人。一位有权势的官员企图获得绿珠，石崇拒绝了，结果招来灾祸，绿珠也为他而从高楼跳下，自杀身亡。如果乔知之写这首诗的目的，确实是为了以绿珠作为碧玉的榜样，那就太残酷了，等于强迫她在耻辱和自杀之间作出选择。

绿珠篇

石家金谷重新声，明珠十斛买娉婷。
此日可怜君自许，此时可喜得人情。
君家闺阁未曾关，常将歌舞借人看。
意气雄豪非分理，骄矜势力横相干。
辞君去君终不忍，徒劳掩袂伤铅粉。
百年离别在高楼，一旦红颜为君尽。（04298）

唐代的许多名诗往往如此：传记和轶事的背景使诗歌变得有趣而动人。没有这些记载，这首诗只表示单纯的感伤。

乔知之的诗作中，以妇女为主人公的乐府诗占了很大的、不正常的比例。他的诗集与上述个别的传记事件如此一致，这种情况不能不令人怀疑。这里有三种可能性。首先，乔知之可能特别迷恋妇女，表现在诗中，最后发展成碧玉事件，这种情况与传统的传记处理最一致。其次，可能是由于碧玉事件，选诗家们相信他善于写这类诗，就把佚名的诗篇划归他的名下。其三，由于碧玉事件的名声，选诗家们保留了他的集子中描写妇女的部分，这种假设或许最能成立。他现存的诗不足以做出风格的判断。

这些诗篇中最好的一首是《倡女行》。

> 石榴酒，葡萄浆。
> 兰桂芳，茱萸香。
> 愿君驻金鞍，暂此共年芳。
> 愿君解罗襦，一醉同匡床。
> 文君正新寡，结念在歌倡。
> 昨宵绮帐迎韩寿，今朝罗袖引潘郎。
> 莫吹羌笛惊邻里，不用琵琶喧洞房。
> 且歌新夜曲，莫弄楚明光。
> 此曲怨且艳，哀音断人肠。（04300）

寡妇卓文君后来嫁给司马相如，韩寿以与上司的女儿私奔而著称，潘岳以美貌而著名。在这些典故的表层下面，诗篇表现了一种无限制的纵欲，这种纵欲在这一时期是罕见的。

第二十一章 杜审言

在七世纪的最后几十年和八世纪的开头十年中，继陈子昂的杰出成就之后，杜审言、沈佺期及宋之问显然是最有才能的诗人。虽然这三位诗人都未能形成真正的个人风格，但他们的作品共同显示了宫廷诗中个性因素的发展。前面已谈到，这一时期的日常应景诗大部分见于他们和陈子昂的集子。在705年，中宗重新登位，张易之兄弟失宠，这三位诗人都受到牵连而被贬逐。杜审言现存的作品大部分写于流放前，而宋之问和沈佺期贬逐偏远的南方后，思想感情发生了变化，从而导致诗歌风格的变化。

杜审言生于七世纪五十年代中后期，在670年进士及第。值得注意的是，杜审言、宋之问和沈佺期与"四杰"大致同时，却比"四杰"迟几十年获得声誉。除了《明河篇》可能例外，三位诗人在七世纪七十年代都没有可系年的作品，他们的大量作品属于八世纪的开头十年。他们都是先任小官，后来通过张易之兄弟的门路而高升。

杜审言以九品的隰城尉（治所在今天的陕西）开始仕宦生涯，接着稍迁洛阳的一个职位。由于卷入一场派系纠纷，被贬江西任一个地方官职。重新回到京城后，他受到张易之兄弟的注意，在京城连任几个中等官职。关于杜审言的性格，仅知道他以骄矜著名。此时他已获得一定诗歌声誉，与李峤、崔融及苏味道合称"文章四友"。在705年，杜审言被贬逐偏远的南方峰州，比他的大部分朋友贬得远，只比沈佺期近一些。他到峰州去，是从今天的河内溯流而上。随后不久宣布大赦，杜审言回到京城，任国子监主簿及修文馆直学士。

杜审言在唐代诗歌史上经常受到特别的注意，因为他是杜甫的祖父。杨万里在为杜审言集子做的序文中，列举了不少祖父与孙子相应的诗例。[1]如果说杜甫异乎寻常地喜爱宫廷风格，与其对祖父的崇仰有关，大概不算夸张。但是，虽然杜审言表现了初盛唐之间的过渡风格，他决不像某些选诗家所认为的那样，是杜甫"诗派"中的第一个人物。[2]

杜审言在狭窄的领域里是一个天才。如果他生活在诗歌范围较广阔的时代，或拥有反抗的、冒险的诗歌个性，那么他将可能成为一位重要的诗人。按照实际情况来说，他致力于将诗歌写得直率优美，这在当时的宫廷诗人中是罕见的。杜审言首先是一位文体家，他的作品具有特别的价值——精练的词语和轻度的句法转换，这是无法翻译出来的。甚至连他的正规宫廷应景诗，也闪耀着流畅的光芒，使其他宫廷诗人显得呆板。

和韦承庆过义阳公主山池五首之二

径转危峰逼，桥斜缺岸妨。

---

[1]《诚斋集》(《四部丛刊》)，卷82页6a—8a。
[2] 例如，许文雨，《唐诗集解》(台北：正中书局，1954)，第2册，页131。

> 玉泉移酒味，石髓换粳香。
> 绾雾青条弱，牵风紫蔓长。
> 犹言宴乐少，别向后池塘。（03742）

这首诗的首联被《唐人句法》引为对句典范，保存在宋代的诗论集《诗人玉屑》中。[1]这一联作为开头是突兀的，它的风格及自然景物支配人类建筑的主题，更适于放在中间部分。次联修正了开头的突兀，写进了宴会，描写酒杯正漂浮在溪水上，并表现求仙主题，正在烧煮石髓作为长生不老药，至少这是诗人闻到粳香后的联想。

三联描写柳叶或虫丝垂挂在雾中，仿佛"绾"住了雾；悬挂的藤蔓在风中飘拂，似乎牵住了风。诗人将隐喻的因果关系倒置，这一手法后来在律诗中很流行，杜甫就经常运用。尾联是惋惜的传统结尾。除了尾联，每一联都是佳对，但互不关联，只是以韵脚和宴会的实际情况串联在一起。

组诗之四是另一首特别优美精巧的宫廷诗：

> 攒石当轩倚，悬泉度牖飞。
> 鹿麛冲妓席，鹤子曳童衣。
> 园果尝难遍，池莲摘未稀。
> 卷帘先待月，应在醉中归。（03644）

这首诗也以一联适于中间位置的对句开头（应该指出，组诗之一

---

[1] 魏庆之，《诗人玉屑》（台北：世界书局，1966），页59。

的开头是恰当的),尾联将传统的"天已晚了,该回去了"的结尾翻新,写参预宴会者不愿意离开眼前的美景,虽然他们知道不能不离开。

杜审言最著名的诗是五律《和晋陵陆丞早春游望》,这首诗也被归于八世纪诗人韦应物的名下,但它并未收入韦应物的正集中,《文苑英华》也明确地把它划归杜审言。这首诗的文体特点及某些词语模式重复见于杜审言的其他诗中,表明它确是杜的作品。这是一首选诗,的确名不虚传。

> 独有宦游人,偏惊物候新。
> 云霞出海曙,梅柳渡江春。
> 淑气催黄鸟,晴光转绿苹。[1]
> 忽闻歌古调,归思欲沾巾。(03746)

宦游人看到春光,产生了被遗弃的感觉,因为他们意识到又过了一年,而自己却不能如同四季那样周而复始。自然界焕然一新的面貌,使诗人感到自己的衰老,从而产生归家的愿望。第二联是模糊句式的典范,可以解释成多种意义,我的翻译只是其中的一种。中间写景对句在诗歌整体的一致中是恰当的,描写了新的一年的"奇异"美景,从而触动了宦游人的愁绪。鸟啼与春天相联系,和"古调"相对照。标准的"流泪反应"由于用了"欲"

---

[1] 如果我们承认杜审言为作者,我们可能应该读"照",而不是更有意义的"转",《文苑英华》和明本杜集都作"照",不过《三体诗》作"转",并归之于杜审言。

字,发生了微妙的变化,与当时正在形成的结尾的复杂形式一样,"欲"避免了结尾的终止性,把读者引向超越诗篇本文的时间。三部式在这首诗中特别明显:通用的"惊"并没有马上引起强烈的个人反应,直到最后一行诗人才将要落泪。从单纯的惊讶到落泪的转换十分自然,是诗人观察中间对句所写景象的结果,通过"古调"的背景表现出来。

下引七律对回归主题进行了更巧妙的处理。这首歌被明代著名的批评家金圣叹选入《圣叹选批唐才子诗》中。[1]

春日京中有怀

今年游寓独游秦,愁思看春不当春。
上林苑里花徒发,细柳营前叶漫新。
公子南桥应尽兴,将军西第几留宾。
寄语洛城风日道,明年春色倍还人。(03764)

诗人正在长安,渴望着归回洛阳。首联修饰性的重复是初唐七言诗的特征,在王勃的绝句及京城诗中已出现过。次联用自然界与人的感情相异的流行主题:自然本身正在更新,但并未给诗人带来任何快乐。诗人与季节的不和谐,在最后一句形成一种压力:春天景象尽力促使诗人返回洛阳,这一压力到明年不但不会消失,而且会倍增,迫使诗人回家。

八世纪中期的选本《国秀集》特别突出地重视杜审言,选录了他的五首诗(03747、03749、03755、03758、03772),这些诗

---

[1] 金圣叹,《圣叹选批唐才子诗》(台北:正中书局,1956),页1。

显示了指向盛唐风格的一些要素。其中有四首是五律。

夏日过郑七山斋

共有樽中好,言寻谷口来。
薜萝山径入,荷芰水亭开。
日气含残雨,云阴送晚雷。
洛阳钟鼓至,车马系迟回。(03755)

诗人在"谷口"上做文章,这一地名与另一位姓郑的隐士——汉代的郑子贞相关。这首诗比一般正规宴会诗要直率得多,但仍用了通行的宴会诗结尾:"天已晚了,必须回家了。"

秋夜宴临津郑明府宅

行止皆无地,招寻独有君。
酒中堪累月,身外即浮云。
露白霄钟彻,风清晓漏闻。
坐携余兴往,还似未离群。(03747)

与前一首诗及作者的正规宴会诗不同,这首诗的四联形成了一个叙事统一体,首先叙述过去的友谊,然后含蓄地描写夜晚流逝,直到清晨"醒"来,回到普通的世界。诗中摒弃了精确的实际景象描写,只写了高耸于"无地"上之处所的露和风,使宴会显得奇异缥缈,加强了全诗梦幻般的统一情调。

杜审言具有文体家的天赋,即使不带个人色彩,也能把诗歌写得有力动人。在下引诗篇中,他袭用了潘岳"悼亡"诗的惯例,代一位较高级的官员哀悼死去的情人,写得十分感人。

代张侍御伤美人

二八泉扉掩,帷屏宠爱空。
泪痕消夜烛,愁绪乱春风。
巧笑人疑在,新妆曲未终。
应怜脂粉气,留著舞衣中。(03752)

第四句的"绪"可能指微风中飘拂的柳丝或虫丝,但也暗指"某种感人的事",即触动感情的原因。

我们在王勃和陈子昂的一些诗中,已经看到新山水诗的萌芽。杜审言、沈佺期和宋之问在几次贬逐中,经历了南方的奇异景象,写下了许多令人眼花缭乱的山水诗。下引诗篇写于杜审言第一次贬江西时。

度石门山

石门千仞断,进水落遥空。
道束悬岸半,桥欹绝涧中。
仰攀人屡息,直下骑才通。
泥拥奔蛇径,云埋伏兽丛。
星躔牛斗北,地脉象牙东。
开塞随行变,高深触望同。
江声连骤雨,日气抱残虹。

> 未改朱明律,先含白露风。
> 坚贞深不惮,险涩谅难穷。
> 有异登临赏,徒为造化功。(03768)

这首山水诗尽管有不少出色的对句,却缺乏陈子昂对峡口山的描写的哲理意义。杜审言仅把风景的"奇"精巧地写入优美的对偶句中,说明在这样的山水中旅行是不容易的。下引山水诗由杜审言作于705年的贬逐中。

南海乱石山作

> 涨海积稽天,群山高嶪地。
> 相传称乱石,图典失其事。
> 悬危悉可惊,大小都不类。
> 乍将云岛极,还与星河次。
> 上耸忽如飞,下临仍欲坠。
> 朝暾艳丹紫,夜魄炯青翠。
> 穹崇雾雨蓄,幽隐灵仙闷。
> 万寻挂鹤巢,千丈垂猿臂。
> 昔去景风涉,今来姑洗至。
> 观此得咏歌,长时想精异。(03732)

这首诗与前诗一样,明显地用了三部式。由于宫廷诗几乎不写险景,诗人可以从较早的诗歌和赋中借用材料,重新组成作品。孙绰的《游天台山赋》就为山水诗提供了很好的材料。这篇赋是四世纪的作品,存于《文选》。孙绰在赋中指出,循规蹈矩的地理论文不能写出真正的天台山,应该自由驰骋想像,避免罗列与特定地点相关的各种合适的传统联系。通过杜审言的诗,或许直接取自孙绰的赋,这个新的惯例被用于唐代的山水诗中,如韩愈冗长的《南山》就采用了这种写法(17790)。

沈佺期和宋之问的诗篇中,有很大一部分写于贬逐南方期间。他们的贬逐诗标志着风格的转变,写得较激昂,较具个性。与之相反,杜审言的贬逐诗相对地少,而且未发生变化,不过是他早期作品的发展高峰。杜审言贬逐诗的相反例子,有助于我们进一步认识沈佺期和宋之问的贬逐诗确实是独创的、个性化的,不只是简单地遵循"贬逐诗"的传统(虽然这一传统后来也确立了)。杜审言的诗是典雅的、描写式的、充分节制的。

旅寓安南

交趾殊风候,寒迟暖复催。
仲冬山果熟,正月野花开。
积雨生昏雾,轻霜下震雷。
故乡逾万里,客思倍从来。(03750)

这首诗的开头是初唐一种修辞性破题方式的典范。我们在陈叔宝的《饮马长城窟行》中已经看到了相似的修辞次序,这种次序可以叫做"分开陈述",平稳地进入三部式的开头两部分。诗人先进行初步的陈述,然后分成更具特性的两部分。第一句设置总的命题——"气候殊",第二句提出两个特殊的例子——寒冷季节的姗姗来迟和温暖季节的迅速回转。二者在第二联都各扩充为一句，描写了更具体的事例。"积雨"属于哪一季节不清楚，但第三联可能是相反的倒置：早暖和迟寒。无论如何它提供了气候"殊"的又一例子。特殊气候引起的个人反应是渴望归回，这本是离家之人的自然感情，但因异乡的风景而倍增。与前述《春日京中有怀》一样，"倍"是感情的适当增强，是有限度的，与盛唐诗常用的"无限愁"形成对照。

与其他宫廷诗人相比，杜审言的作品已明显出现简单化的倾向，这一倾向在他的贬逐诗中进一步加强，这是他的贬逐诗与宫廷诗不同的地方。他保留了宫廷诗的许多优点：句法复杂，语言精练；另一方面，他去掉了作为宫廷诗基础的过分的、修饰的曲折。

春日怀归

心是伤归望，春归异往年。
河山鉴魏阙，桑梓忆秦川。
花杂芳园鸟，风和绿野烟。
更怀欢赏地，车马洛桥边。（03751）

"魏阙"指京城，但不能确定诗人正在想念的是长安（如第四句所指示）还是洛阳（如末句所指示）。如果是前者，诗应写于第一次贬逐时。如果是后者，则应写于705年的贬逐。虽然贬逐并未改变杜审言的诗歌，但也使其变得严肃了。在初唐诗人的眼中，景物是构成巧妙隐喻的要素，但是在贬逐时，风景减少了愉

快的信息:

渡湘江

迟日园林悲昔游,今春花鸟作边愁。
独怜京国人南窜,不似湘江水北流。(03773)

第三句是优美的模糊句式,如果解释成诗句中间有明显的停顿,就成为"我孤独地可怜那逃窜到南方的京城人"。如果解释成句子用"轭式搭配法",动词"怜"既表示诗人对京城的渴望,也表示对自己处境的怜悯,于是就成为:"我孤独地想念着京城,可怜自己不得不逃窜南方。"

第二十二章 沈佺期

我们所要讨论的七世纪后期、八世纪初期的三位宫廷诗人中的第二位是沈佺期（650—713）。他于675年进士及第，其后历任小官。至八世纪开初几年，他与杜审言一样，成为声名狼藉的张易之的亲信。随着张易之兄弟和武后的垮台，沈佺期被贬逐到南方的驩州（在今天的越南），比杜审言贬得还远。其后不久宣布大赦，沈佺期回到京城，在中宗朝任起居郎及修文馆直学士，最后升至中书舍人及太子少詹事。

沈佺期的名字历来与七律的定型联系在一起。虽然沈佺期确实在八世纪前仅有的几首完善的七律中占了一首，但他并没有"发明"这一形式，而不过是早期实践者中的佼佼者。他的《兴庆池宴》（前面已详细讨论过）是宫廷诗的优秀代表。至少在这一形式上，沈佺期超过了他的朋友兼竞争对手宋之问。宋之问曾经在五言诗的竞赛中获胜，由上官婉儿"赐锦"。

沈佺期在七世纪的惟——首七律十分有意思，诗的题目符合将七言诗看作通俗形式的观念。后来，在八世纪的开头几十年，除了少数优秀作品，七律与正规宫廷诗发生了密切关系。沈佺期这首写于七世纪的典范诗题作《古意》，写的是一位边塞征人之妇。此诗十分恰当地呈献给乔知之，后者的作品也经常以妇女为

第二十二章　沈佺期

主人公。[1]

古意呈补阙乔知之

卢家少妇郁金堂，海燕双栖玳瑁梁。
九月寒砧催木叶，十年征戍忆辽阳。
白狼河北音书断，丹凤城南秋夜长。
谁谓含愁独不见，更教明月照流黄。（05065）

诗中交织了许多边塞战争和孤独思妇的乐府联系。"卢家"仅用来指富贵之家，甚至成双的海燕也使孤独的思妇想起丈夫的不在。"丹凤城"指宫殿。"独不见"本是乐府题，这里可能特指思妇吟唱或听到的一首歌曲。最后一句写得含蓄，"流黄"包含了另一乐府联系，这是一种丝织品，与思妇相关。这首诗虽然遵循了中间对偶及音调平仄的格律，但它与乐府的联系比律诗密切得多。这是一首抒情诗，思妇的情绪感染了环境气氛，而不是试图描写实际世界及对这一世界的个人反应。

宋之问和沈佺期是中宗朝最重要的宫廷诗人。比较起来，宋之问的思想较复杂，他是一位才子，是宫廷修辞的大师，但较不善于自在地运用格律。沈佺期的想像较丰富，较善于控制文体，并具有较强的描写能力，最终成为比宋之问更出色的诗人。沈佺期的宫廷描写诗中，早期宫廷诗的矫揉造作、迂回曲折大多消失

---

[1] 晚唐的选本《才调集》指明这首诗是赠给乔知之的，但未见于八世纪初的选本《搜玉小集》。

了，留下的是一些更接近个人写景诗的东西。[1]

奉和春日幸望春宫应制

芳郊绿野散春晴，复道离宫烟雾生。
杨柳千条花欲绽，蒲萄百丈蔓初紫。
林香酒气元相入，鸟啭歌声各自成，
定是风光牵宿醉，来晨复得幸昆明。（05057）

到了玄宗时期，大部分声色描写从宫廷诗中消失了。中宗朝的宫廷诗经常出现精致细巧的描写，与下引诗篇的蓬勃生气及帝王主题形成鲜明对照。这首诗写于712年玄宗登基时。

龙池篇

龙池跃龙龙已飞，龙德先天天不违。
池开天汉分黄道，龙向天门入紫微。
邸第楼台多气色，君王凫雁有光辉。
为报寰中百川水，来朝此地莫东归。（05059）

《龙池》充满了帝王的象征：龙象征年轻的玄宗从潜伏中跃出，"飞"上天庭，登上帝位。与兴庆池诗一样，诗人描写了池中的倒影，把地面的宫殿与天上的世界混合起来。"黄道"是太阳和皇帝的轨道，向宫殿或紫微宿移动。皇帝和太阳的光辉一起照亮

---

[1] 将这首诗与《文苑英华》卷176所引同组诗中的其他诗相比，就可以明显地看出沈佺期宫廷诗特有的流畅风格。

了周围的宫殿和池中的生物。尾联巧用了皇帝即位如登仙的传统隐喻，江水流向玄宗的水池，而不是遵循常道流向大海，这不仅表现了对皇帝的崇敬，还违抗了百川东流的变化和短暂的法则。

沈佺期任地方官时的经历缺乏详细的记载，所以难于将他的诗系年。他在 705 年前可能到过四川。下引诗篇的开头使人联想到杜审言第一次贬逐时的风景描写。

过蜀龙门

龙门非禹凿，诡怪乃天功。
西南出巴峡，不与众山同。
长窦亘五里，宛转复嵌空。
伏湍煦潜石，瀑水生轮风。（04973）

诗篇开头把四川的龙门与黄河的龙门分别开来，后者相传是神话中的皇帝禹开凿的。这种否认与孙绰和杜审言的排斥传统地理资料，所起作用大致相同，其目的在于强调彼地的新奇风光，即诗中接下去将要描写的异常的"诡怪"。

甚至在贬逐前，沈佺期已经擅长于较不正规的题材，如访问诗。下引五律被选入南宋的《三体诗》，作于诗人在洛阳时。

游少林寺

长歌游宝地，徙倚对珠林。
雁塔风霜古，龙池岁月深。
绀园澄夕霁，碧殿下秋阴。

> 归路烟霞晚,山蝉处处吟。(05036)

访问佛寺的诗有自己的一些惯例,实际上形成一种独立的题材,《文苑英华》也确实将其单独划归一类。这一题材有一些现成的佛教典故,如这首诗的"宝地"、"珠林"。这些典故的用法不同,有的写得深奥难懂(如04230),有的则与上述诗篇一样,与宴会诗没有多大区别。这首诗的结尾基本上是宫廷宴会诗"让我们回去吧,天已晚了"的翻版,不过,这一效果的获得,是通过一种触发孤独及秋愁的客观景象。诗人游寺的高潮是一种与觉悟相联系的清澄(第五句),但诗人随即面对越来越浓重的暮色,最后是归家,进入烟霞弥漫的孤立世界。

正规宫廷诗的许多惯例被日常应景诗及个人诗继承和翻新。宫廷诗是诗人的基本材料。兼任朝官的诗人经常把地面上的皇帝及其朝臣看成天庭的显现,沈佺期在俯视平静的池水时,十分方便地把天空的倒影与宴会环境的倒影混合起来。他在旅途上孤独地过夜时,体会到高山旅舍的可畏和奇异,这种超脱的感觉变成天空对地面世界的侵入,就像"明河"的光辉流入洛阳的宫殿。

> 独游千里外,高卧七盘西。
> 晓月临窗近,天河入户低。(05039)

在宫廷宴会诗中,诗人特别喜欢描写人事与自然事物的接触和融合:林木的香味与酒的香味混合,鸟的啼声与女子的歌声并置(05057)。下引诗篇所描写的已不是贵族式的出游,而是融入自然界之中的佛寺，它为贬谪中的诗人提供了复杂的慰藉。

乐城白鹤寺

碧海开龙藏，青云起雁堂。
潮声迎法鼓，雨气湿天香。
树接前山暗，溪承瀑水凉。
无言谪居远，清净得空王。（05035）

沈佺期这位朝臣仍然忍不住要描写"雁堂"耸入云霄，仿佛将要飞走。在后来的唐诗中，可以看到同样的欲飞的寺庙（以它们的"翼"），代表了超脱的愿望（如19761）。

除了将宫廷语词个性化，沈佺期的诗另有一个方面明显地指向盛唐，这就是他的诗歌范围。大部分宫廷诗人的主题和风格范围都受到严格限制。王绩这类与宫廷风格背道而驰的诗人则不愿写、也不会写宫廷诗。甚至大诗人陈子昂也未能全面掌握当代的各种文体。而沈佺期和宋之问却与盛唐的优秀诗人一样，能够自由地以各种面目出现：朝官，田园诗人，歌行作者，或复古道德家。文学风格与生活作风的分离，是诗人掌握传统风格的重要因素，这些传统风格大部分涉及独特的角色或人物。由于诗人与诗中的人物保持了距离，就能够根据自己的需要来塑造他们。这里并不是说，诗人们虚假地描绘自己所选择的人物，而只是说，他们在这些人物之间有较大的灵活性。与同时代的其他诗人一样，沈佺期熟练地掌握了最典雅正规的宫廷诗体（如05081、05082），但他也能写出像王绩那样幽默的诗篇。

钓竿篇

朝日敛红烟,垂竿向绿川。
人疑天上坐,鱼似镜中悬。
避楫时惊透,猜钩每误牵。
湍危不理辖,潭静欲留船。
钓玉君徒尚,征金我未贤。
为看芳饵下,贪得会无筌。(05078)

这是闲适、优雅、幽默的个人叙述,尽管第三句插入了诗人喜爱的镜子的巧妙幻象,也显得恰到好处。第二、三、四联完美地对偶,但并未使景象分离细碎,而是展现了一个平稳的、直线的进程。结尾从垂钓的场景中得出道德意义,比起儒家的严肃说教,要有趣得多。第三、四联的描写不符合惯例,但也是基于对自然的观察。

有时沈佺期也会披上复古诗人的外衣,写出像《感遇》那样充满道德义愤的诗篇。

枉系二首之一

吾怜曾家子,昔有投杼疑。
吾怜姬公旦,非无鸱鸮诗。
臣子竭忠孝,君亲惑谗欺。
萋斐离骨肉,含愁兴此辞。(04980)

虽然诗人用了"怜"字而不是"爱"字,在这首诗的开头我们仍然听到《感遇》之十一的回声。首联用孔子的门徒曾参的故事:一位同名者承认了杀人罪,有司错误地告诉曾参的母亲,她起初拒绝听,后来投杼逃了出去,不愿听有关儿子的谎言。周公的兄弟们因阴谋反叛周成王而被处死,周公也受到怀疑。为了回击谗言,他写了一首题为《鸱鸮》的诗,表白自己的清白和忠诚,这就是《诗经·鸱鸮》(第155首)的传统时事寓意主题解释。

在绝句中,沈佺期能够运用早期宫廷诗的"封闭式"结尾(如05111),并能利用这种巧妙的结尾表现个人情绪。

寒　食[1]

普天皆灭焰,匝地尽藏烟。
不知何处火,来就客心然。(05106)

寒食节本来意味着快乐和团聚,但对于游子来说,却只能突出他的孤独。"然"不仅隐喻他的忧愁,并且与外部世界形成悬殊对照,这种不一致与他的处境是相应的。但沈佺期也能够运用较时新的"开放式"结尾,以暗示和描写结束诗篇。

邙　山

北邙山上列坟茔,万古千秋对洛城。

---

[1] 在《唐诗纪事》中,这首诗被划归于李崇嗣,他活动于武后朝,为陈子昂所知(04423)。这首绝句确实与他的其他绝句相似。但是,根据这首诗在《全唐诗》中沈佺期诗歌的排列位置,我们可以设想它曾经被收于沈佺期的正集(而不是附录),可惜除了《全唐诗》的收录,这一集子已失传。

城中日夕歌钟起,山上唯闻松柏声。(05115)

北邙山在洛阳,是传统的坟地。最后两句分别描写了城中欢宴的声音和坟地上萧瑟的风声,二者之间的联系则留给读者自己解释。同样的并置也应用在许多京城诗中,但这里的简洁诗句却产生了相当不同的效果:京城诗必须解答的模糊意义,在这首诗却由于未限定的并置,仍保留了下来,既可以解释成批评在不可避免的死亡面前人类生活的愚蠢性,也可以解释成宣扬及时行乐。

沈佺期的乐府诗写得最守旧,虽然其中有不少诗篇是七世纪后期乐府诗的优秀代表,但这些诗的风格与杨炯、宋之问等人的乐府诗无法区别。事实上他的最好的几首乐府诗也被划归于宋之问的名下。这些诗与六世纪及七世纪初乐府诗的惟一区别是:它们以诗意的统一代替了旧的修辞表现的统一,这种旧形式我们在陈叔宝的乐府诗和杜审言的贬逐诗中已经看到。在旧形式中,诗人从开头一句或一联中衍生出一系列独立的描写场景。在新形式中,每一句诗都是后面诗句的前提。

陇头水

陇山飞落叶,陇雁度寒天。
愁见三秋水,分为两地泉。
西流入羌郡,东下向秦川。
征客重回首,肝肠空自怜。(05013)

下引诗中,月亮在晚上的行程奇特地与中国军队的胜利相应。

关山月

汉月生辽海，膧胧出半晖。
合昏玄菟郡，中夜白登园。
晕落关山迥，光含霜霰微。
将军听晓角，战马欲南归。（05014）

诗中描写月亮平静地经过北方激烈的战场，创造了一种凄惨的气氛。月是"汉月"，因为它是在中原看到的同一轮明月，边塞的征人和家中倚楼的妻子同时在眺望着它。

杂诗三首之三

闻道黄龙戍，频年不解兵。
可怜闺里月，长在汉家营。
少妇今春意，良人昨夜情。
谁能将旗鼓，一为取龙城。（05024）

旧的、较细碎的结构仍然存在，并经常成为描写对句的较好工具。这类诗篇正在发展的是统一的情绪，而不是理智的旨意。

出　塞

十年通大漠，万里出长平。
寒日生戈剑，阴云拂旆旌。
饥乌啼旧垒，疲马恋空城。
辛苦皋兰北，胡霜损汉兵。（05020）

沈佺期写于京城的诗难于系年,往往连是否写于705年贬逐前或返京后都无法确定。不过,与宋之问一样,沈佺期的贬逐诗与京城诗的风格有着根本的区别。他们在返京后,很容易地又回到雅致的宫廷诗,但他们写于贬逐时的诗都充满了生气和个性,非常接近盛唐风格。下引诗篇写于贬逐驩州的途中,与其他贬逐诗一样引人注目,但与前引入蜀旅行诗没有多大区别。

自昌乐郡泝流至白石岭下行入郴州

兹山界夷夏,天险横寥廓。
太史漏登探,文命限开凿。
北流自南泻,群峰回众壑。
驰波如电腾,激石似雷落。
岸留盘古树,涧蓄神农药。
乳窦何淋漓,苔藓更彩错。
娟娟潭里虹,渺渺滩边鹤。
岁杪应流火,天高云雾薄。
金风吹绿梢,玉露洗红箨。
泝舟始兴廨,登践桂阳郭。
匍匐缘修坂,穹窿曳长绰。
碍林阻往来,遇堰每前却。
救艰不遑饭,毕昏无暇泊。
濯溪宁足惧,磴道谁云恶。
我行山水间,湍险皆不若。
安能独见闻,书此贻京洛。(04972)

几个典故需要解释：神农是神话中上古的皇帝，他的名字与药草的发现相联系。大火星在七月下流，标志着秋天的开始。"濯足"暗示隐士，此语出自《渔父》中渔人的歌，前面曾援引过。

我们对这首诗应该是熟悉的，在王勃的《泥溪》和杜审言的《南海乱石山作》中，我们已看到相似的写法。与杜诗一样，沈佺期在第三句否认了传统的地理知识，描写了奇异的风景：鲜艳的色彩，漩洄的流水，及高耸的山峰。与王勃的诗及杜审言的《过石门山》一样，沈佺期在结尾说这一景象十分艰险，与之相比，在较平常的风景中获得的快乐就不足挂齿了。最后一句是"所以我写了这首诗"的变体，这是一个败笔，只能说明诗人无话可说了。

《自昌乐郡溯流》写于沈佺期的贬逐途中，下引诗篇则写于返回的路上。这首诗写得富于想像、生气勃勃、浑成完整，明显地脱离了较早的诗歌，进入盛唐的行列。

夜泊越州逢北使

天地降雷雨，放逐还国都。
重以风潮事，年月戒回舻。
容颜荒外老，心想域中愚。
憩泊在兹夜，炎云逐斗枢。
飚飚萦海若，霹雳耿天吴。
鳌抃群岛失，鲸吞众流输。
偶逢金华使，握手泪相濡。
饥共噬齐枣，眠共席秦蒲。

> 既北思攸济,将南睿所图。
> 往来固无咎,何忽惮前桴。(04975)

诗篇开头的暴风雨结合了两种矛盾的联系,每一种各与一位旅行者相关:一方面是象征皇帝恩泽的"雨",另一方面是代表逆境的暴风。诗人接着描绘了一幅暴风雨的诡怪幻象,插进了神话中的海洋生物及支撑地极的鼇。最后,诗人以其想法使诗平静下来:人与人之间是契合一致的,在各种命运面前都应处之泰然。当然,对于返京的诗人来说,保持心情平静要容易得多。不过,对于一位即将到南方去的人,暗示一些反常的乐趣似乎不是不得体的。这首诗的结构与《自昌乐郡溯流》一样,基本上是三部式,但引起诗人反应的景象是由几种独立的境况组成的。

下引七律是沈佺期最著名的诗篇之一,可能写于705年与杜审言沿不同路线赴流放地时。

遥同杜员外审言过岭

> 天长地阔岭头分,去国离家见白云。
> 洛浦肝肠无用说,崇山瘴疠不堪闻。
> 南浮涨海人何处,北望衡阳雁几群。
> 两地春风万余里,何时重谒圣明君。(05066)

衡阳相传是大雁每年南飞的终点。这首诗写得冷静、有节制,在沈佺期的贬逐诗中是少见的。如果我们追随诗人在705年的南行旅程,就可以发现他的诗中日益增长着怨气和讽刺。诗歌的惯例第一次被用来进行抨击,在下引诗篇的结尾,诗人摒弃了所有的适当反应——流泪,不流泪,或风景的安慰。

早发昌平岛

解缆春风后,鸣榔晓涨前。
阳乌出海树,云雁下江烟。
积气冲长岛,浮光溢大川。
不能怀魏阙,心赏独泠然。(05038)

一至六句的出色描写,使得结尾更显得尖刻。在下引诗篇的第三句中,这种尖刻的怨情进一步加强,而中国诗中少见的幽默也开始出现了。

入鬼门关

昔传瘴江路,今至鬼门关。
土地无人老,流移几客还。
自从别京洛,颓鬓与衰颜。
夕宿含沙里,晨行岗路间。
马危千仞谷,舟险万重湾。
问我投何地,西南尽百蛮。(05097)

第三句不无黑色幽默地巧用了把风景区看成仙境的惯例。在仙境里,隐士由于避免了官场生活的纷争而"不老"。在南方也是"无人老",但却是出于不同的原因。这首诗的语言朴素而动人,宫廷诗的修饰在这里显然是不合适的,宫廷诗人会把如同第五句那样的诗句精简成一两个字,但是这种扩大了的、充满虚词的形式,更适合于自我表现的诗歌——"古风"。

到达䌽州后,沈佺期彻底绝望了,相信自己遭到特别的陷害,被流放到这样一个地方。

初达䌽州

流子一十八,命予偏不偶。
配远天遂穷,到迟日最后。
水行儋耳国,陆行雕题薮。
魂魄游鬼门,骸骨遗鲸口。
夜则忍饥卧,朝则抱病走。
搔首向南荒,拭泪看北斗。
何年赦书来,重饮洛阳酒。(04978)

"鬼门"这里译成地狱之门,既指地下世界的入口,又是西南地区一座关城的名。

对于宫廷诗人的最激烈指责是他们的诗缺乏生气。缺乏生气不是优雅的理由。在䌽州,沈佺期开始将律诗派上新的用场。

䌽州南亭夜望

昨夜南亭望,分明梦洛中。
室家谁道别,儿女案尝同。
忽觉犹言是,沉思始悟空。

> 肝肠余几寸,拭泪坐春风。(05043)

次联对偶不工,三联的对偶纯是一种结构手段,隐含了一个附属句子。流泪反应又回来了,这是这首反传统诗篇中的一个传统回声。

沈佺期在驩州尽情发泄了怨恨情绪,表现出一种与他的京城诗截然不同的生气。

> 死生离骨肉,荣辱间朋游。
> 弃置一身在,平生万事休。
> 《驩州廨宇移往山间水亭赠苏使君》(05099)

> 魂疲山鹤路,心醉跕鸢溪。
> ……
> 炎方谁谓广,地尽觉天低。
> 《赦到不得归题江上石》(05100)

"跕鸢溪"这样的词语可能是当地的地名,但对于流放中的诗人却具有强烈的意义。在这些生动的句子中,沈佺期正在形成一种特殊的句式,我们在杜审言的《过石门山》中已经见到这种句式的较不明显的形式:

> 泥拥奔蛇径,云埋伏兽丛。

沈佺期获得了一种诗歌特性,但他是通过从其他诗人那里接受来的诗歌传统而获得它的。沈佺期设想驩州上面的天空特别低,这就使得天如穹庐的论述变得真实生动。

贬逐南方的诗人很自然地会转向屈原和贾谊的模式。贾谊在《鵩鸟赋》中向鵩鸟询问命运的升沉。沈佺期模仿了贾谊的赋文,但改为魑魅向他发问,他答以自己的生活故事。

答魑魅代书寄家人

魑魅来相问,君何失帝乡。
龙钟辞北阙,蹭蹬守南荒。
览镜怜双鬓,沾衣惜万行。
抱愁那去国,将老更垂裳。
影答余他岁,恩私宦洛阳。
……(05101)

这首诗非常长,在接下去的部分里,诗人以哀伤的语调回顾了过去的经历、贬逐的过程,并抒发了现在的心状。

沈佺期和宋之问写于705年贬逐期间的诗中,有一组诗开始了一种新的题材,即以感伤的笔调描写诗人年轻时的生活及较好的时代。自述诗传统对这一题材起了某些作用,但最强烈的影响还是京城诗的传统。不过,这些诗不是描写"汉朝"的一般盛衰过程,而是感伤地赞颂较近的过去,并衬以对变化莫测的灾难的回忆。杜甫、李白及许多盛唐诗人在安史之乱后都写过这类诗。

三日独坐驩州思忆旧游

两京多节物，三日最遨游。
丽日风徐卷，香尘雨暂收。
红桃初下地，绿柳半垂沟。
童子成春服，官人罢射鞲。
禊堂通汉苑，解席绕秦楼。
束晳言谈妙，张华史汉遒。
无亭不驻马，何浦不横舟。
舞篝千门度，帷屏百道流。
金丸向鸟落，芳饵接鱼投。
濯秽怜清浅，迎祥乐献酬。
灵刍陈欲弃，神药曝应休。
谁念招魂节，翻为御魅囚。
朋从天外尽，心赏日南求。
铜柱威丹徼，朱崖镇火陬。
炎蒸连晓夕，瘴疠满冬秋。
西水何时贷，南方讵可留。
无人对炉酒，宁缓去乡忧。（05098）

这里不需解释三月三日的节日祓除仪式的大量典故，但对于居住在邪秽的南方，渴望"濯"去罪名的沈佺期来说，这一仪式显然有着特别的意义。虽然诗篇从"忆旧游"开始，却转入推测此日京城的情况（从第二十二句可明显看出），然后以京城人的快乐与自己的不幸对比。京城诗的盛衰并置在这里转换成空间的联系,以京城的情况与世界尽头的情况相对照。

当沈佺期的赦令终于来临时(他在被召回京城前先转换到一个较北的地区任职),他表现了极大的喜悦,其强烈程度不亚于贬逐中的悲伤情绪。

喜 赦

去岁投荒客,今春肆眚归。
律通幽谷暖,盆举太阳辉。
喜气迎冤气,青衣报白衣。
还将合浦叶,俱向洛城飞。(05050)

复盆盖顶是一个陈旧的隐喻,指失去皇帝的恩宠,因为复盆之下看不到表示皇帝恩惠的"天"和"太阳辉"。

在驩州时,沈佺期曾访问附近的绍隆寺。下引诗篇表现了对于命运的平静心情,与其他贬逐诗的激情迥然相异。这是一首安慰的诗,从中可以看到,贬逐生活不仅使诗人从陈规旧套的束缚下解放出来,而且给予他的创作以更多的帮助。他试图在诗中进行浑融完整的陈述,将风景与情感以宫廷诗从未有过的方式交融在一起。

绍隆寺并序

绍隆寺江岭最奇,去驩州城二十五里。将北客毕日游憩,随例施香,回于舟中作。

吾从释迦久,无上师涅槃。

探道三十载,得道天南端。
非胜适殊方,起喧归理难。
放弃乃良缘,世虑不曾干。
香界萦北渚,花龛隐南峦。
危昂阶下石,演漾窗中澜。
云盖看木秀,天空见藤盘。
处俗勤宴坐,居贪业行坛。
试将有漏躯,聊作无生观。
了然究诸品,弥觉静者安。(04976)

第二十三章 宋之问

宋之问的政治生涯与沈佺期十分相似,他也在675年进士及第,其后也因得宠于张易之兄弟而高升。他在705年贬泷州(在今天的广东)。大赦之后,他连任几个要职,其中包括修文馆直学士。在710年,睿宗即位不久,宋之问再次遭贬,先到越州(在今天的浙江),随即到更南的钦州(在今天的广西)。在712年,他被皇帝赐死。虽然八九世纪的诗人有时偏爱于宋之问,但是由于他与张易之兄弟的关系,他的名声在历史家的笔下并不光彩。

虽然宋之问的诗名超过沈佺期,但他的作品可能不如沈佺期有意义。他和沈佺期被认为完善了律诗的格律,然而他对一般主题的处理略为守旧,他的贬逐诗也较缺乏激情。他的七言歌行和楚辞体诗最具独创性,前者我们已讨论过,后者看来在当时十分流行。他的楚辞体诗与七言诗的区别,仅在诗句的第四个音节增加一个感叹词"兮"字,及某些主题的惯例。他最著名的楚辞体诗是《下山歌》,当时曾被广泛地模仿。

下嵩山兮多所思,携佳人兮步迟迟。
松间明月长如此,君再游兮复何时。(03227)

请注意宋之问在这首短诗的第三句轻易地回到了一般的七言句。楚辞体诗与强烈的、或许可称为"浪漫的"情感抒发相关。从宋之问运用楚辞的音节及他的此类诗被模仿的事实，我们可以感觉到，八世纪开头十年的文学趣味发生了一些变化。另一首此类诗标明赠与道士司马承祯，这位道士在710年离开睿宗的宫廷。

冬宵引赠司马承祯

河有冰兮山有雪，北户墐兮行人绝。
独坐山中兮对松月，怀美人兮屡盈缺。
明月的的寒潭中，青松幽幽吟劲风。
此情不向俗人说，爱而不见恨无穷。（03228）

司马承祯的答诗也保留了下来：

答宋之问

时欲暮兮节欲春，山林寂兮怀幽人。
登奇峰兮望白云，怅缅邈兮象欲纷。
白云悠悠去不返，寒风飕飕吹日晚。
不见其人谁与言，归坐弹琴思逾远。（46721）

运用流行于汉代的楚辞体，与陈子昂复兴三世纪的诗歌是相应的。这一诗体运用了程式化然而热烈的"求爱"的语言，这正好回答了寻找一种直抒感情的诗歌的要求。宋之问在710年司马承祯离开京城时所写的正规送别绝句，与上引诗篇正好形成对照：

送司马道士游天台

羽客笙歌此地违,离筵数处白云飞。
蓬莱阙下长相忆,桐柏山头去不归。(03359)

这是宫廷诗人艺术的范例:司马承祯被恭维为道教的仙人,因此用传统的"羽客"称呼他。他不仅将"离开"送别宴会,而且将走上与正在演奏的笙歌分歧的道路。以复杂的词语表现简单的情况,这正是宫廷诗的特点。送别本身用传统的提喻法"离筵"标明,京城为宫殿所代替,宫殿则用的是传统的名称"蓬莱",它既是汉代的宫殿,又是仙人居住的仙岛。虽然宋之问和沈佺期都探索了诗歌表现的新模式,但在需要的场合下,他们都不反对旧的、较正规的形式。

宋之问的创新不仅表现在复活了"楚辞"这样的旧形式,他还表现了设置复杂的心理状态的兴趣,这一兴趣后来成为盛唐一些优秀诗篇的特色。下引诗篇如确系宋之问所作,应写于他第一次贬逐后返京时。这首诗的风格和内容与八世纪中期的诗已无法区别。

渡汉江

岭外音书断,经冬复历春。
近乡情更怯,不敢问来人。(03348)

这首诗写于上述绝句之前四五年。他的贬逐诗表现了一种新的风格,但这主要是环境作用的结果,而不是新诗歌的持久变化。表现宫女及孤独妇人的绝句经常运用简洁微妙的心理描写,宋之问把这种敏锐的心理描写转用到个人诗中。八九世纪一些最著名的绝句正属于这种简洁优美的心理描写短诗。诗人不敢问原来急于知道的事情,这一构思表现了敏锐的心理描写,但仍包含着某种程度的"精巧":与宫廷妙语一样,这一构思基于期待的倒置,以不问代替急切的询问。在盛唐最优秀诗人的手中,初唐绝句的妙语被派上了严肃的用场。初唐诗人总是寻觅外界的异常或"奇景",盛唐诗人则寻找能体现人的状况的有意义的异常景象。在宋之问写了这首诗的几十年后,贺知章写道:

回乡偶书二首之一
少小离家老大回,乡音难改鬓毛衰。
儿童相见不相识,笑问客从何处来。(05446)

下引岑参的著名绝句,更接近于宋之问的期待倒置:

逢入京使
故园东望路漫漫,双袖龙钟泪不干。
马上相逢无纸笔,凭君传语报平安。(09877)

自然,岑参一点也不"平安"。结论留给读者自己推测:由于诗人十分忧伤,以致感到首要责任是让家人放心,而不是使他们担忧。

宋之问的宫廷诗比沈佺期的要复杂些,虽然这仅是在基本一致的风格中所发生的轻微个性变化。他的最好的宫廷诗完全不像应制诗,而是优美自然的抒情诗,这首诗描写的是696年皇帝的一次旅行。

扈从登封途中作

帐殿郁崔嵬,仙游实壮哉。
晓云连幕卷,夜火杂星回。
谷暗千旗出,山鸣万乘来。
扈从良可赋,终乏掞天才。(03242)

第六句的"万乘"是皇帝的传统代称,但这里上下文的描写恢复了这一词语本身的某些力量。宋之问写于七世纪九十年代的个人诗更有意义。下列诗篇是典型的复杂社交诗,在盛唐经常可看到这类诗。

温泉庄卧病寄杨七炯

移疾卧兹岭,寥寥倦幽独。
赖有嵩丘山,高枕长在目。
兹山栖灵异,朝夜翳云族。
是日濛雨晴,返景入岩谷。
幂幂涧畔草,青青山下木。
此意方无穷,环顾怅林麓。
伊落何悠漫,川原信重复。
夏余鸟兽蕃,秋末禾黍熟。

> 秉愿守樊圃,归闲欣艺牧。
> 惜无载酒人,徒把凉泉掬。(03198)

谢灵运缺乏知己共享山水乐趣的哲理性结尾,在这里被用来为劝说的、社交的目的服务。杨炯不会看不出他正被邀请访问宋之问。我们可能会感到奇怪,诗人怎么会在极端乐于隐居的同时又表示了倦意,这种逻辑矛盾从属于这首诗的社交目的:"我在这里十分烦腻,而这里又是一个美丽的地方,因此请您光临。"

宋之问的诗歌有明显的隐士色彩。下引诗篇可能也作于诗人 705 年第一次贬逐前。

初到陆浑山庄

> 授衣感穷节,策马凌伊关。
> 归齐逸人趣,日觉秋琴闲。
> 寒露衰北阜,夕阳破东山。
> 浩歌步榛樾,栖鸟随我还。(03185)

授冬衣与暮秋九月相联系。尽管开头平平,这首诗仍是宋之问最好的作品之一。在诗句的第三个音节运用隐喻性动词,本是宫廷诗的特殊手法,但宋之问在第六句大胆而激烈地用了"破"字,这是大部分宫廷诗人所不敢尝试的写法。

宋之问在贬逐期间写了相当多的山水诗。这些诗篇明显地运用了在风景描写后面感怀个人经历的结构。在一些诗篇中,风景仅是大段个人叙述的引子(如 03206)。在另外一些诗篇中(如下述诗),风景占了主要篇幅,诗人的反应是简短的、抒情的。后一种形式是初唐山水诗的特征,但下述诗篇浑成完整的描写使它更接近于盛唐。

初至崖口

崖口众山断,嵌崟耸天壁。
气冲落日红,影入春潭碧。
锦缋织苔藓,丹青画松石。
水禽泛容与,岩花飞的皪。
微路从此深,我来限于役。
惆怅情未已,群峰暗将夕。(03193)

前面引述过杜审言的两首山水诗《过龙门山》和《乱石山作》,与较早的王勃的山水诗一样,描写的是细碎的景物。这些诗篇将白天和黑夜、雨天和晴天混合起来描写,却不能描绘出连贯的景物画面。陈子昂的《过峡口山》是另一种风景:诗中并不描写一幅景物画面,而是描写穿过风景的一段旅程,这一风景的形式与思想原则相对应。与这些写法相比较,上引宋之问诗中的视觉形象相对地统一,他描绘出了某一时刻的景物画面——夜色渐浓的崖口。下引孟浩然的诗表现了盛唐的风景处理,与宋之问相似,但更复杂。宋之问诗的第十句和孟浩然诗的第十三句都模仿了《诗经》(第14首)。两位诗人都观察了移动阳光下的景物变化,赞美了所见的情景,但都不得不继续行路。

彭蠡湖中望庐山

太虚生月晕,舟子知天风。
挂席候明发,眇漫平湖中。
中流见匡阜,势压九江雄。
黤黕容霁色,峥嵘当晓空。
香炉初上日,瀑布喷成虹。
久欲追尚子,况兹怀远公。
我来限于役,未暇息微躬。
淮海途将半,星霜岁欲穷。
寄言岩栖者,毕趣当来同。(07631)

孟浩然的诗比宋之问的更浑成,他描写了太阳升起的过程,并寓以"照亮"的象征意义,因为它把庐山呈现在诗人眼前。庐山是僧人和隐士的著名居地,因此庐山的景象直接引起诗人关于公事和过隐士生活的愿望的内心冲突,正是公事使诗人来到这里。

下面是一首贬逐诗,也表现了面对壮丽的山水而感到应该"改变生活"的主题。

洞庭湖

地尽天水合,朝及洞庭湖。
初日当中涌,莫辨东西隅。
晶耀目何在,滢荧心欲无。
灵光晏海若,游气耿天吴。
张乐轩皇至,征苗夏禹徂。

楚臣悲落叶,尧女泣苍梧。
野积九江润,山通五岳图。
风恬鱼自跃,云夕雁相呼。
独此临泛漾,浩将人代殊。
永言洗氛浊,卒岁为清娱。
要使功成退,徒劳越大夫。(03196)

"越大夫"指战国人范蠡,他在帮助越王征服吴国之后,驾扁舟逝于湖上。朝阳洒遍湖水,召唤起与洞庭湖有关的各种传奇人物的形象。在唐人咏洞庭湖的一系列作品中,宋之问此诗是第一首值得注意的杰作。他的诗写得比杜审言的任何诗都雄壮。韩愈在九世纪初贬逐回来途中,也写了一首咏洞庭湖的诗,长达九十二行,下面援引开头部分,以与上引宋之问的诗比较。

岳阳楼别窦司直

洞庭九州间,厥大谁与让。
南汇群崖水,北注何奔放。
潴为七百里,吞纳各殊状。
自古澄不清,环混无归向。
炎风日搜搅,幽怪多冗长。
轩然大波起,宇宙隘而妨。
巍峨拔嵩华,腾踔较健壮。
声音一何宏,轰辐车万辆。
犹疑帝轩辕,张乐就空旷。

蛟螭露筍虡，缟练吹组帐。
鬼神非人世，节奏颇跌踼。（17825）

韩愈以扩充的形式重复了宋之问诗中的许多典故和主题。湖水澄清的主题是宋诗的中心，韩诗则放在后面的部分处理。在当时的背景下，宋之问的诗已经是十分大胆的想像，可是与韩愈的滔滔隐喻和磅礴描写相比，宋之问的风格又显得局促拘谨了。宋诗明显地用了三部式，韩诗则将湖水的传统幻象与眼前景象交织，将个人过去与现在的生活磨难和经历交织。虽然这样的比较会使韩愈的诗显得更动人，但宋之问诗中所表现的自由与节制的平衡，仍打动了后来的批评家，如明代的新古典主义者就认为这首诗充分体现了唐诗的特色。

宋之问最著名的一首律诗写于经过大庾岭赴贬所时。

度大庾岭

度岭方辞国，停轺一望家。
魂随南翥鸟，泪尽北枝花。
山雨初含霁，江云欲变霞。
但令归有日，不敢恨长沙。（03284）

根据传说，大庾岭北面的梅花刚刚开放，南面的梅花就凋谢了。这里指出了气候的重要分界，而第四句则暗示诗人方面的意识：从这一地点开始，他将要离开中国的中心地区了。最后一句用贾谊贬逐长沙的典故。

在宫廷诗中，如果反应纯是赞美，中间对句也要求纯写美景，有着较复杂反应的诗歌则趋向于要求景象"指示"某种意义，由此激起诗人所给予的反应。到了七世纪后半叶，诗歌主题多样化，律诗及其他严格运用三部式的诗自然地也在结尾对句创造了更复杂的反应，这种反应转过来又迫使中间对句形成严谨统一的诗意。

上引诗篇提出了两个方法，解决这种使中间对句"指示"意义的要求。次联所呈现的方法最简单，让诗人本身进入景象。第三联用直接描写的方法，较复杂精细：由于尾联是对第三联的某种反应，因此第三联就可能具有象征意义。这并不意味着所有直接描写的中间对句都是有意的象征，相反地，结尾反应需要自然而然地追随这种象征意义，所以如果能够找出这种意义的话，指导读者寻找的也只能是这种需要。在三部式诗的中间对句中，有一种"意义的压力"，这一现象在八九世纪的诗歌中特别突出。在上引诗里，"霁"暗示重新获得皇帝恩宠，"霞"暗示仙境，也就是宫廷。

下引诗篇的第三联是另一范例，诗人在这一联开始写景，但又感到必须将景象与他所描述的处境相交融。

至端州驿见杜五审言、沈三佺期、阎五朝隐、王二无竞题壁，慨然成咏

逐臣北地承严谴，谓到南中每相见。
岂意南中歧路多，千山万水分乡县。
云摇雨散各翻飞，海阔天长音信稀。

> 处处山川同瘴疠,自怜能得几人归。(03219)

第五句的"各"是本句中风景和贬逐者的转折点,可以指云,也可以指人。读者本来以为指的是景象,但第六句不工整的对偶却表明它指的是人。这种模糊意义趋向于说明人与云的一致,模仿游子与浮云的传统联系。

下引诗篇写于710年,诗中发展了复杂的联想,表明宋之问已经超出了大多数初唐写景诗的板滞罗列对句。贬逐期间的一次祭祀活动,使得诗人想起神灵,并转向求仙。而神仙和宫廷的自然联系又反过来驱使诗人回首往事,起先带来的是安慰,然后导向模糊不定的状态。虽然这首诗缺乏修饰性叙述的匀称平衡,但仍试图以联想的统一反映自然的思考过程,从而使它比较早的自述诗显得"自然"。这种结构上的优点使它跨入了盛唐的行列。但是,比这一点更重要的是,它再次树立了榜样,促使诗歌离开单纯的社会功用,成为个人怀思的工具。

景龙四年春祠海

> 肃事祠春溟,宵斋洗蒙虑。
> 鸡鸣见日出,鹭下惊涛鹜。
> 地阔八荒近,天回百川澍。
> 筵端接空曲,目外唯雰雾。
> 暖气物象来,周游晦明互。
> 致牲匪玄享,禋涤期灵煦。
> 的的波际禽,泛泛岛间树。

安期今何在,方丈崴寻路。
仙事与世隔,冥搜徒已屡。
四明背群山,遗老莫辨处。
抚中良自慨,弱龄忝恩遇。
三入文史林,两拜神仙署。
虽叹出关远,始知临海趣。
赏来空自多,理胜孰能喻。
留楫竟何待,徙倚忽云暮。(03197)

第五部分

张说及过渡到盛唐

引　子

　　时代风格可以有多种变化方式。有时由于引入新的文学理论，或提倡一种较旧的、被忽视的理论，可能在几年的过程中就改变文风：八世纪九十年代中唐诗风的形成就属于这种情况。在其他情况下，有时文风的改变十分缓慢和微妙，经过几十年的演变，无法划出清楚的分界线：初唐时代风格向盛唐时代风格的过渡就呈现了这种情况。

　　风格的确发生了变化。如果我们拿八世纪四十年代的任何一首好诗与七世纪四十年代相比，其区别是直接的、明显的。这种区别部分是所涉及的诗人的个性的作用，部分是发生于整整一个世纪的持续变化过程的作用。但它还是一种时代风格的变化，许多基本的变化要素可以追溯至七世纪九十年代至八世纪二十年代的三十年间，我们在讨论陈子昂、沈佺期及宋之问的诗歌时已经探讨了这些要素。

　　许多人试图把初唐诗和盛唐诗的区别分割开来。但是，在大多数情况下，那些划归于盛唐的特性可以追溯至初唐或南朝。虽然初唐诗风与盛唐诗风存在着真正的差别，但二者之间的联系比一般的看法要密切得多。

　　盛唐时代风格是建立在初唐的基础上的，它从初唐发展而来,并没有反对初唐。许多盛唐诗人发出复古宣言,他们可能自以为正在对抗初唐,但是在实践上他们却依赖于初唐的处理法则。如果有什么对抗的话,那就是盛唐未受初唐的束缚。初唐的诗篇经常写的是相同的东西:由于表现技巧和惯例已经牢固树立,许多宫廷诗人可以被编好程序的计算机所代替。在盛唐,诗人们更熟练地掌握了语言和主题,他们能够控制惯例,而不是为惯例所控制。盛唐诗人作诗,是由于他们需要作诗,而不是由于他们必须作诗,因此个人诗和日常应景诗的数量显著地增加了。正规的宫廷诗及修饰的干谒诗终唐一代延续不断,但优秀的诗人对此较不感兴趣。在诗歌的社交方面出现的这种新情况表明,诗歌的兴趣中心已经转移,它的范围已经扩大。

诗人们或根据自己的需要对三部式加以改造,或彻底摒弃三部式。但三部式仍继续延留,当诗人们被要求迅速写出应景诗时(这是常有的情况),就会重新回到这一结构。在优秀诗人的手中,三部式发挥了十分复杂的功用,它的各个部分被逐渐融合成统一的艺术品。同样,盛唐诗人运用了诗歌的各种陈旧惯例,但趋向于巧妙地、曲折地利用它们,使它们体现出新的意义。例如,沈佺期的贬逐诗写在风景区"无人老",已经表现了这一趋向。

从670至710年间形成的写景对偶句,相对稳定地保留于盛唐。我们在前一部分已经看到,诗人们正开始学会将这些对句融合成统一的描写,并用来表现人的状况。随着诗歌日益摆脱修辞练习,一致的和普遍的意义日益重要,为了达到这一目的,诗人们也日益勇于创新。

在某些情况下,大多数盛唐诗人能够轻而易举地运用初唐的妙语和修饰用语。但是，他们还发展了较为简单的诗歌修辞形式，并学会有效地与典型的初唐语词结合起来使用。他们懂得，优秀的诗歌未必是精细描述、复杂修辞及巧思的同义语。风格简单化的倾向早在七世纪七十年代就出现了，逐渐演变成一种或许可称为唐代的"崇高风格"。与古希腊著名的"崇高风格"一样，其特征是简单而严肃地表现深刻的思想。最好的例子是王维的一首名诗：

送　别
下马饮君酒，问君何所之。
君言不得意，归卧南山陲。
但去莫复问，白云无尽时。（05811）

这样的诗在初唐是不可思议的：语言彻底剥去了修饰的外衣，修辞的复杂转换成了意境的复杂。诗篇的旨意和内在的美学中心都含蕴未发。隐士与白云的传统联想获得了新的严肃深刻的意义。笼统的处理表明旅行者不愿意说出详情，而诗人也无意打听。诗篇强调的是两人之间未说出的联系，这就使得结尾余味无穷。

现存盛唐宫廷诗的风格接近于但并不等同于七世纪的宫廷诗。矫饰的、曲折的作风保留了下来，但帝王主题增加了分量，远超过单纯的描写。进士考试仍然要求应试者采用这种宫廷风格，年轻诗人为了求仕，很早就接受了这方面的训练，结果使得矫饰的宫廷风格持久不变。所以那些藐视官场生活的诗人，如李白,是最不受拘束的诗人,就不足为奇了。正规的、官方的风格保留了下来,这一背景使得盛唐优秀诗人的自由和创新显得更有意义。

在下面的章节中,我们将先探讨张说的诗歌,他的作品横跨八世纪的前三十年。然后再考察盛唐开头几十年的一些诗篇,说明滥觞于初唐后期的变化的最后完成。

第二十四章 张说

张说（667—730）作为政治家比作为诗人更重要。如果把他划归初唐，他是这一时期产量最高的诗人。他的文集现存二十五卷，其中包括三百五十二首诗。由于文集大小与地位高低相一致，朝廷显宦往往比同时代最著名的诗人留给后世更多的诗篇。在张说的时代里，张旭和张若虚仅是小人物，他们现存作品的数量，远远赶不上他们的声誉。而实际上为唐代选诗家所忽视的张说，却有完整的集子存世。张说是唐玄宗的宠臣，写了许多宫廷诗和祭祀乐章，但是在他那些较具个性的诗篇中，仍然可以发现发展中的新盛唐风格。

张说是洛阳人，出身于相对贫寒的家庭，与七世纪初出身世族的朝臣不同。在 688 年，张说应武后的制举及第，这一次制举是为其官僚机构搜求新的贤才。武后为了对抗大官僚家族，采取了不少措施，促进了七世纪后期官僚机构的社会流动性。张说先在朝廷连任几个职位虽低、但却重要的官职。张易之兄弟（张说与他们没有关系）企图利用张说诬陷武后的宠臣魏元忠，张说同意在朝廷作证，但临时又改变主意，公开地谴责张易之兄弟，揭露他们强迫他诬陷魏元忠的阴谋。魏元忠于是得救，张说却因此被配流钦州（在今天的广西）。

中宗即位时，朝中有才华的诗人全部被贬逐到南方，张说却被召回京城。他在朝中连任几个中级官职，并被认为曾任修文馆学士，虽然前引名单中没有他的名字。睿宗即位后，他迁任官位更高的中书侍郎。

在玄宗朝，张说任中书令，封燕国公。但是，在这仕途的顶点，他卷入了与姚崇的派别斗争，结果出任相州刺史（在今天的河南），后来又转任更南方的岳州刺史（在今天的湖南）。在716至717年，他被转往北方任幽州都督。正如通常的情况，张说在任地方官期间，写下了他的大部分最好的诗篇。姚崇死后，张说复任中书令，其后在与臭名昭著的李林甫的斗争中经历了几次更大的浮沉。他在730年逝世，终年六十三岁。

张说虽然是一位政治家，但他与唐代许多达官一样，对文学界产生了很大的影响。在玄宗初期的宫廷文学机构中，他和苏颋是中心人物，青年诗人们争先恐后地想获得他们的赏识。

尽管张说的诗歌有许多优点，但他显然缺乏"对属能"，这是李商隐以优越感对张说的上一辈诗人做出的评价。张说的早期诗作及其全部宫廷诗，也写得像其他宫廷诗人一样规范和曲折，只不过在描写上达不到沈佺期、宋之问一类诗人的精巧程度。但是，正是技巧的不足使他避免了细碎的景物罗列，而许多较年长的同时代诗人都存在这一问题。他的风格较平稳流畅，反映了八世纪十至二十年代文学趣味的变化。然而，他的不善于对偶，似乎确实是由于缺乏能力，而不是自觉的风格特性。他以各种方式补偿了能力的不足，有时接近于几十年后的崇高风格，但更经常的是以抒情式或叙事性对句取代三部式结构的中间描写对句。

宋之问和沈佺期的诗名主要靠的是出色的律诗，七言歌行也起了较小的作用。张说写有大量的五言律诗,但其中甚少能与沈、宋最好的五律抗衡的佳作。他的七言律诗相对地少,其中有两首次等的好诗。张说是与沈、宋极不相同的诗人,他无法与他们在雅致风格及描写才能方面抗争,只能以对近体诗的个人处理补偿这些不足。

下引律诗写于 703 或 704 年,此时张说正因魏元忠事件的牵连而被流放。这是一首守旧的送别诗,与标准的三部式几乎没有区别。

端州别高六戬

异壤同羁窜,途中喜共过。
愁多时举酒,劳罢或长歌。
南海风潮壮,西江瘴疠多。
于焉复分手,此别伤如何。(04641)

次联运用了送别诗的惯例,以酒和歌相对。但第三联的描写暴露了张说在这方面的明显弱点。贬逐生活像通常那样,对张说的诗歌创作产生了有利的影响。他在 705 年返回京城时,再次经过端州,回忆起昔日与高戬的聚会,但此时高戬已经死于南方了。

还至端州驿前与高六别处

旧馆分江口,凄然望落晖。
相逢传旅食,临别换征衣。
昔记山川是,今伤人代非。

往来皆此路,生死不同归。(04666)

贬逐引起的复杂情绪,给三部式加上了新的压力。首联总述事件的背景,但江水分流的形象使诗人想起与高戬的分别,这种隐喻性景象通常置于律诗的中间部分。次联倒叙与高戬分别时的情况,说明他们的相互关怀,交换的构思与结尾不一致的主题相呼应(一个生还,另一个却死于南方),仿佛高戬是代替诗人而死的。其他各联都统一于"分"的基本主题,只有次联表现共享和交换。

第五句用景物把回忆与现实连结起来,山川依旧,斯人已逝,二者形成对照。第六句转向直接抒情,尾联也暗示了感情,但未加以陈述。诗人在"路"做文章,既将它看成实际的路,又看成人生的旅途,从而将眼前的实景与一句格言融合起来。在实景方面,诗人说的是所有到南方去的人都必须经过这条路,但只有像他这样幸存的人才能由此归回。在隐喻方面,"路"指的是从生"归回"到死的途径,所有的人也都经过这条路,但是在这里,"归回"的是高戬而不是张说。

张说还通过结尾的创新来补偿描写对句的不足。下引五律是他的成熟代表作,写于任幽州总督时,比前一首诗约迟十五年。

幽州夜饮

凉风吹夜雨,萧瑟动寒林。
正有高堂宴,能忘迟暮心。
军中宜剑舞,塞上重笳音。

> 不作边城将，谁知恩遇深。（04621）

尾联不难翻译，但含义却很复杂。张说可能运用了边塞诗的一种惯例，即战士被派往战场是皇帝的格外恩宠，必须感恩酬报。这对于一般的将士或许是十分恰当的，但出自一位曾经当过中书令的人之口，很难不被认为是讽刺。另一种可能是，诗人将眼前的处境与过去在京城的地位相比较，这才体会到自己曾经获得的深恩，这种解释虽然不合于诗歌惯例，却与诗人的经历一致。第三种解释是危言耸听的，诗歌中通常不这么写，但在当时的情况下却难以避免：诗人可能尖刻地讽刺说，他现在的地位几乎算不上是皇帝的恩遇。很可能诗人有意地在这三种含意上做文章，不过最后一种意思只能含而不露。

这首诗的结构大大颠倒了三部式。次联情调突然转变，特别出格。后来的律诗学家认为，如果要转变情调，最合适的位置是第三联。诗人以未对偶的写景联句开头，描绘了室外的凄凉景象，这一描写只能用来加强室内宴会的快乐。"迟暮心"一语具有季节的联系，与室外的凄凉景象相应，从而支持了关于尾联的后两种否定解释。第三联引入军事主题，初看似觉突然，但等到分析了尾联的模糊含义后，就会发现，第三联是一种必要的背景，它使得诗人有可能真心地赞美边塞，感激派他来此的"恩遇"。这是此种称赞的必要背景，就像凄凉的室外景象是赞美宴会的必要背景。这首诗分为前后两半各四句，以此代替了三部式结构。

张说的许多律诗表现了显著的朴素风格。这种风格可能部分由于他不善于写景对偶句，但也可能受到陈子昂一类较朴素诗人的影响。

> **南中别蒋五岑向青州**
> 老亲依北海,贱子弃南荒。
> 有泪皆成血,无声不断肠。
> 此中逢故友,彼地送还乡。
> 愿作枫林叶,随君度洛阳。(04642)

第三联简单到了极点,只能是有意的尝试。这一尝试是不太成功的,算不上是"崇高风格",但其目标正是这种朴素的庄严。王维最著名的送别诗句可以作为张说所追求的典范:

> 劝君更尽一杯酒,西出阳关无故人。(06139)

前述沈佺期的喜赦诗中,已经表示了随同落叶飘回北方的愿望。我们无法肯定哪一首诗写在前面,但张说的诗有意识地模仿了建安及魏诗歌的结尾"愿作……",而沈诗则未有此写法。

张说的许多诗篇表现了复古倾向的影响,追求建安及魏诗歌和古乐府的风格。下引诗篇的开头部分非常明显地模仿了乐府手法:

> 一雁雪上飞,值我衡阳道。
> 口衔离别字,远寄当归草。(04535)

这种叙述手法与复古说教有着密切的联系,如下引另一首诗的片断:

> 孤雁东飞来,寄我纹与素。
> ……
> 岁寒众木改,松柏心常在。(04536)

六七世纪的诗人也运用鸿雁传书的主题,但他们更经常的是含蓄地处理这一主题,例如,只说渴望归家,看到鸿雁飞过天空,让读者自己将二者联系起来。张说的直接的、叙述的处理方式模仿了古乐府,正像结尾常青树的隐喻模仿了象征寓意的手法,唐代诗人将这一手法与建安及魏诗歌联系在一起。

各种鸟的隐喻与复古的朴质有着密切关系,骆宾王和陈子昂的诗中已大量加以运用。张说则将它们"驯化"在日常应景律诗中。

相州前池别许、郑二判官景先、神力
> 数步圆塘水,双鸿戴羽仪。
> 一飞乔木上,一返故林垂。
> 澹泊含秋景,虚明抱夜规。
> 无因留绝翰,云海意差池。(04633)

第三联是张说最出色的写景对句之一,但它在这首诗中却极不和谐,破坏了诗意的连续。张说的许多诗都有相对复杂的旨

意,写景对句主要用来修饰它们。"夜规"指月亮,这是具有初唐特色的代称,张说可能是出于押韵的需要而发明了这一代称。

在张说的诗中,时而可看到宋之问、沈佺期式的平衡雅致的日常应景诗,这些例外能够反证一般,我援引下诗以便与前诗相比较。

湘州北亭

人务南亭少,风烟北院多。
山花迷径路,池水拂藤萝。
萍散鱼时跃,林幽鸟乍歌。
悠然白云意,乘兴抱琴过。(04668)

这首诗是平稳圆润风格的代表作。诗篇准确地遵循了三部式,中间二联对偶工整,但诗意平平,结尾反应完全合乎要求。第四句写池水"拂"藤萝而不是反过来,这种颠倒是宫廷妙语的典型手法。张说"表演"的是经沈、宋完善了的风格。

张说在使尾联复杂化方面最得心应手,下引七律是这方面最突出的范例。这首诗被收入《唐诗选》。

巡湖山寺

空山寂历道心生,虚谷迢遥野鸟声。
禅室从来尘外赏,香台岂是世中情。
云间东岭千寻出,树里南湖一片明。

第二十四章 张说

若使巢由知此意，不将萝薜易簪缨。(04704)

萝薜象征隐士生活，正像簪缨象征官场生活。在上述翻译所包含的解释中（"假如隐士巢父和许由分享了我的感受，他们将不会拿萝薜交换簪缨吧"），诗人觉得自己还缺乏弃官的勇气，否则这一勇气本应借古代隐士巢父和许由明确表白出来。解释任何作品主要依赖读者的期待，特别是解释中国诗，人们理解一首诗，是通过了解诗人应该说的话，相应地解释词语的意义。前述对尾联的翻译和解释是大部分读者对诗人的期待，事实上许多注释者采用了这一说法。但是，如果我们抛开这些固定的期待，就会对诗句做出完全相反的解释：

如果隐士巢父和许由分享了我的感受，他们将不会拿萝薜换簪缨。

或者保留疑问的口气：

他们怎么会不把萝薜换成簪缨呢？

前一种解释是说，诗人作为一位官员，已经这样深切地为寺院所打动，因此也就没有必要成为真正的隐士；如果古代的隐士们懂得这一点，他们也不必拒绝出仕了。后一种解释甚至更惊人，更违反常情：由于出仕之人向往隐士生活，因此可以更深切地感受这些景象；如果古代的隐士们懂得这一点，他们将愿意入仕，以便更深入地欣赏这些景象。尽管这两种解释与读者对主题的期待相反,却符合读者对诗体的期待:他们知道尾联可能包含某种巧妙的曲折。

初唐诗人习惯于精巧的描写和巧妙的隐喻,但反应的范围却是固定的;他们对反应要素所作的最大改造,是选择一种反应,巧妙地与景象预期的反应相反。选择相反的反应与创造新的反应是不同的,张说诗末句的后两种释义,正是选用相反反应的结果。读者期待诗人在观赏风景时希望成为隐士,但没想到他会说仕宦之人由于希望躲进风景,因此更能欣赏风景。这种对诗歌认识成分的改造,与唐诗中正在发展的微妙心理描写有关,我们在宋之问贬逐归来的绝句中,已经看到这类描写。这种改造虽然超出了巧妙结尾的传统,却仍然用了妙语的传统,将期待颠倒,熟练掌握各种惯例,从而表现更全面的情感反应范围。

绝句在八世纪越来越流行。张说的集子中有五十多首绝句,他在这一诗体上的成功是不足为奇的,因为对于绝句来说,巧妙构思远比描写技巧重要。这样,在绝句中张说就可展示他的能力,遮盖他的缺陷。他最著名的绝句或许是《蜀道后期》:

客心争日月,来往预期程。
秋风不相待,先至洛阳城。(04777)

旅行者所与之竞争的"太阳和月亮"也是"日期和月份"。虽然这首诗可能写于诗人入仕初期,但诗中的微妙心理刻画、复杂意义及平易语言,都表现了盛唐的特征。诗人与日月竞争的意义何在呢?一种含义是他以定期与日月竞争,试图预定期限,到达目的地，回到家中（第二句）。但这一含义被一种不可避免的感觉暗中削弱：旅行者正与时间"赛跑"，试图尽可能迅速地完成计划，返回家中。第二句回答了定期的含义，后一句则回答了与时间赛跑的构思。虽然赛跑的构思与定期相矛盾，但两种含义统一于后一联失期和失败的感觉上。一方面，秋风走在日月的期限之前，另一方面，它与日月作为逝去时间的一致性，击败了旅行者早归的愿望。秋风与归回的诗人一样从西而来，却比诗人先到达洛阳，赢得了"赛跑"。

终唐一代，应景诗是最普遍的诗歌形式。盛唐诗人并不因为喜爱非应景诗而放弃应景诗，而是将应景诗提高到新的重要层次。在大部分应景诗的复杂意义下面，可以发现简单的应景信息。诗歌设法同时存在于文学界和社交界，成为交流的工具。这首诗在"与时间赛跑"的后面，隐藏着这样的可能性：这首诗是送给一位在洛阳的朋友的，告诉他"我将在秋天来临后才能回来，我正在试图完成预定的期限"。

下引绝句中，结尾的巧思更为自然：

和尹从事懋泛洞庭

平湖一望上连天，秋景千寻下洞泉。
忽惊水上光华满，疑是乘舟到日边。（04821）

宫廷妙语曾经是一种装饰品，通常被点缀在诗篇结尾，极少考虑或完全不考虑它在诗篇整体中的作用。张说这首诗表现了盛唐诗的整体感觉，小心翼翼地为最后的意象构造景物画面。第一句描写湖水在地平线上似乎与天空连接起来,这是最古老的描写惯例之一。第二句描写秋天景物的影子倒映入湖水中,引入了黯淡的主题,为第三句突然的光明作准备。随着阳光突然充满水面,漂浮在闪光湖面上的小舟变成飘浮于天上,到达了日边。由于诗人用了乘槎上天的典故(这一典故在宫廷诗中十分流行),第一句的描写惯例也获得了新的意义。前首诗将简单的旨意转换成对时间的感怀,这首诗同样也将简单的泛舟湖上转换成超脱的体验。尹懋的原作写得呆板,表现了宫廷风格,属于不同的时代。

在盛唐,随意自然的风格又复兴了,王绩的诗歌曾经成功地采用这一风格,但除了王绩外,这种风格在七世纪实际上被忽略了。而盛唐一些最伟大的诗人(如李白、王维及孟浩然)却十分喜爱它。它的复兴与陶潜诗的复兴密切相关。虽然我们无法将张说这一风格的诗篇系年,但他肯定是八世纪最早采用它的诗人之一。

清夜酌

秋阴士多感,雨息夜无尘。
清樽宜明月,复有平生人。(04770)

醉中作

醉后乐无极,弥胜未醉时。
动容皆是舞,出语总成诗。(04771)

与陶潜和王绩的诗一样,醉酒是自然风格的一个重要成分。

下引四首绝句写于诗人几次出贬地方官的新年，这些诗篇展示了从初唐风格向盛唐风格的过渡。第一首写于703至705年贬逐钦州时。

钦州守岁

故岁今宵尽，新年明旦来。
愁心随斗柄，东北望春回。（04781）

与杜审言的《渡湘江》一样，最后两句将典型的宫廷巧思赋予较严肃的意义：诗人在今年冬天与北斗的斗柄一样，转向了南方，如果这一相似保持下去，春天将带他重返北方。接下来的两首绝句写于玄宗朝初期诗人任岳州刺史时。

岳州守岁二首

夜风吹醉舞，庭户对酣歌。
愁逐前年少，欢迎今岁多。（04782）

在前一首诗中，诗人感到个人与一种自然要素的一致，而在这首诗中，巧思是隐蔽而自然的：诗人增加了的欢情和醉意添加在岁月的变化上，预示了美好的未来。第二首是：

桃枝堪辟恶，爆竹好惊眠。
歌舞留今夕，犹言忆旧年。（04783）

前两句写新年祈求吉祥的习俗，后两句是成熟精巧的宫廷妙语。由于诗人正贬谪岳州，所以对旧年的逝去毫不忧伤。但他注意到这种感情与除夕的欢宴是不协调的，因为后者暗示了他想要留住旧年——"留今夕"。下一首咏元旦早晨的诗，在一些文本中被系于张说在幽州时。

元　朝

元日今岁乐，不谢往年春。
知向来心道，谁为昨夜人。（04784）

第三句的节奏明显地违反常规，恰当的节奏是2:3，这里却是1:2:2。请注意开头两句诗意连贯，与前引二诗开头两句的明显分立形成对照。后两句嘲讽幽默而又温文尔雅，这正是盛唐一些优秀诗篇的特征。诗人感到他在新年与去年一样快乐。此外，他意识到某些内在的一致性，生活经历中的某些持续性——"向来心道。"他还设想自己在上一夜是不同的人。但结尾是开放性的，留下了许多疑问：诗人是否幽默地评判自己在前夜的醉态？是否认真地陈述人生的持续变化，自己的日益衰老？是否说他与新年一样获得更新？是否评价自己在昨夜的某种感情变化，更快乐或者更忧郁？诗篇的表面意思虽然清楚，深层的指向却很模糊。

在703至705年贬逐期间，及出任相州、岳州、幽州期间，张说写了许多长诗，将景物描写与个人经历的感怀结合在一起。这些诗与沈佺期、宋之问的山水诗相当接近，不必详加讨论。张说较少咏物诗,但其中有一首很有趣,将初唐的文字游戏与陈子昂一类诗人的哲理意义结合了起来。

咏瓢

美酒酌悬瓢,真淳好相映。
蜗房卷堕首,鹤颈抽长柄。
雅色素而黄,虚心轻且劲。
岂无雕刻者,贵此成天性。(04571)

张说写了一定数量的怀古诗,其中有一首属于古城传统。这首诗吟咏三国魏的故都邺,写得简洁而伤感,离开了早期京城诗的繁复描写。

邺都引

君不见魏武草创争天禄,群雄睚眦相驰逐。
昼携壮士破坚阵,夜接词人赋华屋。
都邑缭绕西山阳,桑榆汗漫漳河曲。
城郭为虚人代改,但有西园明月在。
邺旁高冢多贵臣,娥眉曼睩共灰尘。
试上铜台歌舞处,唯有秋风愁杀人。(04583)

铜雀台是曹操(魏武)命令在他死后幽置宫女的地方,这一时期成为流行的乐府题目,但一般用的是五言诗的形式,而不是如同这里的七言歌行。比起七世纪七十年代京城诗的富丽词藻,张说的诗相对地简洁。与李峤获得玄宗喜爱的《汾阴行》一样,这首诗的结尾表现了怀古的感伤,而不是京城诗的说教。由于邺城接近洛阳,这首诗可能写于武后朝,并可能反映了当时宫廷对七言歌行的偏爱。

在张说的诗篇中,我们发现了大量吟咏不定事件的诗,也就是说,诗歌的题目(内容也经常如此)缺乏具体的、系于特定历史时刻的人物或地点,例如《春雨早雷》(04762)一类的诗。此情况反映了八世纪在诗体惯例方面增加的自由。早期的诗歌中时而也出现这种吟咏不定事件的诗,特别是在陶潜的诗歌中,但绝大部分诗歌仍严格地遵循题材分类。这些题材的传统和惯例是主题处理的限定因素。这里举个例子,如果诗人因听到雨声而忧愁,他可以有各种各样的题材选择:他可以写一首哀伤的《杂诗》,一篇《苦雨赋》(经常包含政治意义),一封诗体信,一首游历所居之地的诗,等等。但写一首仅题为《伤雨》的诗,其可能性就要小得多。当诗人选择了一种现成题材,他就得采用特定的处理方式,而这种处理方式可能与他原来的作诗意图完全无关。例如,如果诗人要写一封诗体信向朋友吐露感情,他就必须写进一些个人的经历,并加上几行诗,把自己的情绪和情况与收信人联系起来。这就是我们所说的惯例控制诗人,而不是诗人控制惯例。

严格的题材体系被逐渐打破,个性化的处理方式开始产生,与现成题材的诗形成鲜明对照。在七世纪后半叶,吟咏不定事件的诗(基本上是个人诗)越来越普遍,王勃的《山中》就是出色的范例。在张说的诗歌中,这类作品包括了他的一些最优秀、最具独创性的诗篇。

山夜闻钟

夜卧闻夜钟，夜静山更响。
霜风吹寒月，窈窱虚中上。
前声既春容，后声复晃荡。
听之如可见，寻之定无像。
信知本际空，徒挂生灭想。（04568）

佛寺的钟声使人联想到存在的空虚。钟声在山中回响，奇妙地飘荡不定，增加了诗人的醒悟。钟声奇特地、幽灵般地既在彼处，又不在彼处，表明了人世生活的虚幻。第四联出色地表现了通感，通过伴称使钟声可见，强调它的虚幻性。

人们可能会将上述诗篇与另一首著名的盛唐访问诗相比，这首诗也描写了寺院钟声，作者是常建。与张说的诗篇相比较，常建的诗令人吃惊地守旧和囿于传统。

题破山寺后禅院

清晨入古寺，初日照高林。
曲径通幽处，禅房花木深。
山光悦鸟性，潭影空人心。
万籁此都寂，但余钟磬音。（06891）

在夜晚倾听从看不见的地方传出的音乐，这一主题后来在八九世纪十分流行。除了张说咏寺院钟声的诗外，这一主题的另一早期范例是刘希夷的诗（刘希夷的生平尚有不少疑问）。

嵩岳闻笙

月出嵩山东,月明山益空。
山人爱清景,散发卧秋风。
风止夜河清,独夜草虫鸣。
仙人不可见,乘月近吹笙。
绛唇吸灵气,玉指调真声。
真声是何曲,三山鸾鹤情。
昔去落尘俗,愿言闻此曲。
今来卧嵩岑,何幸承幽音。
神仙乐吾事,笙歌铭夙心。(04315)

无论是谁开创这一主题,它抓住了盛唐诗人的想像力,不久就成为一种独立的现成主题,并采撷了音乐诗的许多惯例。

下引二诗题目相同,却表现了完全不同的情绪。这两首诗在张说的文集中放在一起,但在《全唐诗》中却是分开的。

闻　雨

穷冬万花匝,永夜百忧攒。
危戍临江大,空斋入雨寒。
断猿知屡别,嘶雁觉虚弹。
心对炉灰死,颜随庭树残。
旧恩怀未报,倾胆镜中看。(04763)

这首贬逐诗明显地表现了激烈真切的忧伤情绪。与初唐诗一样,张说描绘了景物断片，仅用情调将它们联系在一起。但他设法形成某种发展中的统一性，使每一种景物断片增加一份不安的情绪，最后引向结尾的陈述仕途失意，年华衰老，难于为国效劳，以及害怕看到自己在镜中的形象。虽然诗人像通常那样使结尾复杂化，诗中仍明显地表现了三部式结构。这首诗的标准题材属类应是述怀，但是，在八世纪的这一时期，述怀诗要求较直率、较古朴地处理诗人的情况，而这首诗的前三联相对地写得客观，是不合要求的。"闻雨"的不定事件允许诗人以自己的方式发展他的诗篇。

同题的另一首诗在感情上相当不同，整首诗模仿了陶潜的语言和思想。虽然我们无法确定这首诗的写作时间，但它很可能写于八世纪三十年代陶潜诗复兴之时。

闻　雨

多雨绝尘事，寥寥入太玄。
城阴疏复合，檐滴断还连。
念我劳造化，从来五十年。
误将心徇物，近得还自然。
闲居草木侍，虚室鬼神怜。
有时进美酒，有时泛清弦。
声真不世识，心醉岂言诠。（04566）

王绩模仿陶潜，是从一般风格和主题上模仿，并不像张说这首诗袭用了许多陶潜的词语和诗意。王绩实际上模仿的是陶潜的整个生活方式，诗歌仅是其中的一部分。在另一方面，张说的诗歌却是真正的文学模仿。我们可能因此而较信任王绩的诗：这一情况表现了一种偏见，即企图辨别真情的一致性。与大部分唐代诗人一样，张说常常用现成的反应回答特定的情况，这并不意味这位国家重臣打算完全放弃仕宦生涯，也不意味这首诗仅是陶潜模式的"练习"。同样，陶潜的复兴并不说明大多数士大夫诗人正变得厌倦官场生活，而只是表明诗歌的风格和主题范围日益扩大，能够回答更多种多样的人生处境。

陈子昂在八世纪开头几十年开始产生影响。宋之问与陈子昂的其他朋友一样，在写给陈子昂的诗中立即转向拟古风格（03260）。张说的政治门生张九龄大量模仿了《感遇》。张说也写了几首《感遇》风格的诗，从下引诗篇中，我们可以最清晰地听到陈子昂的声音。

杂诗四首之四

默念群疑起，玄通百虑清。
初心灭阳艳，复见湛虚明。
悟灭心非尽，求虚见后生。
应将无住法，修到不成名。（04574）

这首诗与大部分《感遇》一样，彻头彻尾地晦涩难解，但其倾向显然是佛教。由于佛教后来被认为与复古水火不相容，这里把佛理思考诗与复古诗的典型主题放在一起，是十分奇特的。

第二十四章　张说

杂诗四首之一

抱薰心恒焦,举旆心恒摇。
天长地自久,欢乐能几朝。
君看西陵树,歌舞为谁娇。(04572)

结尾用铜雀台的主题,"西陵"是曹操的坟墓。第二联的怀古主题是七世纪末、八世纪初复古诗的特征,首联的突兀隐喻则是一个世纪后复古诗的先声。

第二十五章 进入盛唐

许多诗人继续写着矫饰的初唐诗,直到进入盛唐。这些诗人通常属于上层官员及京城社会,这是不足为奇的。在玄宗朝的开头十年,岐王府中聚集了一批中宗修文馆的老诗人,继续不变地写着旧的风格,并教会下一代诗人(如年轻的王维)掌握这一风格。其中有一位兼备初、盛唐风格的诗人,这就是张九龄(678—740),他是张说的门生,本身也是一位重要的政治家。他的生活横跨初、盛唐过渡时期,既是宋之问、沈佺期的朋友,也是王维、孟浩然的朋友。他的诗大多作于720至740年之间,所以将他看成盛唐诗人应更合适。他的最好的诗篇表现了盛唐风格,但综观他的文集,却明显地守旧。

张九龄写了大量宫廷诗,这些诗所受复古思想的影响,甚至超过张说的宫廷诗。在张九龄的宫廷诗中,虽然措辞一如既往地正规化,但帝王主题、儒家道德及历史范例经常取代帝王与神仙的典雅比拟。除了正规的社交诗和少数盛唐风格的个人诗,张九龄还写了复古诗,其中模仿陈子昂《感遇》的诗篇最著名。陈子昂高度个性化的风格正在成为一种公认的题材风格,复古诗也被"驯化"了。宫廷诗人与外部诗人的旧界线被打破了。必要的时候,大政治家和朝臣可以扮演隐士的对立角色,这种情况本身最清楚地标志着初唐的结束。

复古诗歌与盛唐其他题材保持着相当明确的区别，那些题材大部分与宫廷诗有着较密切联系。为了进行比较，这里选了张九龄的《感遇》之四，这是一首鸟的寓言诗；以及另一首同样主题的诗，这首诗运用了较"现代"的盛唐手法。

感遇之四

孤鸿海上来，池潢不敢顾。
侧见双翠鸟，巢在三珠树。
矫矫珍木颠，得无金丸惧。
美服患人指，高明逼神恶。
今我游冥冥，弋者何所慕。（02968）

这首诗传统上被解释成时事寓意诗，孤鸿指张九龄，双翠鸟指他的政敌李林甫和牛仙客，这两人迫使他去职。[1] 我并不否认时事寓意的可能性，但这种解释存在着严重的问题：作为中书令，张九龄本身正在"珠树"上，而不是来自海上。此外，他似乎不可能警告政敌仕途的风险，因为他们刚刚狠狠地教训了他。双翠鸟由于美丽的外表而招来祸患，这一写法直接采自陈子昂的《感遇》之二十三，所以诗中写到双翠鸟是可以预期的，不一定指示时事寓意。这首诗似乎更像一般的寓意诗，将去官的自由与官场

---

[1] 这一解释出现于《诗比兴笺》，卷3页26b—27a；近来又为丹尼尔·阿尔提埃里（Daniel Altieri）所重复，见他的《张九龄〈感遇〉：政治悲剧诗》，《淡江评论》第4期1号（1973年4月），页63—73。

的危险相对照。

这种略带夸张的、古朴的处理是对立诗论的遗物。人们经常把盛唐诗风的发展与陈子昂和复古联系在一起，在某些方面复古确实促进了盛唐风格的发展，而复古诗也是其中的重要组成部分。但是，下引诗篇用典型的盛唐手法处理了同一主题，而这首诗更接近于宫廷咏物诗传统。

咏 燕

海燕何微眇，乘春亦暂来。
岂知泥滓贱，只见玉堂开。
绣户时双入，华轩日几回。
无心与物竞，鹰隼莫相猜。（03069）

在复古寓言和盛唐的咏物处理之间，有几个重要的区别。首先，《咏燕》基本上遵循三部式，尾联是"开放性"结尾。前面已经谈到，这种结尾用来引起读者方面的反应，而不是陈述诗人方面的反应。另一方面，《感遇》之四的结构更接近叙述，结尾则突然转向鸿雁这一对立榜样。咏物处理比寓言更具象征意义，燕子被处理成真实的鸟，处于真实的景象中，而孤鸿和翠鸟是处于象征背景中的象征物。盛唐风格的咏物表现了宫廷诗对含蓄的偏爱，道德说教基本上寓于诗篇的表层之外（除了第三句），预言式的尾联产生了戏剧性的悬念。与之相反，《感遇》的第四联明白地陈述道德，诗人在提出孤鸿自由的对立榜样时，没忘记指出它的含义：猎人将无法追逐它。《咏燕》是从宫廷咏物发展而来的,它的起源是宫廷咏物诗,而不是陈子昂的复古诗。

盛唐诗经常被称为"通俗"诗。虽然"下层"题材如农夫、渔夫、樵夫、士卒很常见,但盛唐诗从任何意义上来说,都不是真正的通俗诗。盛唐确实有不少伟大的诗人未遵循习常的仕宦阶梯,一生的大部分时间都没当官,但绝大部分诗人在朝廷当过官。此外,诗人的作品如果想要流传和存留,就必须获得京城官员的赏识和支持,最起码也要受到为士大夫阶层服务的歌女的欣赏,被配曲歌唱,或流传于为他们服务的酒馆中。士大夫诗与"通俗"诗可能有一定数量的交流,互相借鉴主题和词汇,但"通俗"并不意味着长江商人或陕西农民将一边工作,一边唱着王昌龄的诗。假如发生过这样的事,将是极其稀奇的,值得写入流行于唐代的无数笔记小说中了。

不过,与七世纪相比,盛唐诗的社会基础确实扩大了,从上层朝官和皇帝所选择的文学侍从转向中层甚至下层官员。盛唐风格有着宫廷外部的源头,在个人诗及同等地位朋友的赠答诗中,宫廷制作的苛求是被漠视的。最先写这类诗的是贬逐的朝官,地位低下、永远不会被召去写宫廷宴会诗的诗人,及尚未入仕、作品尚未获得京城支持者赏识的诗人。

这些诗人都不是高级官员,大多缺乏重要政治人物的精确传记资料,因此他们的大部分作品都无法确定日期。这就给追溯盛唐风格起源的工作带来问题。其中不少诗人活跃于过渡时期,并一直生活到盛唐,如张旭驰名于八世纪二十年代前后,但我们无法确定他现存的几首诗究竟是写于这一时期,还是写于几十年后。

张旭是一群称为"吴中四士"的诗人之一,其他三位是包融、贺知章及张若虚。前面已经援引了贺知章的一首诗,作为盛唐风格的代表,但这首诗写于他的晚年,可能在八世纪四十年代。张旭是一位书法家、著名狂士,被其后几十年的著名诗人所高度赞扬。下引他的诗篇如果不是写于过渡时期,至少也代表了新的盛唐风格。

桃花溪

隐隐飞桥隔野烟,石矶西畔问渔船。
桃花尽日随流水,洞在清溪何处边。(05558)

这首诗本于陶潜的桃花源故事,讲一位渔夫沿着桃花的痕迹溯流而上,进入山洞,在其中发现了一个乌托邦式的淳朴的农民社会。渔夫离开这个村庄后,就再也找不到它了。

许多特点将这首诗与大多数初唐诗区别开来。首先应该注意的是场景的性质:出席皇帝宴会的宫廷诗人,也会从濛濛烟雾中看到桃花源的迹象,这一点并不违背宫廷诗的特点;但是,这种优雅赞美对于宫廷诗人来说,只从属于诗歌的歌颂目标,而在张旭这里却构成诗篇的主题。张旭有意地将尾联写得简单,他避开妙语,提出一个前面几句已经暗示了的问题,以此结束情境。每一件事物都是不定的,各种形态仿佛出现在烟雾中。一位不知名的说话者问一位不知名的渔夫,或者他本身就是渔夫。水中桃花的痕迹似乎正指向某处。题目和第二、三句暗示了桃花源,但并未直接提到它。尽管问题无法回答——这首诗的美正在于此——读者至少接受了问题。神话世界以恰当的程度插入现实世界,使读者对其是否存在感到迷惑不定。诗篇表现了主题的不确定性，呈现出一种处于知与不知之间、能够进入神仙世界与不能进入之间的境界。与张旭一样，沈佺期也设想神仙世界出现在地面上，但是他的宫廷诗仅是陈述这一主题，并未将幻象融进诗篇的结构和情调中。

王翰是过渡时期的另一位诗人，卒于八世纪二十年代后期。下引乐府诗歌咏边塞地区凉州，与初唐的乐府边塞诗形成鲜明的对照。这首诗作于八世纪二十年代。

凉州词

葡萄美酒夜光杯，欲饮琵琶马上催。
醉卧沙场君莫笑，古来征战几人回。（07557）

西北边地异国风味的葡萄酒及少数族的琵琶，是边塞诗的典型要素。盛唐边塞诗中的将士比初唐更经常感受到中亚文化的影响，在这里表现为琵琶在马上弹奏时的一阵狂饮。但是这首诗与初唐边塞诗的真正区别，在于它的蓬勃生气，以及豪放不羁的行为，这种行为体现了沙场士兵绝望而又豪放的混合情绪。这种情绪并没有直接陈述，而是隐含在行动里。由于具体化于行动中，士兵的感情比任何有限的抒情更为复杂矛盾。诗篇在中间插入了祈使语气：它对某一位"君"而言，这位"君"部分等同于读者。许多初唐边塞诗的第三者距离消失了，诗中人物与读者产生了新的关系，他半幽默、半粗犷地向读者说话。诗中的情境既逗人发笑，又极其严肃。与张旭的诗一样，《凉州词》创造出了一种境界。结尾是高度惯例化的诗句,但不再单纯作为诗歌陈语,而是成为简单的事实。

在过渡时期,至少有两位重要的盛唐诗人开始获得声誉:一位是孟浩然,盛唐诗人的长辈;另一位是王维,早慧的才子,长安贵族的宠儿。下引七言"古风"是孟浩然的作品,可能写于过渡时期。

夜归鹿门山歌

山寺鸣钟昼已昏,渔梁渡头争渡喧。
人随沙岸向江村,余亦乘舟归鹿门。
鹿门月照开烟树,忽到庞公栖隐处。
岩扉松径长寂寥,惟有幽人夜来去。(07659)

孟浩然诗的主题及轻松风格,受到八世纪二十年代忙碌的京城官员的欢迎,此时对于陶潜诗的兴趣正在复兴,虽然孟浩然的风格是自己特有的,但他的随意和简朴与陶潜风格相合。

由于这首诗形式上属于"古风",中间诗句并不要求对偶,不过第三句和第五句属于那种读者期待用来配对的描写句,孟浩然却未满足读者的期待。虽然在其他诗中他能写出完美的对偶句,在这首诗中他却轻易地抛掉了宫廷诗的艺术,放过炫耀技巧的机会。这首诗的主题是自由和自然事物的一致。"夜归"是自然的,诗人和其他人物及自然界一起进行。紧接着这一自然法则,诗人表现了他的自由,能够随心所欲地来去。为了不受宫廷技巧束缚,诗人把这种自由运用在诗歌形式上,任意地挥洒大笔。

上引诗篇在许多地方表现了对初唐风格的否定用法。其他诗人则采取改造的方式,接受初唐的惯例和技巧,使惯例增加深度,将技巧处理得自然。下引王维的诗作于八世纪二十年代初,体现了高度成熟的盛唐风格。

登河北城楼作

> 井邑傅岩上,客亭云雾间。
> 高城眺落日,极浦映苍山。
> 岸火孤舟宿,渔家夕鸟还。
> 寂寥天地暮,心与广川闲。(05982)

这是一首感怀诗,但除了尾联,整首诗都纯是描写。陈子昂、宋之问、沈佺期及杜审言都描绘了优美的景象,并从中得出结论:他们或解释、叹息,或发誓改变生活方式。而王维从城上眺望风景时,就已经"心与广川闲"了。他的眼光客观地扫过一幅幅画面,包括他自己观察风景的场面。

开头提出了诗人视野中的两个"项目":先是山崖边的一个村庄,与著名的传说相关,接着是一座耸立在云雾间的孤独的亭子。这里的对偶不纯是技巧,而是充分运用对偶艺术,使两种实体相互联系,相互说明。第一句与社会生活和仕途相关;第二句的景象暗示旅途孤独,这是诗人当时的处境。两种背景相互对照,相互解释,使得对偶本身产生了意义。我们可以设想亭子与夜晚的孤独旅行者相应,在这种情况下,并置将使亭子暗示某些完全不同的事物：旅馆，安全，及人家的迹象。首联的两个"项目"处于三部式的开头位置，本应以最一般的词语说明诗人的处境，但这两句诗描绘的却是景物断片，表面上不带感情色彩，不是读者预期的一般开头。但是，由于并置产生了各种联系，首联确实说明了诗人主要关注的事物，从心中克服了这种两分的状态，从而"心与广川闲"。

次联将眺望的行动与山的倒影相对，不仅使诗人的视觉与水面倒影的被动性联系起来，而且通过把它安置在三部式的中间描写对句，使它客观化。第三联是优美的对句，把所有的事物都带回家，回到稳定安全的地方——江岸和鸟巢。除了诗人之外，一切事物都寂静安定了。他所拥有的是另一种寂静和安定：他的心是安闲的，但又如同大江一样静静地漂浮。在越来越深的暮色中，一切微小的事物，视觉中的各种"项目"，都消失了。诗人孤独地留在巨大的宇宙要素之间：天，地，奔流不息的大江，以及诗人平静的心和知觉。

这就是伟大的诗歌。宫廷诗的传统为王维提供了诗中的大部分固定成分：三部式结构，对偶技巧，及各种意象的丰富联系。但是，宫廷诗还提供了同等价值的、宫廷诗时代之前大部分诗歌所缺乏的某种东西：它给了诗人控制力，这种与艺术保持距离的感觉使他得以将它看成艺术。只有保持这种距离，诗人才能避免简单地陈述诗意，学会将所要表达的真正意思蕴含在诗篇中。

附录一 宫廷诗的"语法"

宫廷诗的各种惯例、标准及法则组成了一个狭小的符号系统。这些可违犯的法则后来形成盛唐诗的基本"语言"。本书自始至终把宫廷诗作为一种"语言"来处理,试图从它的丰富多样的"言语"——个别的诗篇重建这一系统。阅读诗歌必须懂得它的"语言",不仅指诗歌与其他口头的、书面的形式共用的广义语言,而且指它的结构语言。

这一时期的大部分中国诗篇由四部分组成:题目及三部式。题目十分重要,因为它向读者指示了相应的语支——题材。题目使读者形成某种期待,这些期待将以有意义的方式使读者满足或失望。这些期待与诗歌的实际本文一样,也是所要表达内容的一部分。如王勃拒绝在送别诗结尾流泪的著名诗句,只有当读者设想诗人会在送别诗的结尾流泪时,才能充分体现其意义。

大多数系统的次序是建筑在语言的相似物之上的。三部式本身就是根据汉语的句式构成:主题加上阐释,二者又一起形成第二阐释的主题。与汉语的句子一样,阐释对主题的逻辑关系通常是隐含的,不是表明的,而且在怎样确定这一关系及这一关系的开放程度上十分自由:有些诗篇具有清楚而含蓄的旨意,有些诗篇则需要读者费力地将各个部分联系起来。

在诗歌结构的宏观语言方面,这一主题—阐释结构基本上是向后看的。几乎每一联都是诗篇的小结尾,回应前面所谈到的事物。再加上事实上大部分诗句都是完全谓语,这一特点使得许多诗篇固定不变。从这里我们可以开始看到像三部式这样的外部结构法则是十分必要的,没有这种预先的期待,就无法区别诗篇的"中间"和"结尾",也就是说,读者构造诗篇的旨意的可能性,只能通过三部式来实现。

主题—阐释模式的第二方面影响是,主题本身只是伴随的,比阐释还次要。在阐释中,主题总是服从基本的再评价。与许多西方诗歌一样,它不是先于效果的必要原因。本书的读者可能已经注意到,许多诗歌倾向于在结尾翻新,或在中间部分进行似乎不和谐的陈述,这种陈述与前面部分有关,但并不相承。甚至在更大的程度上,这一法则出现于九世纪的一些组诗,在其中几乎每一首诗都与前一首诗相矛盾,对其进行再评价。

三部式是一种位置语法,通过它可以预期某些阐释出现在诗篇的某些固定位置上。在中间对句,读者期望看到对一般的、公开的主题的某些详细阐释。在结尾,读者期望看到"我"将诗篇作为整体来评论。这种结构语法在一首宫廷诗中的变化,与在一句诗中修辞比喻的位置倒装是相同的。与普通语法一样,这里存在着位置首要的法则,能够在位置句法的要求和普通词类之间产生一种有意义的张力。如宫廷诗的措辞中,就常用"见花红"代替"见红花"。

位置首要的法则还应用在三部式结构上。读者期望诗篇的最后位置出现"我认为",因此他甚至将客观的结尾也个性化;而同样的句子如果放在诗篇的中间部分,他就会以不同的方式来读它。王勃《江亭月夜送别》之二的结尾"江山此夜寒"十分优美,具有余味不尽的效果,但假如把它放在一首八句诗的中间部分,就会变得十分平常。产生这种奇特现象的原因在于,最后一句被认为应该总述诗人对离别的强烈情感反应,所以读者就感到这种情绪被融入了景象,感到寒气袭人,难以言传。而在诗篇的中间部分,寒冷仅表示寒冷,只能轻微地暗示离别的孤独。同样,将"我认为"转换到中间部分,也会失去它的大部分效果。

对偶是与主题—阐释结构对立的法则。对偶不说"关于甲我们可以说乙",而是设立这样的模式:"甲的存在与乙有某种联系,乙的存在与甲相关。"与主题—阐释结构不同,这二者并不相互从属。主题—阐释结构两部分间的联系可以是公开的,但它仍然是暗示的(寻找单一的决定)。对偶句之间的联系通常是非暗示的,因此极端复杂。不过,主题—阐释结构和对偶都倾向于封闭诗篇及其各个部分,使得诗篇成为封闭的统一体,依靠内在的张力获得活力。

诗人选择对偶的范围受到严格的限制。这种选择的限制是必要的,因为对偶句包含着各种联系,其可能性是开放的,所以必须使用一些直接的、通用的词语,使并置可以理解,因此"天"不能与"耳"相对。

句法的(结构的、句式的)和典范的(主题的、词汇的)诗歌法则都服务于同一目标,即限制诗人可用的选择。我们在本书的前面部分指出,这种限制的社会动机之一是使诗歌创作容易——使诗歌成为"可学习的艺术"。原因之二,是诗篇内部的动态联系产生了新的美学,这种美学产生了多种多样的内在可能性,从而要求减少"语言"的可能性以进行平衡。一首诗的兴趣和中心主要在于"言语",在于怎样把一部分与另一部分联系起来。结构主义者熟用的国际象棋类比,用在这里具有特别的效力。棋局层出不穷,兴趣永不消失,但为了使游戏能够固定,专断的法则是必要的,以便安排场地、棋手及合理的棋步。此外,还存在着进一步限制"表演"的倾向,发明新的准法则,诸如国际象棋的开局,或宫廷诗的惯例。例如,将天与地、水与陆相对,或在送别诗的第三联将酒与歌并置。

诗歌不是国际象棋,宫廷诗与游戏相似的方面,屈从于两种压力。首先,一场游戏是自身的一种结束,而语言却可成为参考资料,伴随着它所述及的某种事物。与作为整体的语言相比较,宫廷诗越倾向于游戏,就越显得不足以成为一个符号系统。其次,宫廷诗与具有固定法则的国际象棋或大多数游戏不同。它继续发明越来越多的法则,直至形式的可能性几乎耗尽。结果导致七世纪后半叶、八世纪开头几十年的"语言"扩充,逐渐破坏限制法则,最终将其打破。到了八世纪中期,"语言"和诗篇的"言语"在所关注的目标上达到了平衡。

附录二　声调格式

在初唐诗的研究中,律诗声调格式的发展一直是首要关注的对象。在本书中,我实际上忽略了这一问题,其原因在于:首先,初唐并未出现明确限定的诗体,而只是灵活可变的声调和谐法则,这些法则最后才演变成诗体;其次,关于声调格式的最终固定形式,已经有好几部出色的论著;其三,对于最终发展成律诗的"近体"来说,声调仅是其中的一个方面。在下面的论述中,我并不想对五言律诗的发展做出任何明确的陈述,而仅是设想可能的演变方式。我将讨论限于五律,因为它是最普遍、影响最大的"近体"。[1]

五律以复杂而著称,但这是一种误解。诗句的第一和第三音节的声调违例是常见的,通常要求在下一句拗救;但由于第一和第三音节的声调格式仅是习惯,不是法则,这里将不予讨论。这样,律诗只剩下三个基本的声调法则:

一、不押韵的诗句必须结束于仄声,而押韵的诗句必须结束

---

[1] 我这里的论述,应感谢休·斯廷森(Hugh Stimson),我同他就声调格式的问题进行了多次讨论,并得益于他在《五十五首唐诗》中对这一问题的探讨(纽黑文:耶鲁大学,1976)。

于平声。

二、声调交替的基础是对句,包括两种形式:"甲式"对句的第二、第四音节是"平仄,仄平","乙式"对句的第二、第四音节是"仄平,平仄"。

三、对句的甲式和乙式必须交错。

需要说明的一个问题是,声调和谐的对句是所有格律形式的基本单位,这是固定形式的实际情况,但发展中的形式甚至更是如此。

研究初唐诗或任何后来诗歌的声调运用情况,首要问题是不能利用选本或从选本中重辑的个人集子,特别是十三世纪后的选本,因为那时声律准确成了选择的尺度。例如,在王绩的四首八句五言诗中(02612—02615),只有《唐诗选》选录的一首符合声律(02612),而其他另有二首虽未入选,却是初唐意义上的律诗,这一点下面将会谈到。

宋本王勃集(《四部丛刊》本)中,有三十首诗被列为律诗。王勃的集子独立地保存于选本之外(而杜审言的集子就是在宋代重辑的),因此我们可以知道,在唐代或宋初,有人认为这三十首诗是律诗。我从宋之问和沈佺期之前的其他诗人的作品中任意抽样检验,进一步证实了下面所得出的比例。

我们发现,前述律诗的法则中,如果前两个法则被准确遵守,第三个法则——两种对句形式必须交替——就仅是一种趋向。此外,我们还发现违反交替的总是甲式对句,而两个乙式对句从来不会相续。

在王勃的三十首诗中,有十首完全交替。以乙式对句开头的诗稍占多数:03446(甲),03449(乙),03450(乙),03451

(乙),03456(乙),03466(乙),03469(乙),03772(甲),03773(甲),03774(甲)。其中有三首诗的第七句严重违例,但这是允许的:03456,03773,03774。

这三十首诗中有十四首诗违反对句交替格式一次,其中仅有一首以乙式对句开头(03455),因此在第二联违例(乙甲甲乙)。甲甲乙甲的形式有:03447,03452,03458,03459,03461,03471。甲乙甲甲的形式有:03448,03453,03454,03457,03463,03464,03475。有一首诗首联的音调明显地违例(03464)。

有三首诗违反交替两次,都是乙甲甲甲的形式:03460,03465,03467。有一首诗完全不交替(甲甲甲甲),并且首句严重违例(03468)。有两首诗至少有一联未遵循对句音调法则:03462,03470。

其他的七世纪"律诗"有着大致的同样比例,甲甲乙甲式和甲乙甲甲式比完全交替的形式稍占多数。例如,在王绩被《唐诗选》忽略的几首诗中,有一首是完整的甲乙甲乙式,但它同时又是一首呆板的诗(02614)。另有两首违反交替(02613,甲甲乙甲;02615,甲乙甲甲),却是王绩最出色的作品。

交替的诗占优势,违例仅是偶然,这种情况说明,交替即使未成为法则,也是明显的趋势。到了八世纪初及宋之问、沈佺期的诗中,交替完全一致了,我们也就有了纯正意义上的"律诗"。

附录三　关于文献目录、作品系年及资料选择

首先应该道歉的是，本书缺少真正的文献目录，因为我觉得这一工作最好留给更胜任的文献家。初唐诗的文献不多。那些在一定程度上涉及批评及文学史问题的第二手资料，或过于一般化，对本书的目标没用，或所处理的问题与本书所关注的不同。其中最有用的是关于传记问题及作品系年的研究，因为有了这种历史支柱，才有可能构成文学史的大厦。在第二及第三部分，这种第二手的历史研究起了十分重要的作用。关于"初唐四杰和初唐"，最有用的著作是刘开扬的《论初唐四杰及其诗》，收《唐诗论文集》（上海：中华书局，1961，页1—28）。关于陈子昂，两篇论文非常有用，一篇是王运熙的《陈子昂及其作品》，收《唐诗研究论文集》第三集（中国艺文学社，1970，页1—30），另一篇是铃木修次的《论陈子昂》，收《唐代诗人论》（东京：凤出版，1973，页47—74）。在同书（页1—46），铃木修次还有一篇出色的论文，指出初唐七言歌行的某些修辞特色。此外，除了注释中已标明的，我还依靠原始资料，考证作品的大致日期。

诗篇本文的选择存留着严重的问题。初唐较少完整的诗集，四杰、陈子昂及张说的集子可以确定是完整的，王绩、李峤、宋之问及沈佺期的集子可能是完整的，也可能保留的是其中的大部分。

至于其他诗人，就必须依靠选本，或从选本中重辑的集子（如杜审言的集子）。这一时期的宫廷诗能够大量保留下来，主要是由于被收于《文苑英华》，《唐诗纪事》也收录了一部分（可能采自《文苑英华》）。这样我们就有对这一时期的诗歌做出曲解的危险，因为《文苑英华》的编者可能过多地选录了宫廷诗，或由于宫廷诗的帝王色彩，或由于他们认为宫廷创作在这一时期的创作中最重要。在这两种可能性中，后者似乎更有可能，因为《文苑英华》的编者并未选录后来朝代许多"帝王色彩"的宫廷创作。

我们本应根据完整的集子，较清楚地对这一时期的诗歌做出诗体和题材的大致分类，但值得注意的是，完整的集子大多有些特殊：王绩从未真正"进入宫廷"（虽然他曾在朝廷任职），而太宗几乎从未离开宫廷。陈子昂和四杰（杨炯除外）作品的存留主要是由于后来时代的兴趣，而这一兴趣又产生于他们那些超出宫廷范围的复杂个人诗。张说的诗大多写于开元年间，用处不大。李峤、宋之问、沈佺期的大部分可系年的诗时代都较迟，作于八世纪初（这就引起对他们的集子是否完整的疑问）。此外，宋之问和沈佺期存留的贬逐诗，与陈子昂和四杰的集子一样，也涉及后人偏爱个人诗的问题。李峤的集子，如果不算独立的咏物诗集，宫廷诗大约占了一半；但是《新唐书·艺文志》的传记标明他的文集原有五十卷，因此我们不能不怀疑他的诗集的完整性。另外还有一些因素使得诗歌分类的清晰图像复杂化。例如，诗人们在编辑自己或前辈的集子时，他们本身就倾向于多选宫廷诗，这在初唐是很可能的。简言之，问题十分复杂，存在着许多未知的、潜在的决定因素，以致在文学社会学的领域里无法解决这一问题。毫无疑问，大量的个人诗和日常应景诗失传了，但是我们从现存的一些组诗的零散诗篇中，还可得知许多宫廷诗和正规应景诗也散佚了。

最后，分类的问题无论其本身有多大意义，对于宫廷诗和宫廷风格的首要问题也不起决定作用。在本书中，我们一再看到个人诗与宫廷诗的密切关系，因此问题在于，个人诗和日常应景诗是否产生于宫廷风格，或宫廷诗本身是否就是一种较不正规的、精致修饰的创作传统在其他地方的练习。许多因素表明，前一种设想远为可能。首先，运用于正规及日常诗歌的各种创作惯例都属于京城社会，京城外部的人如年轻的陈子昂，就不遵循这些惯例。其次，在初唐，我们看不到盛唐及盛唐后给予诗人的艺术家评价；除了特殊的人物如王绩，在朝廷任职是首要的社会目标。"成为大诗人"的想法，在后来的诗人如李白的自我形象中，或在别人为他们所描绘的形象中，都可看到，而在初唐却未充分发展。如果诗歌主要从属于在朝廷任职的社会目标，那么宫廷风格将是首要的风格。第三，那些创作法则产生于社交的需要，而宫廷及正规场合对它们的要求，肯定比个人的、日常的场合更迫切。个人诗不自觉地遵循和运用这些法则，或以它们为基础进行个人变化，这种情况表明宫廷和正规创作是诗歌的标准。第四，大部分诗人总是选择当代的标准进行个人创作，而不是选择较早的、较合适的个人诗模式，这一事实表明，他们还未像后来的诗人那样成为"书袋"。对于清代诗人，"诗歌"是大量书面成语及传统风格的罗列，对于初唐诗人，"诗歌"主要是社交活动。在本书中，我们详细探讨了值得注意的特殊诗人，如陈子昂，然而标准的人物是宋之问，他的个人贬逐诗改变了宫廷诗的标准，但他的作品仍以这些标准为基础。

译后记

生活·读书·新知三联书店计划出版宇文所安教授著作的翻译系列,其中包括《初唐诗》和《盛唐诗》,从而使我有机会修订旧译。

《初唐诗》中译初版由广西人民出版社于1986年出版,《盛唐诗》中译初版由黑龙江人民出版社于1992年出版,至今皆已十多年。从1994年至1999年,我赴美攻读博士,对于西方汉学的巨大成就有了更深入的了解,在英语方面也有了进一步的提高。现在回过头来修订此二部译著,可以较有信心地向读者提供更准确可靠的作品。而回首当年自学英语和初译的艰辛,不免感慨万千。

从小学到大学,我未有机会正式上过一堂英语课。小学、中学时在一个偏僻的小县城度过,不但当时处于"文化革命"中,不可能开英语课,而且那个小城里本来也没有英文老师,我和我的同学们从未听过一句英语,也从未见过一本英文书。1977年上大学,虽然"文化革命"已过,但学校里英语师资短缺,只能先给理科专业的学生开课,文科学生仍未有机会上英语课。我为了报考研究生而开始自学英语时,连二十六个字母都认不全。自学英语的道路极其艰难辛酸,我不仅未有机会得到任何人的帮助指教,还时常因为发音不全和识字不多而备受嘲讽。不过现在回首往事,我常常觉得应该感谢当年那些嘲讽者,没有他们的刺激,我或许不会发奋硬啃英文原版小说,从而在很短的时间里渡过阅读难关,并在最后走上留学之路。人生需要战胜的是自己,所谓艰难玉成。

过了英语阅读关后不久,我读了宇文先生的《初唐诗》和《盛唐诗》。此二书中与中国学者大不相同的研究视角和叙述语言使我深受启发,在自己的研究工作中获益不浅,并由此萌生翻译的想法,希望尽快将此二书介绍进来,以供其他未能阅读原著的唐代文学研究者借鉴。而在此二部译著出版前后,唐代文学界许多著名学者给予我极大的支持鼓励,包括业师周祖譔教授和学界前辈程千帆教授、王运熙教授、周勋初教授、傅璇琮教授、郁贤皓教授、罗宗强教授、陈允吉教授、毛水清教授、许逸民教授等。他们或从一开始即鼓励我从事翻译,或热忱推荐出版社,或为译著撰序,或称赞宇文先生对唐代文学研究的贡献。这些卓有成就的中国学者如此虚怀若谷地赏识同领域的他山之玉,十分令人感动。

感谢宇文先生对此二书翻译工作的支持和帮助,感谢广西人民出版社和黑龙江人民出版社出版此二书的初译,以及二位责任编辑周伟励先生、任国绪先生的热情帮助和辛勤工作。感谢三联书店赋予我修订旧译的难得机会,以及责任编辑冯金红女士的鼓励、敦促和辛勤工作。

《初唐诗》原著尚有"致谢"、"索引"等部分,《盛唐诗》原著尚有"致谢"、"引诗注释"、"引诗索引"、"索引"、"文献介绍"等部分,初版时考虑到这些部分不是中国学者关注的要点，以及译著篇幅的局限，征得宇文先生的同意，省略未译。修订版仍沿袭之。

近几十年来海外汉学成就辉煌，杰出学者和论著有如星罗棋布。浅尝辄止者未能知其奥，而涉之弥深则愈觉其妙。希望有更多学者加入翻译的行列，有更多出版社支持出版学术译著。

贾晋华
2004年6月记于香港九龙聚石斋